VILLA JASMIN

SERGE MOATI

Villa Jasmin

ROMAN

FAYARD

À celles et à ceux
qui sont ma Villa Jasmin d'aujourd'hui.

1

Papa est mort, mais cela ne se voit pas.

Maman va mourir, mais personne ne le sait.

Je devrais avoir un néon au-dessus de mon crâne. Il clignoterait. En rouge ou en bleu. « Le papa de ce petit garçon est mort. » Comme ça, tout le monde serait prévenu. Les gens prendraient cet air si particulier, mélange de compassion et d'agacement, qu'ont les grands lorsqu'un petit leur fait de la peine.

J'ai onze ans et c'est, pour l'instant, le plus sale moment de ma vie.

Je pourrais crier, histoire de me rendre intéressant, mais il n'y a personne. Nous sommes à Paris, il est quatorze heures trente, un 16 août, cette terrible année 1957. Loin, très loin de la Villa Jasmin et de Tunis, ma ville.

Si, d'entrée de jeu, je me pose en scrupuleux archiviste de moi-même, c'est pour rappeler que le 16 précède, de toute éternité, le 17. Mon père a eu l'indélicatesse de mourir la veille de mon anniversaire ! Sale histoire, qui a plombé mes onze ans.

Papa est mort il y a une heure. Autant que je m'en souvienne, on se dit, sur le moment, que c'est vraiment trop bizarre, la mort. Bref et sec. Il y a une petite heure, papa était encore vivant, ou presque. Il ressemblait, tout entubé qu'il était, à un pilote de *Buck Danny*, la BD que j'adore, ou à une momie. On ne voyait ni son nez, ni sa bouche, à peine ses yeux. Et lorsqu'il gémissait, c'était comme pour nous signaler l'arrivée sournoise d'avions japonais. Il ne m'a pas parlé. Il n'a pas prononcé de paroles définitives comme on pourrait en attendre d'un mourant. Il ne m'a pas dit : « Je vais te dire quelques trucs bien sentis pour t'aider dans la vie, pour être toujours avec toi, en esprit, avec mes conseils… »

Rien du tout. Pas de sentence finale ni de secret de famille.

Non. Papa est rien qu'un pilote d'essai qui s'éloigne dans le gémissement du monde, aux prises avec d'innombrables ennemis plus redoutables les uns que les autres.

Pas un mot. Pas même un « Joyeux anniversaire » anticipé, ce qui aurait eu, quand même, une sacrée classe, ou un « Ne t'inquiète pas, mon grand » viril et tonique.

Juste ce grognement, ce halètement sourd, une plainte amplifiée. Soudain, plus de bruit de turbine. Le pilote s'est crashé. Les avions furtifs l'ont descendu en vrille. Silence du vent. Et la plongée dans la mer d'un avion ivre, comme au ralenti.

Lui, si bavard, est mort sans dire un mot.

Lui, si jovial, est mort en râlant.

Maman, Nine, ma sœur, et Vivi, mon frère, m'ont fait sortir de la pièce.

— Va-t'en, il ne faut pas que tu voies ça.

Ce n'était pas la place d'un garçon de onze ans moins un jour.

Je suis resté seul dans le couloir où tout le monde s'affolait. J'ai récapitulé. Papa m'avait promis pour mon anniversaire une *Encyclopédie par l'image*. Instructive d'accord, mais pas marrante. J'avais accepté, bien obligé. Mais j'avais négocié autre chose de plus drôle pour la fin août. Et à cause de lui et de sa mort, même l'encyclopédie allait me passer sous le nez. J'y tenais pas tellement, soyons franc. Je me moquais des secrets de la Voie lactée ou de la théorie des champs électromagnétiques. Je me fichais de tout ce 16 août 1957, mais une promesse est une promesse et un anniversaire, un jour sacré. En plus, Maman m'avait promis pour le 17 une balade en bateau-mouche. J'étais sûr qu'on n'irait pas. A moins de promener le mort avec nous et de jeter en douce le cadavre par-dessus bord, loin, très loin, du côté des usines Renault, par exemple. Donc, pas de bateau-mouche, pas d'encyclopédie. Papa aurait quand même pu attendre. On n'était pas à un jour près. On aurait fêté mon anniversaire et puis, hop, il serait mort. J'aurais eu mes onze ans. J'aurais vu Paris depuis la Seine. Avec des commentaires en anglais et tout. On se serait pris en photo et on s'en serait souvenu plus tard :

— C'était la veille de la mort de papa, le jour de l'anniversaire du petit…

Bref, je rêve encore d'un monde qui n'existe pas, où l'on respecte les fêtes, les promesses faites aux enfants, les tours en bateau-mouche et le reste.

Mais non. Les pères font tout pour gâcher la vie de leur fils.

Ils ont dit : « Papa est mort. » Ils ont cru bon de me répéter, comme si j'étais sourd : « Papa est mort. » Que faire ? Je ne pouvais quand même pas leur dire : « Ça va, j'ai compris » ou alors demander d'une voix joliment étranglée : « Et mon anniversaire, alors ? »

Mon grand frère Yves, dit Vivi, vingt-trois ans, s'est tapé la tête contre le mur. Cela faisait un drôle de bruit. Il n'arrêtait pas : « Papa est mort, Papa est mort ! » Moi, je craignais qu'on nous prenne pour une tribu d'Afrique, pour ces sauvages de *Tintin au Congo*, qui dansent et qui chantent autour d'un chaudron dans lequel mijote le capitaine Haddock. Papa est mort, il est sur le feu, on va le manger ! Chantons, cannibales mes frères, frappons nos têtes sur les murs, mes frères, frappons dans nos mains, que tout l'hôpital danse et que Paris rugisse de plaisir.

Ce jour-là, j'ai décidé de me faire tout petit. Je n'aurai plus de visage. Je glisserai dans la vie, furtif et sournois comme un avion jap. Je serai lisse et gris. Silencieux et bien élevé. Je t'en prie, Vivi, tais-toi. Cela ne regarde personne que papa soit mort. D'ailleurs, tous les papas meurent. Tais-toi, Vivi, tais-toi. Toi aussi, tu vas mourir avant l'âge. A cinquante-trois ans, comme papa.

Les femmes, Nine et maman, sont très dignes : le deuil leur va bien, elles savent se tenir, bras dessus, bras dessous, l'une soutenant l'autre, vaillantes et belles. Nine, seule, sait que maman mourra bientôt, trois petits mois après, mais elle se tient droite. Elle a dix-neuf ans. Elle et maman tanguent, mais ne chavirent pas. Elles trouvent même la force de me dire : « Pauvre chéri, pauvre chéri... » Mais ça ne me console pas. Mon anniversaire est foutu. Je n'aurai jamais plus onze ans. Je ne me disais pas que je n'aurais plus jamais d'anniversaire heureux mais peut-être qu'au fond de moi je le savais déjà.

On est sortis de l'hôpital. On a marché dans les rues, maman, Nine, Vivi et moi, à la recherche d'un taxi. Il pleuvait encore et encore. Saleté de mois d'août lent et lourd. On est rentrés à Tunis. On était pressés de retrouver la Villa Jasmin. On ne savait pas encore qu'elle aussi, la villa, allait vers sa fin. Dans le Breguet-Deux-Ponts, il y avait quatre vivants à l'avant et papa dans la soute. Tu parles d'un voyage.

⁂

Il faut imaginer Tunis à la fin du mois d'août. Les maisons des plages, louées pour l'été, ferment les unes après les autres. C'est le retour vers la ville. Dès après le lendemain de la fête de la Madone, on se dit que c'est la fin du monde. On sait que la mer est dangereuse et que les vents mauvais soufflent. C'est déjà l'hiver. Il faut rentrer vers la ville pourtant brûlante et retrouver les appartements étouffants. On ouvre grandes les persiennes pour montrer aux voisins qu'on est revenu. Puis on referme vite les volets à l'heure des siestes lourdes, seulement troublées par les vendeurs de glace qui crient « Frigolo ! Frigolo ! » et les pas légers des bonnes arabes sur le parquet frais. Rêveries. Souvenirs de sieste.

Nous, en cette fin d'été 57, on a vraiment dérangé tout le monde. On a bousculé la torpeur et l'ordre des choses. La Villa Jasmin a été envahie par des pleureuses, puis le corps de papa a été exposé au dépositoire israélite de l'avenue de Londres, au cœur de la ville moderne. Il y avait des bouquets, des gerbes, des couronnes et des larmes.

J'ai fait le tour du cercueil clopin-clopant autour de papa tout mort. Vivant, il m'aurait grondé. Il m'aurait dit :

— Tu me donnes mal à la tête ! Tu n'es pas au manège. Va t'asseoir et calme-toi.

Tonton Raoul, le minotier, m'a reconduit à ma place, au premier rang. Chemisette blanche, cravate noire et sandales de deuil, petit short et genoux blancs : j'étais un vrai cachet d'aspirine. J'avais raté les bains de mer et je n'avais pas eu beaucoup de soleil cet été-là. J'avais vraiment tout loupé d'ailleurs : les surprises-parties et les beignets à l'huile, les poissons grillés et les balades en barque.

Les grands pleuraient et moi, j'avais les yeux secs. Je n'y arrivais pas. Je m'ennuyais. On attendait je ne sais quoi. Les dames dissimulaient leurs beaux yeux sous des voilettes et les messieurs, en costume noir, suaient à grosses gouttes en s'épongeant le front. On me regardait :

— Tiens, il ne pleure pas. Pourquoi il ne pleure pas ? Peut-être qu'il n'a pas de peine. Lui qui pleurait si facilement, une vraie fille, là, rien ! Un comble. Incroyable, il a un cœur de pierre, celui-là !

Alors, pour faire comme tout le monde, je me suis forcé. J'ai compté jusqu'à vingt. Sans ciller. J'avais les yeux exorbités comme un héros de film d'épouvante. J'avais appris la technique dans *Cinémonde*. On y expliquait comment font les acteurs pour pleurer sur commande. J'ai compté. A vingt, des petites larmes sont enfin venues.

Des larmes de cinéma, mais des larmes tout de même.

Ils ont tous trouvé ça vraiment bien :

— Il pleure, brave petit ! Il est des nôtres. Pauvre chou, il pleure. Donne-lui un mouchoir, pauvre chéri. Il pleure et n'arrête pas de pleurer. Que va-t-il devenir, le pauvre enfant ? Il est si sensible, trop sensible. Une vraie fille.

Le cœur sec devenait un héros de mélo. Un petit garçon épatant qui se rend compte, enfin, de ce qui lui arrive. Il était temps.

Sois convenable en tout : tu te feras aimer si tu sais être comme il faut. La tête légèrement penchée, pudique, tu essuies furtivement des larmes abondantes. Tu t'es fait une vraie tête d'orphelin. Tout le monde t'aime, te plaint, te cajole. Pour un peu, en profitant des bonnes dispositions générales, j'aurais rappelé à tous mon anniversaire raté et j'aurais fait la quête. J'aurais eu des montres et peut-être même un vélo. Je triomphais. Je les vois encore les oncles et les tantes et les Sarfati (des *Magasins réunis*) et les Abitbol (du *Vrai Chic parisien*) et les Cohen-Solal (des *Dames de France*). Je revois le bâtonnier Nataf et tata Marcelle. Ses bas noirs crissent. Elle a de belles jambes qu'elle sait montrer. Je revois ces femmes et ces hommes qui jamais ne remplaceront ni papa ni maman. Il y a cette chaleur qui rend fou, mes larmes qui ne cessent de couler et les rabbins qui tournicotent leur barbichette. Il y a mon peuple aujourd'hui disparu, dispersé. Oui, je revois ce peuple des juifs de Tunis, rassemblé dans le dépositoire israélite de l'avenue de Londres, près du cimetière juif et pas très loin de la ville arabe. Je revois tous mes fantômes.

Ensuite, on s'est mis à parler du défunt devant la veuve, toujours digne, et devant Nine, Vivi et moi, Henry. Pour ceux que ça intéresse, j'indique que je m'appellerai Serge plus tard, pour honorer celui dont, ce jour-là, je n'arrivais pas à pleurer la mort.

Ils ont tous parlé. Ceux de la communauté juive – quel juif admirable c'était –, ceux de la Fédération du parti socialiste SFIO – quel socialiste admirable c'était –, ceux de la franc-maçonnerie – quel « frère » admirable c'était –, ceux de la Ligue des droits de l'homme – quel président admirable c'était –, ceux des anciens résistants et déportés – quel compagnon courageux c'était ! Camarade Jasmin, on te regrettera.

C'était long. Moi, je n'arrivais plus à pleurer. Et ma mère, à cause de la chaleur, a eu un malaise. Pauvre Odette. Vite, il faut rentrer à la Villa Jasmin. Nine savait tout. Maman ne survivrait pas longtemps à papa. A la maison, Rachel, dite « Mainmain », la vieille bonne qui m'a élevé, a donné de l'eau de fleur d'oranger à maman :

— Bois, ma fille, bois, c'est bon pour ton cœur. Il a fait trop chaud !

Ces discours, ils étaient vraiment trop longs ! Trop plats. Trop creux. Un « homme admirable » nous a quittés. Je vais dire en quoi il fut admirable. Je vais le dire admirablement. Je suis vraiment admirable de parler aussi admirablement. Si l'admirable veuve tombe, eh bien tant pis. Ce sera admirable et, au moins, gardera-t-elle admirablement dans sa tombe nos admirables propos sur l'admirable défunt.

⁂

A la Villa Jasmin, on a fait semblant de vivre après l'enterrement du 22 août. Nous oui, maman non. Elle n'avait plus envie. Plus envie de vivre sans celui qu'elle aimait. Elle s'est laissée dévorer par son cancer qui s'emballait. Un cancer qui brisait tout sur son passage, un cancer-ouragan, un cancer-cyclone, un cancer-avalanche. Et la pauvre Odette qui ne sait ni ne veut contenir ce flot. A quoi bon ? Vite, que vienne et sonne l'heure de la mort. Elle a préféré rejoindre son mari. Elle a préféré la mort à son petit garçon. On réglera ça plus tard.

Je venais d'entrer en sixième. Elle est morte vers la fin du mois d'octobre 1957.

La Villa Jasmin était sombre. Les pleureuses pleuraient, un rabbin jouait au rabbin, et moi, encore une fois, je trouvais le temps long.

Alors, je suis sorti faire du vélo dans le jardin de la villa du 69 de la rue Courbet, devenue aujourd'hui rue de Palestine. Le jardin n'existe plus. La Villa Jasmin, après notre départ et l'indépendance de la Tunisie, est devenue une ambassade, un consulat, une légation. On l'a ensuite divisée en appartements, morcelée, rafistolée, recousue de toutes parts. Aujourd'hui, si vous allez là-bas, vous verrez qu'elle est le siège d'une petite société de carrelages. La Maison du Deuil, où l'on ne voit plus le deuil, où les murs ne racontent plus les morts, n'a plus de nom. A l'époque, il y avait un beau jardin épais, des senteurs de chèvrefeuilles, de figuiers et de jasmins, des allées touffues, des fleurs grasses. A l'époque, il y avait mon vélo, la clochette de mon vélo et ding et dong et dérapage contrôlé et le rire de l'orphelin, un rire en cascade.

J'ai le cœur sec. C'est ainsi, je ne sais pas pleurer. Le vent de cette fin d'octobre me tourne la tête. Je suis un oiseau, un aigle, un champion, un petit garçon ivre. Ma mère est morte, mon père est déjà mort, je suis le roi d'une armée de cadavres, vivant, seul, assis sur une montagne de morts. Rien ne pourra plus jamais m'arriver. J'ai onze ans et trois petits mois, je suis un enfant triomphant et rapide comme le cancer, et ding et dong sonne la clochette, et tourne et tourne le vélo sur le gravier. La maison valse, s'envole, fonce vers les nuages, tourne autour de la Terre, retourne vers le ciel. A l'intérieur de la Villa Jasmin, ma mère est morte et moi je vais là où les enfants sans père ni mère font la fête, sans chagrin et sans larmes.

Tata Marcelle, son cul rebondi sous une jupe noire serrée, me tire l'oreille.

— Henry, tu fais trop de bruit. Ta maman est morte. Arrête avec ton vélo, rentre, et pense à elle. Ta sonnerie nous énerve tous. Les hommes vont te gifler si tu continues. Dis-moi, pourquoi tu ne sais pas pleurer ? Tu ne te rends pas compte ? Tu ne comprends pas ?

— Je veux pas ! Je veux pas comprendre ! Laisse-moi tranquille. Je préfère mon vélo.

Tata Marcelle me serre contre elle, plaque sa poitrine contre moi. Elle m'aplatit. Elle me picore de baisers dans le cou, là où elle sait que j'aime. Moi, en douce, je lui frôle les seins. Je pleurniche. En vérité, j'en profite.

Je me frotte contre elle. J'ai une petite érection. Petit sexe dur contre montagne de chair douce et parfumée. Elle me chuchote à l'oreille :

— Coquin, va, petit coquin !

Je souris sous cape. Je bande. Un vrai petit homme. Maman est morte. Longtemps, je me suis senti coupable. Je n'aurais peut-être pas dû me frotter contre Tata Marcelle que maman n'aimait pas trop. Mi-sorcière, mi-courtisane, Tata Marcelle était porteuse de « l'œil », cet œil qui, chez les juifs tunisiens, porte malheur, œil de la malveillance et des jalousies, œil des envies, des jeteuses de sorts. Ne m'en veux pas, maman :

— J'étais juste excité, c'est tout. Je le jure. Mais pardonne-moi, je te l'avoue, j'aime toujours les femmes qui ressemblent à Tata Marcelle.

Je me souviens de ce jardin de Tunisie qui sentait le chèvrefeuille mouillé.

⁂

Encore un autre cimetière, encore des discours, et des larmes qui ne viennent pas. Je suis un vieil habitué de ces cérémonies ; un professionnel des enterrements. Ressortir la cravate noire, la chemisette blanche, le short et le blazer, pencher légèrement la tête, écouter, remercier, se dire que la vie sera une longue suite d'enterrements, se faire tapoter la joue, tenter de pleurer, tendre son front brûlant, se laisser cajoler et dormir comme on peut, dans le grand salon plein de belles pleureuses. Dormir. Tous les jours, j'en suis sûr, on me demandera :

— Henry, où est ton papa ? Henry, où est ta maman ?

J'inventerai. Je dirai n'importe quoi. Je dirai qu'ils sont partis, pas pour longtemps, et qu'ils vont revenir. Comment voulez-vous qu'ils me laissent, moi, leur petit dernier, leur chouchou ? Vous croyez que je n'étais pas gentil ? Juste un petit garçon cruel et qu'il fallait punir ! C'est ça ? Un gamin peu aimable et donc peu aimé ? Alors, comme ça, rien que pour m'embêter, ils sont morts.

En y réfléchissant, j'ai toujours su que mes parents n'étaient pas mes vrais parents. Fin octobre 1957, j'en ai eu l'éclatante confirmation. Les méchants usurpateurs avaient fui. Les vrais parents, les gentils, reviendraient. En vérité, ceux-là, je les ai beaucoup attendus. Pendant les vacances et à Noël et tous les 17 août. Juste un long cauchemar et les voilà. Les gentils, les vrais, me diraient :

— Excuse-nous, Henry. On sait que tu nous en veux. Mais on a fait un voyage en amoureux du côté du Pays des morts. C'est là, derrière cette porte, au bout du couloir. Nous, on te voyait, on t'a vu grandir, je te le jure, chéri. Quand tu étais triste, surtout quand tu étais triste, on voulait te dire qu'on était là, tout près, mais tu ne nous entendais pas. Quand tu riais, on riait avec toi, mais tu ne nous voyais pas. Nous sommes tes vrais parents. On est partis, mais, tu vois, on revient. Aujourd'hui, on sait que tu écris ces lignes, et on est là, derrière toi. Ne doute pas. Nous, tes vrais parents, on t'a toujours aimé et on t'aime toujours. Fais-nous revivre. Convoque-nous. Raconte-nous. Et comme tu ne sais pas grand-chose, brode.

C'est ce que je fais.

2

Il a fallu partir vite. La Villa Jasmin nous semblait lourde des morts de l'été et de l'automne. J'avais peur. Certaines nuits, j'entendais les parents. Ils chuchotaient, se racontaient des histoires que les morts se racontent entre eux. Tout autour de la Villa Jasmin, le quartier résidentiel du Belvédère se vidait. Peur sur la ville. Et cette peur avait un nom : Indépendance. L'Histoire, pensaient les gens du quartier, s'écrirait sans eux. Les « Français-de-France » allaient rentrer en France et nous, les juifs, fatalement, on partirait aussi. Mais où ? Les pauvres ou les religieux vers Israël, les bourgeois et les assimilés vers la France. On ne parlait que de ça. Les arabes ne nous aiment pas, ils vont vouloir tout commander. Ils vont prendre le travail et les rues, les magasins et les usines, les villas, les plages, le ciel, le vent. Les gens disaient tout et n'importe quoi. Le monde de papa et de maman disparaissait.

Bourguiba et les youyous de l'indépendance chassèrent les pleureuses de la Villa Jasmin. Je m'y retrouvais seul avec ma sœur Nine et Rachel qui voyait des fantômes partout. Trop grande, la Villa Jasmin, et inutile. Les oncles ont fait des conseils de famille. Que faire de Nine et d'Henry ? Vivi, le grand frère, est casé. Marié, il vit ailleurs. Mais Nine, dix-neuf ans, et Henry, onze ans, nous posent un problème. Comme si on n'avait que ça à régler avec l'indépendance, les arabes et tout le reste ! On a pleuré Serge et Odette, mais maintenant, il faut trouver une solution pour les petits. N'importe laquelle, mais vite. L'oncle André, le frère de ma mère, est revenu d'Israël pour l'enterrement de sa sœur. Lui, a une idée :

— J'emmènerai Henry avec moi, à Jérusalem. Là-bas, on a l'habitude des orphelins. C'en est plein. Il s'endurcira. C'est un pays neuf peuplé de guerriers et de survivants. Ils ont tant pleuré qu'ils ne savent même plus le goût des larmes. Laissez-le-moi, je le prends. J'en ferai un homme.

Des oncles disent oui, d'autres non. Certains pensent qu'il vaudrait mieux me confier à une œuvre pour enfants juifs. On m'y apprendrait un vrai métier : électricien ou menuisier, frigoriste ou comptable.

Non, non, disait l'un d'entre eux. Pourquoi pas ? répondait l'autre. On se revoit demain. Oui, demain.

Un autre jour, une autre nuit. Je dors près de ma sœur, dans son lit. Sa chaleur me rassure. Elle me dit que, là-bas, au Pays des morts, papa et maman sont heureux ensemble. Elle m'a abandonné, Juliette a retrouvé son Roméo. J'ai toujours détesté les histoires d'amour.

Je vais à l'école. J'y suis un très mauvais élève. C'est une sale rentrée en sixième. Je rate tout. Je suis distrait, je ne comprends rien.

Nine, seule, connaît mon secret. Nine m'a écouté. Elle sait que sous mon air geignard, j'ai un rêve secret :

un jour, je ferai des films. J'ai tout dit à Nine. Je lui ai chuchoté, une nuit à la Villa Jasmin, que je ne voulais être ni menuisier, ni comptable, ni même aller en Israël. Non. Mon vrai rêve, Nine, c'est de faire des films. Attention, pas acteur. Je veux être celui qui invente les histoires, le vrai chef, caché derrière la grosse caméra, comme celle que l'on voit dans les magazines. Nine se souvient que, avant d'être un pleurnichard, il m'arrivait de faire rire. Je jouais des saynètes devant les parents. Ils m'applaudissaient. C'était il y a un siècle, avant leur mort.

Nine dit qu'elle m'amènera à Paris et que, là-bas, je deviendrai un type qui fait des films. Elle y croit, ou fait semblant d'y croire. Alors, j'arrête de pleurnicher. Un jour, ils verront, je ferai des films où il y aura, peut-être, des orphelins qui me ressembleront, mais surtout de belles actrices.

Je m'endors dans les bras de ma sœur, en rêvant.

⁂

Le lendemain, les oncles sont revenus. Nouveau conseil de famille. Il faut vendre la Villa Jasmin. Serge était un « homme admirable », on l'a assez dit. Mais il était dépensier. Un idéaliste impécunieux. Sa seule fortune, c'était cette villa pas même finie d'être payée. Il n'avait pas ménagé sa peine pourtant, Serge. Toujours prêt à aider les autres, à s'engager du côté du plus faible et du plus démuni. Et le journalisme, honnêtement, ce n'est pas un vrai métier, juste une passion. On ne vit pas d'une passion.

Serge Moati, 1903-1957. Une vie de bataille. Une belle vie, d'accord, mais pas un sou. La voilà, la vérité. Et puis la guerre, la résistance, la déportation en Allemagne, je ne dis pas le contraire, c'était courageux, admirable, vraiment, mais quelle imprévoyance ! Une cigale qui n'a chanté que trop peu d'étés.

Odette en plus, comme les femmes de son milieu, ne travaillait pas. Elle était belle, douce, aimante, drôle aussi, présidait des œuvres de bienfaisance, bon, mais tout cela ne rapportait rien.

Les réunions du conseil de famille sont remplies de silences, de hochements de tête pensifs ou accablés. Tout le monde a hâte d'en finir.

Nine s'acharne. Vaillante, elle leur tient tête :

— Henry, je m'en occupe. On ira à Paris tous les deux. Je travaillerai. Je serai journaliste, et lui, il sera metteur en scène. Voilà. On vend la Villa Jasmin. On paie les dettes des parents, et, en plus de ce qui reste, vous nous donnez, tous les mois, un peu d'argent. Henry sera pensionnaire et je le verrai le jeudi et le dimanche. A deux, on sera forts. Papa et maman n'auraient jamais accepté qu'on se sépare. Jamais je ne laisserai Henry. Que vous le vouliez ou non, il viendra avec moi à Paris.

— Mais tu as dix-neuf ans ! Tu es folle, tu es trop jeune ! Tu ne sauras jamais t'occuper d'un enfant. Tu as ta vie à faire. Il te gênera quand tu auras un fiancé, quand tu auras des enfants. Sois raisonnable, ma fille.

— Non. Non et non !

Les autres se taisent. Ce ton, cette volonté les agacent. Mais ils sont soulagés.

L'amour d'une sœur triomphe. Nine m'achète des vêtements chauds, un gros duffel-coat. Elle me prend la main. On ira à Paris.

La Villa Jasmin est fermée. Elle est vendue tout de suite, bradée. Une bonne affaire. Autour, d'autres maisons vont rapidement changer de propriétaires.

Rachel me dit qu'elle va mourir de chagrin. Elle ne supportera pas le départ de celui qu'elle aime plus que son propre fils. Je fuis. Je la fuis. Je ne le reverrai plus jamais. Elle en mourra de chagrin. Pas gentil, Henry ! Pas de chance : tous ceux qu'il aime meurent.

Un Breguet à l'aérodrome d'El-Aouina et c'est le départ vers la France.

Dans la poche de mon duffel-coat, j'ai une photo : on y voit les parents, mon frère, ma sœur et moi par une belle journée de printemps. Nous posons devant la Villa Jasmin. On semble tous très heureux. Je regarde la photo. Elle ne m'a plus quitté.

Qui étaient ces gens ? Ils sourient au photographe et le soleil leur fait cligner les yeux. Le format est d'époque. Tout est d'époque. Les morts sur la photo, la mort à Tunis.

Je vais faire parler la photo.

J'entendrai chanter les morts.

Je retourne vers la Villa Jasmin. J'ouvre la porte. Je suis chez moi et j'écris.

3

1926. Elles étaient toutes là. Il y avait la fille du pharmacien Valenzi, de l'avenue de Londres, la somptueuse Lina, dite la « Lionne du Belvédère ». Et Georgette Cohen, alias « Georgette Rittig », un nom de scène exotique pour l'aînée du docteur Cohen, rue de Sparte. Pas le stomato, l'autre. A ne pas confondre avec David Cohen, stomato lui aussi, mais de la rue de Metz, père aussi d'une Georgette qui avait épousé, la pauvre, Jojo Bismuth, dit le « Chameau du Saf-Saf » tant il était bête, comme le ridicule animal du fameux café chantant. Il y avait aussi l'affriolante Mady Sarfati et la pulpeuse Yvette Boccara, surnommée « Bébé-Vevette ». Une théorie de parfums suaves, un caravansérail éclatant de belles jeunes filles.

Bijoux, mousselines, fous rires aigus, cancans. Toutes là, assemblées, réunies, les belles, autour de mon jeune papa Serge, alors âgé de vingt-trois ans. Il trône, souverain. Il est le chef de la troupe théâtrale qu'il vient de créer, Le Phalène. Il est auteur et metteur en scène. Il prépare *Tunis qui potine*, sa prochaine revue, et doit recruter celle qui jouera, à ses côtés, le rôle central de la « commère ». Le choix est délicat.

L'angoisse monte, masquée par les cris suraigus des oiseaux qui font un boucan d'enfer dans les ficus tout proches de l'avenue Jules-Ferry. Ici, entre la ville arabe et le port, se font et se défont les réputations. On y passe, on y repasse, et on tchatche. Les filles se tiennent par la main pour se raconter des histoires d'amour. Les hommes les matent, en feignant de parler boulot ou politique. Plus loin, c'est la résidence générale de France et juste en face, la cathédrale. On est au cœur de la ville moderne, celle des Français.

Tunis, dans les années vingt, croule sous les cercles artistiques, les troupes de théâtre amateur et les cénacles poétiques.

Les Amis de Carthage et de Didon, par exemple, versicotent comme des forcenés et affrontent durement Les Chevaliers de Terpsichore à coups de redoutables bouts rimés. Ceux-là sont plutôt Français-de-France, solennels et, pour être sincère, très ennuyeux. La Jeunesse joyeuse, elle, est l'enfant de la scission douloureuse de L'Avenir artistique et de La Gaîté, trois troupes de petits bourgeois locaux. Tunis bruisse de ces rivalités et raffole des potins. On s'amuse assez en ce temps-là. On se fait beau aux représentations de L'Essor, la troupe du Maître Alexandre Fichet. On applaudit bruyamment aux succès des charmants jeunes Italiens de La Comedia. En plus, il y a les troupes de théâtre et les orchestres arabes.

L'horizon artistique est bouché, mais qu'importe, Serge veut « sa » troupe. Elle sera très jeune, peuplée de jolies filles, plutôt de gauche et accessoirement juive. Serge veut être « chef ». Il le sera. Il crée « Le Phalène », du nom de ces papillons dont l'existence est si brève qu'ils vivent l'espace d'un jour et meurent à la tombée de la nuit. Poète, il célèbre l'éphémère sur l'air, bien connu à l'époque, de *Oh, chéri !* : *« La lumière est la soif de leur vie. C'est là leur seul amour. Ce sont les ennemis de la nuit et les combattants du jour. Pour eux, tout ce qui luit est raison d'espérance... »* Il se prend pour un phalène, il est *le* Phalène.

Odette, lorsqu'elle approche le jeune homme, est aussitôt émue et subjuguée. Elle est venue accompagner Denise, son amie, comédienne d'occasion, mais c'est elle que Serge remarque. Elle est brune, piquante et rondelette, comme il sied à Tunis. Coiffée à la garçonne, mais sage. Le cœur de la jeune fille s'accélère lorsqu'elle s'aperçoit que le poète ne la quitte pas des yeux. Elle n'osait rêver un tel regard. Il faut savoir qu'Odette est une « fille Scemama ». Elle n'est ni disgracieuse ni complexée, mais c'est une « Scemama » ! Et alors, direz-vous ?

C'est l'histoire d'un autre temps.

⁂

En Tunisie, il y eut, pendant longtemps, deux judaïsmes. L'un est *chic*, l'autre pas. Les *« chics »* trouvent que, décidément, il y a trop de moustiques à Tunis, que les étés y sont trop chauds et les rues insalubres. Ils viennent d'ailleurs, d'Italie surtout, et plus précisément de Livourne, cité accueillante, où ils ont fait souche après avoir fui les autodafés et l'Inquisition espagnole. Les voici donc Toscans et fiers de l'être. Ce sont des survivants. Ils en ont la force et la vitalité.

L'autre judaïsme, le *« pas chic »*, est d'ici, depuis la nuit des temps. Certains de ses membres sont arrivés sur ces terres hospitalières avant même la destruction du Temple de Jérusalem, d'autres tout juste après. Des rescapés. Eux aussi ont de la vitalité et du courage. De la belle et douce Tunisie, ils sont, dit-on, parmi les premiers fils. Juifs *chics* ou *pas chics*, le mystère est à peu près total sur mes origines. Peu de traces ou d'écrits, juste la mémoire, le folklore et les légendes familiales.

En 1733, le comte de Saint-Germain avait déjà tout compris de la Tunisie : « Les juifs composent deux corps considérables et se divisent en juifs du Pays qu'on nomme Moresques et en juifs Livournais [...]. Les Moresques ont une espèce de petit turban violet avec une calotte noire et le reste de l'habillement à la Turque. Les Livournais portent le chapeau et la perruque comme les chrétiens ordinaires. Ces deux corps se haïssent d'une manière parfaite. »

Le comte n'ajoute pas, car il s'en moque sûrement, que les juifs étaient soumis à l'intermittent mais désagréable despotisme ottoman. Celui des beys qui régnaient sur cette province lointaine de l'empire turc.

Les juifs indigènes accueillirent d'abord leurs étranges coreligionnaires poudrés avec une grande gentillesse et la curiosité gourmande que l'on réserve d'ordinaire aux Martiens de passage. Ah, c'étaient de drôles de juifs que ces perruqués ! Ils avaient même parfois l'allure et la morgue de ces chrétiens qui, pourtant, les avaient chassés comme des chiens.

Les Enriquez, mes aïeux, bénis soient-ils, flanqués des Nuñez, Lumbroso, Cardozo, Gutlierez et Valenzi, débarquèrent sur ces rivages souriants. Accueil fraternel des Tunisiens, qui ont toujours su et aimé recevoir celui qui vient de loin. Pourtant ceux-là avaient grand genre et de prétentieuses manières. Dotés d'un souci maniaque de leurs traditions, ils affectaient de ne parler que leur langue, dite « toscane », incompréhensible pour le commun des mortels.

Les rapports entre les deux communautés s'envenimèrent. Certains notables juifs indigènes allèrent même en délégation, un jour d'exaspération, baiser la main du bey et tinrent à peu près ce langage au Turc égaré :

— Ne vous y méprenez pas, Votre Altesse. Ces Livournais ne sont pas des juifs. Ce sont des chrétiens d'une secte spéciale dont les moqueries offusquent gravement nos sentiments religieux.

On imagine la scène. Réponse de l'altesse :

— Que les juifs règlent ça entre eux !

Ils le firent. Les Livournais furent expulsés un moment et pas très loin, juste dans les faubourgs de la ville. Puis ils revinrent parce que non, décidément, on ne pouvait pas leur faire subir un pareil affront et se comporter avec des juifs comme des antijuifs.

Mais que tout cela leur serve de leçon et apprenne la modestie à ces prétentieux, pires que des chrétiens, pensèrent sans doute mes aïeux du côté maternel. Que Dieu m'accorde la liberté de dire qu'ils étaient, ces aïeux, bonne pâte et plutôt braves types, mais qu'il ne fallait pas trop leur marcher sur les babouches !

Rabbins et circonciseurs pour chacun, synagogues différentes, quartiers éloignés. Un mur au cimetière juif sépare les deux communautés. Deux peuples juifs mais étrangers. L'un, le Livournais, est en constant rapport avec l'Europe. Il y envoie ses enfants. Là-bas, ils font des études et reviennent lettrés, myopes et prétentieux. L'autre, le Tunisien, est follement jaloux, envieux à en mourir.

Les Livournais deviennent des intermédiaires zélés et des citoyens protégés par les puissances étrangères qui veulent commercer avec la Tunisie. Ils peuvent s'habiller à leur guise, comme des chrétiens. N'en déplaise au bey, à ses courtisans et à leurs coreligionnaires indigènes. Voici pour la famille livournaise de papa, « italienne » d'origine. Mais franchement francophile par passion des Lumières. Toujours *« chic »* ou feignant de le croire. Fauchée, mais feignant de l'ignorer.

La famille de ma mère est définitivement tunisienne. Rappelons tout de même aux insolents et aux amnésiques que ma mère bien-aimée est l'arrière-petite-fille du sulfureux Caïd Nessim Scemama. Que Dieu bénisse la mémoire controversée de celui qui fut le redoutable ministre des Finances d'un bey corrompu mais philosémite. Certes, mon ancêtre fut un grand coquin et un affairiste redoutable. Il était, aussi, un grand juif pour tous. Même pour les Livournais.

Telles sont les forces en présence, lorsque Serge et Odette tombèrent scandaleusement amoureux.

4

Odette rencontre Serge sur la scène du théâtre *Rossini*.

— Voulez-vous jouer la « commère » ?

— Mais je ne suis jamais montée sur scène. Je ne sais pas chanter et je danse comme une babouchka russe.

— Et alors ?

— Alors, j'ai peur.

— On sera ensemble.

— Yoyo Slama est meilleure que moi. Denise Boccara est plus jolie et Élise Cohen est plus connue.

— C'est vous ! Vous êtes ma commère ! D'ailleurs, tenez, voici le livret. Lisez.

Odette ne sait pas ce qu'est un « livret ». Ses mains tremblent. Lui se dit qu'il n'est qu'un orphelin de Bizerte et qu'il ne mérite pas cette Tunisoise, douce comme le vent sur la mer à la fin des journées d'été, lorsque le parfum des roses et des jasmins se balade autour du golfe de Tunis. Il pense qu'Odette est jolie et drôle. Peut-être, un instant, a-t-il une vision et imagine-t-il les enfants qu'il aura avec elle ? Peut-être, peut-être pas. Ils se mettent à rire. On ne sait de quoi. Il lui répète :

— Lisez, lisez, s'il vous plaît.

Le texte semble aujourd'hui un peu ridicule. Le fils le transcrit pour l'éternité afin que nul ne l'ignore :

LE COMPÈRE

— Serait-il indiscret de vous demander qui vous êtes, chère petite madame ?

Maman répond, bégayante :

— Nullement… Je suis, tout simplement… la commère. Celle de la revue. Mais chut !

LE COMPÈRE

— Pourquoi « chut » ? Vous tenez à l'incognito ?

LA COMMÈRE

— Énormément ! Chut ! Monsieur ! Chut !

LE COMPÈRE

— Tranquillisez-vous ! Je ne connais personne ici… Je suis à Tunis en touriste. Aujourd'hui, au petit matin, j'ai voulu faire quelques pas hors de l'hôtel. Je ne regrette d'ailleurs pas ma sortie puisqu'elle m'a permis de faire votre rencontre délicieuse, madame la commère.

LA COMMÈRE

— Très flattée, monsieur le flatteur ! Si vous voulez, restez un peu avec moi… et je vous montrerai tout ce que Tunis a de curieux et de merveilleux.

LE COMPÈRE

— Vraiment, vous le pourrez ?

LA COMMÈRE

— Pourquoi pas ? Vous serez vite édifié !

Et le compère et la commère sont censés se mettre à chanter. En vérité, seul Serge osa, en frissonnant, les yeux rivés sur sa partenaire. Odette balbutia on ne sait quelle excuse et s'enfuit vite vers les coulisses. Il la rattrapa. Elle lui dit dans un souffle :

— Laissez-moi, je ne saurai jamais ! Je suis ridicule.

Et lui :

— Je vous aime.

Un temps, un vrai temps. Musique peut-être.

L'histoire s'accélère ensuite. Ellipse.

La commère fut engagée. Odette Scemama triompha des Yoyo, Denise, Georgette, Vevette et autres postulantes, peut-être plus douées qu'elle, pourrait laisser entendre la chronique perfide et oubliée de ces années-là. Oui, les autres filles, *au moins*, savaient chanter et danser, vous aurait-on chuchoté, au Café de Paris ou du côté du Passage, là où vivaient les jalouses.

Plus sérieusement, car aujourd'hui seules les tombes, et encore, pourraient parler, je veux témoigner du coup de foudre de Serge et d'Odette. La jeune fille, très surveillée, hérita au premier frémissement d'un sévère chaperon. Impossible d'échapper à ce jeune cerbère pour faire quelques pas le soir, à l'heure douce, sur l'avenue. C'est à mon oncle André, dit Loulou, frère de la belle, qu'échut cette redoutable fonction. Il devait surtout veiller à ce que les mains des jeunes gens ne se frôlent pas. La Lionne du Belvédère, la redoutable Lina Valenzi, la fille du pharmacien, follement éprise de papa, suivait André qui suivait le jeune couple. Partout où il allait ils étaient. Tous les quatre. Lina, rousse flamboyante, d'une famille originaire de Livourne, avait tout pour elle ; la beauté, la fortune, mais aussi la méchanceté. Elle jetait des sorts sur le chemin des amoureux. La diablesse amoureuse et livournaise souhaitait, on l'imagine, tout le malheur du monde à Odette. Elle lui « jetait l'œil », le mauvais, dès qu'elle le pouvait, c'est-à-dire tout le temps.

Flirts contrariés et triomphes théâtraux scandèrent l'automne. Lina ne put supporter le succès de la troupe, les rappels, et, surtout, les bouquets de fleurs offerts à la rougissante Odette par Serge, auteur comblé et amoureux. *Tunis qui potine* fut joué trois fois. On s'y pressait. On venait du Kram ou même de La Marsa. Certains même de Bizerte. Le public fredonnait à l'unisson de la scène :

« A Tunis on aime vraiment
s'raconter les cancans
et le soir sur la Marine
tous vont et potinent
c'est toujours le même refrain
on y jabote
on y radote
on y flirte et l'on chuchote. »

Toute la salle reprenait, les yeux brillants :

« Tous les potins
mille et un riens
qu'on se répète
de cinq à sept
sur l'av'nue de la Marine
c'est tout Tunis, c'est tout Tunis qui potine. »

Le vieux rideau du *Rossini* tombait de bonheur et tous venaient saluer, heureux, émus, essoufflés, et la fille Khayat et Raoul Nizard, le musicien, et David Tibi et Marco Sarfati, tous encore maquillés. Lumières rouges et blanches brutales sur les visages, une éternité épinglée, un bonheur, et de nouveau l'orchestre et le finale et les applaudissements toujours et encore.

⁂

C'en était trop pour Lina. La Lionne se fit violente. Elle alla voir, en grand secret, la maman de Serge, l'indomptable Tsia Eugénia. On imagine, en italien, le dialogue des dragonnes.

Le salon est plongé dans la pénombre, il fait chaud, les rumeurs de la ville sont filtrées. Il y a des rideaux lourds, comme à Livourne. On boit de la citronnade dans des verres de Murano.

— Tsia Eugénia, si je viens vous voir c'est que l'affaire est d'importance.

La voix de Lina s'étrangle.

— Continue, ma fille.

— Je ne peux pas, c'est dur.

— Allons, continue, insiste la Tsia, légèrement excédée, tapotant de son éventail l'épaule de la Lionne blessée.

— Eh bien, voilà, comme vous m'obligez à parler, je parle.

— Dieu soit loué !

— Il s'agit de Serge…

— Qu'a-t-il fait, ce brigand ?

— Il sort avec… avec…

— Parle !

— Je ne peux pas…

— Parle, je t'en supplie. J'ai le cœur fragile, ménage-moi.

— Vous allez souffrir, Tsia.

— J'ai déjà perdu Vittorio. Il est mort dans d'horribles souffrances. Il ne nous a laissé que des dettes ! Mais l'honneur, ça oui, nous l'avons gardé. L'honneur, nous savons ce que c'est, surtout de notre côté, les Fiorentino, qui sont d'ailleurs cousins par alliance de Claudia, la belle-sœur de ta tante Shiappini. Donc l'honneur, on connaît. Parle !

Lina s'éclaircit la voix et enchaîne dans un souffle.

— Serge sort avec Odette Scemama…

Le temps devient immense. Tous les coucous suisses se mettent à sonner. La cloche de la cathédrale aussi tandis que le muezzin appelle les fidèles à la mosquée et que les anges judéo-tunisiens défilent en procession, graves, en larmes, au ralenti.

— Quoi ?

— Serge sort avec Odette Scemama.

L'effet est énorme. Tsia va mourir. Elle halète. Elle suffoque. La Lionne, implacable, continue :

— Je dis bien Odette Scemama, la fille des Scemama des machines agricoles. Même pas ceux des voilages ou ceux de l'avenue du Caire. Non, les Scemama-du-Passage-Grammont !

— Je meurs. Je sens que je meurs. Depuis qu'il est petit, il me trahit ! Il veut écrire dans les journaux ! Il n'aime que les rouges !...

— Les communistes ? Quelle horreur !

— Tu l'as dit, ma fille. Il ne va jamais à la synagogue. Jamais ! Ah, si son pauvre père était là... Remarque, il n'avait aucune autorité. Bon, c'était quand même un homme... Un Moati avec une Scemama ! Nos ancêtres sont morts pour rien ! Des vies magnifiques de dignité et de courage, pour rien. Oh, trahison ! Oh, douleur ! Lina, que faire ?

— Mon rôle était de vous informer, Tsia ! Vous savez combien je vous aime. Pardonnez la liberté que j'ai prise. C'était mon devoir, c'est tout.

— Merci, ma fille, merci. Maintenant laisse-moi. Je veux être seule avec mon chagrin, avec la mémoire des miens qui souffre et qui saigne.

Lina partit sur la pointe de ses fines bottines avec le sentiment du devoir accompli. Elle était un peu effrayée, toutefois, par l'effet qu'avait provoqué la nouvelle sur la pauvre Tsia. Effrayée, mais ravie. Il suffisait, maintenant, d'attendre. Ce ne fut pas long.

Tsia Eugénia s'allongea. La fièvre vint. Elle délira. Elle appela à son aide et à son chevet les âmes des grands disparus.

— Oh, Dieu, Dieu des Livournais et des Toscans, écoute-moi, nous qui avons survécu aux Espagnols – que le Diable les emporte –, nous qui avons fui les

Portugais – que la malédiction divine s'abatte sur eux jusqu'à la centième génération –, nous qui avons fait le tour du monde pour sauver nos torahs, nos synagogues et notre fierté, alors que tous voulaient nous tuer, et les catholiques et les arabes, écoute-moi ! Je n'ai qu'un Fils et ce fils me trahit, piétine tout, démolit et déchire. Il crache sur les livres saints et, en plus, il sort avec une Scemama ! Et pas n'importe laquelle, une Scemama-du-Passage-Grammont, une arabe, on pourrait dire, pire qu'une arabe parce qu'au moins chez eux il y a des grandes familles turques, non une petite juive dont les grands-parents sont boutiquiers – et encore – à la Hara, le ghetto !

Ah ! je meurs, je meurs !

⁂

En entrant, Serge trouva sa mère en piteux état dans l'appartement délabré et sombre. Étendue sur le sofa bordeaux au tissu râpé, elle respirait avec peine. Elle ouvrit tout de même un œil, sembla reconnaître l'objet de tous ses malheurs et gémit dans un râle :

— Ah te voilà, bourreau, *mi figli* !

— Maman, qu'est-ce qu'il y a ? Maman !

— Moi vivante, jamais tu n'épouseras une Scemama !

— Mais…

— Tais-toi ! Tu me tues. Comme tu as tué ton père en fréquentant les rouges et en refusant de l'accompagner à la synagogue.

— Mais…

— Tais-toi !

Il reprit le chemin de sa chambre. On a beau être l'auteur à succès de *Tunis qui potine*, l'avenir parfois semble bien sombre.

Puis ce fut l'été. Tragique pour Tsia. Sous haute surveillance pour les amoureux.

Les deux familles, Moati et Scemama, prirent leurs quartiers estivaux. Pour les Scemama, moins chics mais nettement plus fortunés, ce fut comme chaque année La Goulette, où l'air est doux et le poisson bien frais. C'était là aussi que la limonade Camilieri inondait les gosiers des assoiffés. Chaleur suffocante mais petit vent, le soir, aux terrasses des guinguettes du bord de mer.

La Goulette, mon Dieu, comme on l'aimait chez Félix et Maya Scemama, les parents d'Odette ! Le Paradis. Le vrai Tunis. Tellement mieux que cette cuvette surchauffée, là-bas, au fond du lac, à quatorze interminables kilomètres de la mer, qui nous servait de capitale pour on ne sait quelle raison. La Goulette était un monde, un tohu-bohu épicé et chaleureux, l'univers tendre de mes parents qui tentaient de danser, sans se toucher, au *Casino de la Jetée*, sous les regards implacables de Lina et d'André. Les deux dragons les y avaient suivis depuis le cinéma en plein air, le *Kram*, où l'on projetait sur un drap blanc les dernières et trépidantes aventures de Tom Mix, cow-boy complice involontaire de flirts interdits.

Papa voulait-il offrir à maman, avant le jasmin de fin d'après-midi, un peu de boutargue, ces sublimes œufs de mulet séchés, accompagné de « blanquite », l'exquis petit pain frais, qu'apparaissait aussitôt le visage de l'un des espions qui ne les lâchaient pas, même le temps d'un nougat, d'une citronnade ou d'un macaron. Pas même celui d'une glibette ou d'un frôlement furtif des mains, lorsqu'arrive l'heure des premières étoiles et des attendrissements amoureux.

Enfer de tous les instants. André au rapport tous les soirs. Et la Tsia aux aguets dans la grande demeure délabrée de l'aristocratique petite ville de Kherredine, à cinq cents mètres de La Goulette trop vulgaire. La Tsia mourant chaque jour un peu plus. La Tsia tuée par l'épouvantable saga amoureuse de mes parents.

Les Italiens du bord de mer défilèrent ce 15 août, comme chaque année, pour célébrer la Madone de Trapani. La statue de la Vierge était promenée à bout de bras. Elle rendait visite à son peuple et paradait le long des deux avenues du port de La Goulette, sous les vivats. Regards mystiques et rites ardents. Les juifs et les arabes suivaient aussi la procession mariale, et ce joli monde, le soir venu, se retrouvait dans les cafés où l'alcool de figue coulait à flots et donnait de la folie aux yeux des enfants du quartier. Le lendemain de la procession, grâce divine : Lina, à l'immense soulagement des amoureux, lâcha prise. Elle abandonna soudain sa traque névrotique et vaine. On ne put que remercier la Madone, si bonne pour ses enfants, fussent-ils juifs ! Le miracle avait une explication : la Lionne, en effet, avait eu un coup de cœur pour Kiki et l'avait enserré de ses griffes acérées et sensuelles. Le beau Kiki céda. Kiki, l'idole des plages, Kiki Boccara, le plus grand des nageurs de La Goulette, beau comme un astre séfarade, aux pectoraux magnifiquement sculptés par l'excellent couscous-boulettes de sa mère, s'empara du cœur meurtri de la Lionne.

Retour en arrière : Lina, en ce jour béni entre tous, admirait à la jumelle, depuis le rivage, les exploits de Kiki, demi-dieu offert à la convoitise des belles. Lina devint littéralement folle de ce corps sublime et ne put s'empêcher de le comparer à celui, déjà rond, de mon pauvre père qu'elle cessa d'aimer d'un coup d'un seul. Kiki, quelques heures plus tard, emmenait la Lionne dans sa fameuse barque, loin, très loin, vers le large. Elle succomba. Il triompha.

⁂

Quelques jours plus tard, Tsia, en apparence tout à fait remise, prenait un sabayon au café *Vitoli*, sur l'avenue de Paris. Elle vit passer Serge et Odette, suivis du seul André. Plus de Lionne.

Cette absence suffit à la ramener vers son lit où elle s'abandonna à d'horribles souffrances.

Odette, quelques jours plus tard, vint lui rendre visite, événement inouï et signe incontestable, comme on pourra le constater, de son génie manœuvrier. Eugénia, toujours agonisante, n'eut pas même de réaction lorsque la jeune fille s'assit près d'elle. Odette, d'une voix douce, prit de ses nouvelles et lui épongea le front avec son mouchoir de fine dentelle. Tsia, alors, mourut ou presque.

Le lendemain, Odette revint. Dans un petit sac en paille, recouvert d'un linge blanc, elle avait apporté des gâteaux au miel, ceux-là mêmes que Tsia, du temps qu'elle était encore vivante, adorait. Et fit de même, jour après jour. Un après-midi, tandis que la conversation languissait, Odette accabla le fils de la maison :

léger, frivole, coureur de jupons, il l'avait abandonnée elle, si amoureuse, si tendre, si convenable. Cette délicieuse nouvelle, une fois la première joie passée, sembla faire étrangement de la peine à la Tsia brutalement ressuscitée. Elle commençait à trouver à cette Odette quelque mérite. Elle se laissait même aller, furtivement, à la trouver presque digne de son crétin de fils. N'était-elle pas charmante et dévouée, une « vraie fille », capable de ramener sur le droit chemin ce mécréant, socialiste et, pour tout dire, absolument fou ? Ainsi vont les sentiments et le cours des choses. La vie est paradoxale et le cœur des Tsia imprévisible.

Odette, grâce aux petits gâteaux et à sa fraîcheur d'âme, sut se rendre indispensable. Elle devint une sorte d'exquise garde-malade. Grâce à elle, le soleil pénétrait de nouveau dans l'obscur appartement de la rue de la Douane. Le gramophone y chantait des chansons d'amour et on y vit même au balcon des fleurs légères.

Tsia s'éprit finalement d'Odette. Elle confessa à l'une de ses rares amies, Sylvana Modigliani, que la jeune fille avait décidément beaucoup de classe pour une Scemama-du-Passage-Grammont. Ce qui, dans la bouche de ma grand-mère, valait bénédiction.

Quelques mois plus tard, Serge épousa Odette. Mariage modeste, presque secret. Ils trouvèrent un rabbin militant pour le difficile mais nécessaire rapprochement des deux judaïsmes de Tunis, l'indigène et l'importé, le *chic* et le *pas chic*. Le rabbin fit son office du mieux qu'il put, *mezza voce*.

Les amis du Phalène dansèrent et chantèrent dans une salle du *Souffle du Zéphyr*, au bord de la mer. Ce fut vraiment une belle fête. Tsia mourut quelques années plus tard fort paisiblement, après avoir offert son médaillon, celui qu'elle ne quittait jamais, à sa belle-fille.

Nous étions en 1927. A l'époque, la Villa Jasmin n'existait pas. Mes parents devaient déjà en rêver, mais elle n'avait pas encore de réalité et, encore moins, de nom.

5

L'architecte Théodore Valenzi, un ancien de la troupe du Phalène, montre à mon père un terrain insalubre du côté du Belvédère.

— Regarde ce terrain. Il ne vaut rien. Il est inconstructible. Apparemment, il n'y aura jamais de maison ici. Seul un fou pourrait rêver du contraire.

— Et alors, murmura timidement Serge, en quoi suis-je concerné ?

— Parcc que tu es fou. Et moi aussi. Si on arrive à construire une maison ici, on prouve à tout Tunis que le quartier du Belvédère peut être l'avenir de la ville. Tu me suis ?

— Non.

— Je reprends. Ta mère, Tsia, que Dieu protège sa mémoire et nous épargne son retour, si tu vois ce que je veux dire, t'a laissé des actions du chemin de fer Bône-Guelma. Vrai ou faux ?

— Vrai. Et alors ?

— Alors, tu les vends. Ça ne te rapportera pas grand-chose, mais juste assez pour te payer ce cloaque. La vase ne coûte rien à Tunis. Tu me suis ?

— Oui.

— J'aime mieux ça. Écoute-moi bien. J'ouvre ton cœur et ton esprit à de sublimes réalités. Je suis celui qui va faire basculer ton destin. Tu me devras tout. Et je ne parle pas seulement d'argent.

— Théodore, tu es malade !

— Non. Juste visionnaire. Certains savent écrire, enfin, à peu près. Toi, par exemple. Moi, je sais dessiner. Je vois. J'anticipe. Ce quartier existera. Il y aura ici des villas blanches avec des jardins, des citronniers et des balançoires, des enfants et des ânes. Les juifs, qui ont quitté le ghetto, habitent maintenant au centre de la ville. Première étape. J'ouvre le chapitre suivant. J'innove. J'invente. Le Belvédère sera le nouveau quartier de Tunis ! Celui de « l'avenir radieux », comme tu l'as écrit avec emphase et naïveté dans *Tunis socialiste*. D'ailleurs, il y aura ici, partout, des kiosques à journaux où l'on ne vendra que *Tunis socialiste*, le journal de tes camarades. Ça te va ? Rien que *Tunis socialiste* ! Tu imagines ?

— Tu as la fièvre jaune, le paludisme. Ta cervelle n'est plus irriguée. Tu vas mourir, pauvre Théo !

— Tu me fais de la peine. Je te croyais inventif. Comment l'auteur de *Succès-d'année* et de *Tunis qui potine* peut-il avoir l'imagination aussi plate ? Écoute-moi. Vends la rue de la Douane, ce capharnaüm. Ta mère y languissait sous les souvenirs d'un Livourne où elle n'avait jamais mis les pieds, même pas en rêve. Vends tout, les tableaux et les nappes brodées, les tapis ridicules et les petites marquises. Aère-moi tout ça. Allez, ouvre la fenêtre. Sinon Odette va étouffer avec le souvenir de la Tsia jusque dans son lit, sous les fleurs séchées, dans la naphtaline. Dégage les boîtes à chapeaux, les vieilles bottines et les coussins des sofas. Serge, tu vis comme un pauvre et tu dors, mal, sur un trésor. Tu veux changer le monde, tu en veux un nouveau et tu n'oses même pas te débarrasser de l'ancien qui t'asphyxie. J'ai dit. Voilà. J'ai tout dit et je me tairai maintenant. Tu m'épuises, à la fin. Tu es juste bon à rimailler trois fois par an et à te disputer avec tes ennemis politiques, beaucoup moins conservateurs que toi, en vérité. Salut !

— Salut !

Valenzi, en vrai dandy, partit gracieux, en sautillant. Il avait distillé son venin.

Serge resta seul devant son terrain et lui trouva, on ne sait pourquoi, un certain charme.

⁂

Le lendemain, papa revint au Belvédère avec Odette. Il lui dit :

— Regarde.

— Quoi ?

— Ça !

— Ça ?

Il n'y avait rien à voir. Mais Odette était amoureuse de Serge. Elle le trouvait inventif et drôle, peu apte à gérer la vie de tous les jours, mais elle était prête, malgré tout, à s'extasier. Ce qu'elle fit.

— Oui, c'est joli. Mais…

— Je sais, Odette. Tu te dis : « Pourquoi il me montre ça ? » Non ?

— Oui, enfin, chéri, je…

— Rêvons un peu. Qu'est-ce que tu sens ? Dis-moi ce que tu sens. Respire, prends ton temps…

— Chéri… Tu vas m'en vouloir…

— Parle. Comme ça vient. Allez…

— Je sens la vase du lac de Tunis, les eaux croupies, la sale odeur des marécages. Depuis le temps qu'ils disent qu'ils vont nettoyer le lac ! Ils le feront jamais. Oui, voilà ce que ça sent. Peut-être aussi…

— Quoi ?

— Le caca des flamants roses. Pardon, chéri. Je t'ai fait de la peine ?

— Mais non, il m'en faut plus. Vraiment, Odette, tu m'amuses.

— Mon chéri, je te dis la vérité. Tu m'as amenée là où les chiens de Tunis vont faire pipi et tu voudrais que ça sente *L'Heure bleue* ?

— *L'Heure bleue*, justement ! Tu l'as dit. Ça sent un parfum inouï, celui de notre terre, de tes ancêtres et des miens, même si les miens étaient beaucoup plus chics que les tiens. Ça sent notre mémoire commune, même si la nôtre, je veux dire celle des Moati, à en croire ma pauvre mère, est autrement plus riche que la vôtre, pauvres juifs indigènes ! Ça sent ce qui peut nous unir. Tu ne devines pas ?

— Non.

— Réfléchis. Oublie tes siècles d'humiliation, oublie la saga assez plate de tes ancêtres, oublie que certains croient que vous êtes des Berbères à peine judaïsés, oublie tout ça et prends ma main ! Maintenant tu t'appelles Moati et grâce à ce mariage, tu es devenue une Enriquez, une vraie, presque une Modigliani, une quasi Florentino ! Alors, oublie le passé !

Respire encore et réfléchis. Qu'est-ce qui nous unit, nous autres, les juifs de Tunisie ? D'ailleurs, qu'est-ce qui unit, ici, tous ceux qui ont compris que cette terre était un paradis ? Et je parle des Berbères et des juifs, je parle de tous ceux qui sont venus après, les Romains, les Arabes ou les Turcs, les Siciliens, les Maltais, les Italiens ou les Français. Qu'est-ce qui les unit tous ceux-là, quel parfum, quel souvenir ? Allez Odette, trouve…

— Le couscous ?

— Tu y es presque. Cherche !

Elle est au bord de la crise de nerfs, et lui se demande s'il a vraiment bien fait d'épouser la petite Scemama-du-Passage-Grammont. Mais que voulez-vous, l'amour avait été le plus fort et ces deux-là s'aimaient.

— Alors, tu trouves ? Quel est le seul parfum plus fort et plus doux que le couscous ?

— Ah oui, peut-être ce que l'on sent… quand le sirocco fait se balancer les bougainvilliers à Salammbô… ?

— Allez, tant pis. Je te donne la réponse et te la hurle même, fille ingrate de Tunis, c'est le JASMIN !

Serge serre Odette dans ses bras, la serre à l'étouffer, et la fait tournoyer sur elle-même comme dans les bals qu'ils fréquentaient, surtout ceux du *Souffle du Zéphyr* où l'air de la mer fait chavirer le cœur des valseurs.

— Oui, le jasmin, Odette chérie ! Le jasmin ! Ce lieu apparemment insalubre sent le jasmin à pleins poumons. Je mets, parce que je suis bon prince, sur le compte d'un léger refroidissement, la faillite de tes sens olfactifs. Nous sommes au cœur du jasmin, dans l'empire du jasmin, dans la Babylone du jasmin ! Il rend fou. Tu comprends, fou !

— Oui. Ça se voit. On rentre ?

— Non. Je veux te raconter mon plan. Écoute-moi. Ici nous ferons construire notre villa, et on l'appellera « Villa Jasmin ».

— Avec quel argent ?

— Je vendrai tout ce qui me reste de Tsia. Ses meubles et l'appartement de la rue de la Douane. Ça ne vaut pas grand-chose, mais ce terrain non plus, avouons-le.

— Pas le médaillon !

— Quoi ?

— Je parle du médaillon de ta mère. Je ne le vendrai jamais !

— Mais non, jamais ! On vendra aussi une ou deux babioles de ta dot, des couvertures en laine des Pyrénées et des coucous suisses. On fera bâtir notre villa par Valenzi…

— Quoi, cet âne, ce « Chameau du Saf-Saf » ?

— Non, madame, ce « visionnaire ». Ici, on fera construire la Villa Jasmin qui rendra folles de jalousie tes copines et abritera notre amour et nos enfants. En pionniers, nous entraînerons à notre suite tout ce que Tunis compte d'aventuriers de l'esprit, de flibustiers et de conquistadors, toutes races et toutes religions confondues. Ici se construira le nouveau Tunis, celui du XXIe siècle, celui de la tolérance et de la fraternité. A ce moment-là, la Tunisie fera partie d'un vaste ensemble euro-méditerranéen. Les anciennes colonies et notre « protectorat » seront indépendants. Sur cette terre de concorde vivront nos enfants et les enfants de nos enfants dans une République socialiste, laïque et ensoleillée. Son emblème sera un brin de jasmin sur un fond de drapeau rouge.

Il s'enivrait lui-même, le savait et en riait. Elle riait aussi.

Il lui prit la main et lui dit encore :

— Jurons, veux-tu, que sur ce lieu s'élèvera la « Villa Jasmin », notre Villa Jasmin. Dis : « Je le jure. »

— Je le jure.

6

Pour financer la construction de la villa, il fallait travailler et gagner de l'argent. Serge eut alors l'idée – combien de fois eut-il des idées plus naïves les unes que les autres ? – d'ouvrir un cinéma près du hangar de machines agricoles de son défunt père, 6 place Garibaldi. Le terrain attenant étant très vague, papa l'occupa. L'endroit fut baptisé « Cinéma ». Carrément. Puis il entreprit de persécuter l'ancienne troupe du Phalène. Tous étaient devenus des presque notables, des pharmaciens, des avocats, des quincailliers ou des stomatos.

Il leur dit :

— Si vous voulez que l'on continue, comme dans le temps, d'aller de triomphe en triomphe, il nous faut un endroit à nous. Un ciné-théâtre. Le *Rossini* va être démoli. Le *Municipal* – qu'il aille au diable avec sa direction inculte et réactionnaire de bras cassés – ne veut plus d'amateurs et de socialistes comme nous ! Alors, camarades, courage ! Prenons notre destin en main. Le monde nous appartient, à nous, la jeune garde !

Ainsi fut fait. Le premier soir, celui de l'inauguration du *Ciné-Garibaldi*, Bismuth l'assureur, un brave type replet, joua le rôle d'un moine terrible et filiforme, le fascinant Raspoutine. Un contre-emploi. Grimé, effrayant, encore plus moche qu'à l'ordinaire, Bismuth accueillait les spectateurs en les terrorisant de ses yeux inexpressifs et exagérément fardés. On rit. La soirée promettait. Sacré Bismuth ! Odette, à la caisse, comptait et recomptait les rares billets pendant que Serge faisait le clown Rigolo entre les travées, pour tenter de distraire ceux qui attendaient, avec impatience, « venu de Paris », le plus tendre des comiques, le Vagabond orphelin et son accordéon. Ensuite s'offrait à son public chéri la sensuelle Gaby de Bérac et son fameux répertoire de danses de salon. Tout cela eut un succès mitigé. Pour dire vrai, ce fut une vraie catastrophe. Le malheureux Vagabond orphelin fut congédié. On l'embrassa. On lui offrit un verre de rosé, puis il retrouva l'anonymat de sa bonne ville d'Hammamet qu'il n'aurait jamais dû quitter. Thérèse Boutboul, alias Gaby de Bérac, fut fermement priée de s'occuper de son mari, le pauvre Léon Boutboul, directeur commercial du *Comptoir des élégantes*. Papa rama, changea de cap. Il fit venir des films de Paris, des inédits, des rigolos ou des tristes, pour lutter contre la terrible concurrence du *Ciné-Nuñez*, du *Palmarium*, de l'*Alhambra* ou du *Majestic*. Puis il fit une alliance objective avec les Ben Arous, propriétaires du *Ciné-Kram*, autre cinéma en plein air, situé en banlieue. Il dit à Moktar :

— Passe-les d'abord, les films, moi je les reprends, en « deuxième exclusivité ». On se partage les frais.

L'accord fonctionna. Que l'on se souvienne de ces triomphes que furent *Ziska, l'espionne* ou *Le Jockey perdu*. Le *Garibaldi* frétillait. *Ma fille est somnambule*, *Gorge sèche et gosiers humides* remplirent de rires aigus les nuits tunisoises, crépitantes d'étoiles filantes. *Rosita, chanteuse des rues* fit pleurer plus d'une belle. *Zigoto Roi* tenta de consoler les belles et y parvint sous les rires et les applaudissements. *L'Aventure de Bijou*, *Le Marchand du plaisir*, films accompagnés avec talent par Maurice Nizard et son ex-grand orchestre du Phalène, firent rosir bien des joues. Dans une nuit d'apothéose, Habiba Messika, l'étoile des cœurs, l'impératrice des songes, celle qui faisait tourner les têtes juives, italiennes, françaises ou même beylicales, vint honorer la scène du *Garibaldi*. Elle interpréta avec génie le rôle travesti de Joseph. Celui-ci, comme on s'en souvient, avait été vendu par ses frères, des jaloux, des aigris. Le public pleura, vibra et fit une longue ovation à la Sublime. Ce soir-là, Serge se dit que la vie était belle, et qu'il allait conduire la troupe du Phalène vers de nouveaux sommets. Tout Tunis entendrait parler de lui.

Pauvre papa.

Un jour, un policier vint lui dire que son cinéma en plein air n'obéissait pas, mais alors pas du tout, aux normes de sécurité en vigueur dans le protectorat. Il tenta de corrompre le Corse, protesta, tempêta, manifesta, pétitionna. En vain. Le *Ciné-Garibaldi*, populaire mais criblé de dettes, fut poussé vers la sortie, l'oubli, le trou noir, le triangle des Bermudes. Le cœur brisé et la bourse plate, on ferma. Mes parents pleurèrent.

Serge rebondit quelques jours après. Le propriétaire de *Tunis soir*, un Maltais, Max Caruana, cherchait un rédacteur malin et, surtout, taillable et corvéable à merci. Il fit appel à Serge.

— Tu mets ton mouchoir rouge dans ta poche et je t'engage. Attention, Serge, pas de politique, pas d'attaques contre le résident de France, ni de soutien aux arabes excités de l'Ancien ou du Nouveau Destour. Rien, tu m'entends, rien ! Je veux du potin et du popotin. Je veux que ça swingue et que l'on rigole. Raconte-moi Tunis. Fais-nous rêver et oublie le reste. Ce journal doit amuser. Il doit se lire sur la plage, quand on a du sable dans les yeux. Il doit se lire juste avant le plongeon à l'heure de la sieste. Se lire aux chiottes, et on doit même pouvoir s'essuyer avec.

L'image étant forte et l'ambition clairement définie, Serge se convoqua et ne sut quoi se dire. Puis pria Odette en séminaire très privé sur la plage de La Marsa. D'abord, il l'embrassa longuement. Il lui demanda quoi faire ensuite. Tuer Caruana, le broyer, l'exterminer, ce salaud, ce cynique, ou alors négocier, faire semblant, prendre l'argent de cet imbécile et la fermer ? Odette répondit qu'elle n'avait pas de solution, mais qu'elle allait lui annoncer une grande nouvelle. Elle balbutia et, dans un souffle, avoua qu'elle était enceinte. Et que, vu la nouvelle situation, ce serait tout de même bien que Serge accepte la proposition de l'infâme Max.

— Franchement, après l'histoire malheureuse du *Ciné-Garibaldi*, ce n'est pas avec tes socialistes et leur feuille de chou que l'on mangera !

Pas plus qu'avec Le Phalène, ruiné par d'horribles querelles.

Serge accusa le coup. Il embrassa de nouveau Odette et alla se soumettre l'après-midi même. Max ne doutait de rien, ni de lui-même, ni du succès qu'allait connaître son journal grâce à son unique rédacteur, le sémillant Serge Moati.

⁂

Tunis soir cartonne. Max triomphe. Petit Citizen Kane local, il n'a qu'une idée :

— Ne jamais ennuyer ! Jamais. Tu entends, Serge ! Tu entends ou je te défonce le crâne !

Papa entend. *Tunis soir* est lu par tous ; du colon sûr que la Tunisie restera éternellement française, à l'indigène avide d'acquérir un peu d'« autonomie nationale », comme on disait alors sous la gandoura.

Les lecteurs sont italiens, « français de France », tunisiens, musulmans, juifs de tous horizons, maltais ou siciliens. Les analphabètes eux-mêmes s'arrachent le journal. Tous sont unis par une quasi-certitude : ils habitent un petit bout de terre qui a des allures de paradis. Honnêtement, ils n'ont pas tort. Joliesse extrême des terres et des rivages. Douceur des vents et des hommes. L'obsession de Max-le-Tyran est que rien, jamais, ne doit gâter la fête. Pas de tempête dans le couscoussier ou de ride sur le golfe de Sidi Bou-Saïd.

— La paix, la bouffe, les rigolades, les potins, voilà le programme. Tu entends, Serge, ou je te défonce le crâne encore une fois ?

— Oui, Max. Oui, mon chef. Je ne parlerai ni des grèves, ni des mauvaises récoltes. Ni des mendiants, ni des prostituées. Je ne parlerai jamais des méchants colons arrogants ou de la mafia maltaise. Pas un mot sur le bled qui crève de faim. Pas un article sur nos villes où des enfants errent, pieds nus dans les rues, où les ordures ne sont pas ramassées. Pas un mot, mon Max chéri, mon tyran d'amour. J'aurai le stylo enfantin et léger, badin et distrait. Mon œil, lui, sera constamment émerveillé. Oui, Max, commande et je t'obéis.

— Ne te fous pas de ma gueule. Ou je t'étripe.

Papa, anonyme tâcheron et homme à tout faire de Citizen Max, prend donc la sage décision de réserver ses indignations enflammées, mais anonymes, à *Tunis socialiste*. Sa plume est schizophrène.

Unique rédacteur du « journal de la vie et des fêtes tunisoises », il fait et refait la tournée des bars et des cercles où se réunissent joueurs de cartes et lanceurs de potins. Il écoute et se fond dans le paysage. Il y cueille l'écume de la ville et glane la matière de ses chroniques. Elles sont souvent amusantes et pimentées. Elles sentent l'alcool de figue et le jasmin. Papa s'immerge, observe, écoute. Avec toujours l'air de ne pas y toucher, il sait faire parler. Il est disert ou badin quand il le faut. Et c'est utile pour favoriser la tchatche.

A l'heure de la *kémia*, *Chez Paul*, le bar des notables juifs. Des mines d'info. Des bavards comme on n'en fait plus. Voici qu'arrivent Maître Albert Bessis, solennel comme un paon, Victor Slama qui a des allures de vrai milord de Bab-Souika, Henry et René Smadja, faux jumeaux et vraies pipelettes. Et ça parle et ça fume et ça boit. L'air est doux et l'anisette fraternelle. Ils ont le teint frais et le visage lisse. Ils sentent l'eau de Cologne Roger-et-Gallet dont Charlot, le barbier, les a généreusement aspergés. Le bar cocotte.

Charlot est au carrefour des intrigues. Charlot sait tout, mais ne dit rien, sauf à papa qui sait prendre son air niais et arrive parfois à le faire rire.

— Charlot, dis-moi, est-ce que, d'après toi, Sauveur Cohen voit toujours en cachette la femme de cet abruti de la douane, le Français, comment il s'appelle déjà ?

— Sur ma vie, je te dirai rien. Tu peux me tuer, je te dirai rien !

— Dommage, parce que j'avais un truc rigolo à te raconter sur elle.

Un temps, puis…

— Charlot, Charlot, dis-moi, toi qui as vu Ravelet, le patron des *Dames de France*…

— Comment tu sais ?

— Je sais tout ! Tu sais que je sais tout !

— Que le diable t'emporte, Serge.

— Je t'aime, Charlot. Dis-moi, Ravelet, il t'a parlé de la soirée du Cercle français. Ils t'ont dit qui ils allaient faire venir comme artistes de Paris ?

— On m'a dit. Mais je te le dirai pas.

— Méchant, Charlot ! Et le bal des Russes ? Tu connais le programme ? Et l'argent, comment ils ont fait pour trouver l'argent ?

— Je préfère mourir que trahir la confiance de mes clients.

— Allons, allons…

Charlot n'est pas mort. Charlot est immortel. Charlot balance tout à papa. Charlot aime papa. Le barbier et le journaliste font presque le même métier : ils alimentent la gazette de ce Tunis qui, aujourd'hui, n'existe plus.

⁂

Serge, le lendemain, sur le coup de midi et demi, va chez *Pattachini*, le bar « de droite », quartier général des Corses de Tunisie. Il boit une anisette, fait le doux, apprivoise et roucoule. Puis, la tête farcie de nouvelles fiévreuses, il va déjeuner, soit à la *Brasserie suisse* soit à *L'Hungaria*. Raclette ou goulasch. Exotisme assuré. Et suée. Il essaie de copiner avec les fonctionnaires de la résidence générale, des humains plutôt coincés qu'il convient de dérider. Rude métier que celui d'informateur ! Deux, trois fonctionnaires de police, à l'heure du café-calva, se laissent aller à quelque confidence : hier soir, mais n'en dites rien, on a fait une descente dans un bar de la rue de Provence. Y'avait des nouvelles putes d'Alger ! Pas mal, les gonzesses. Les hommes rigolent. On a aussi mis en cabane un réseau de pervers. Ces types allaient forniquer dans les allées du Belvédère et tripotaient des gamins au creux des fourrés. Mais c'est secret, monsieur Moati. Secret !

Papa, dépositaire des mystères de la ville, rejoint le bureau du journal et s'acharne sur sa machine à écrire. Il lui faut maintenant faire le tri des infos et ne pas griller ses sources. Après déjeuner, il lui arrive d'avoir une folle envie de somnoler. Mais Max veille et hurle. Alors papa sursaute et se reprend. Le canard doit sortir, coûte que coûte, vaille que vaille. C'est l'humble tâche du chroniqueur local. Son devoir et sa fierté aussi. Le soir venu, il va au *Club des Champs-Élysées* applaudir Lina Dora, chanteuse réaliste. La vieille dame lui fait de la peine. Son article sera complaisant. Le lendemain, il fredonne à l'unisson de la salle de vieilles chansons arabes avec Ali Rahi à l'*Alhambra* et couvre un spectacle de bienfaisance au *Palais des sociétés françaises*.

Danses du terroir, chants provençaux. Il s'enthousiasme le dimanche aux exploits de la Jeunesse sportive goulettoise ou à ceux de l'Étoile de Tunis. Il déteste le football en particulier et le sport en général, mais les lecteurs en raffolent. Il n'a pas le choix. Ni pour le sport, ni pour le reste. Ainsi, il ne raterait, sous aucun prétexte, le déjeuner mensuel de l'Amicale des Parisiens de Tunis, et accompagne les Amis de Saône-et-Loire dans leur pique-nique annuel à Gammarth, « plage où la brise de mer fustige agréablement les vagues ». Une pluie diluvienne interrompt providentiellement les ébats des malheureux sociétaires. Papa jubile. Il peut rentrer chez lui.

Trois mois après, entre le concert de Gaby Smadja et le bal des enfants travestis, Vivi, mon grand frère, naît par une belle nuit de septembre, vers vingt-trois heures et trente minutes. Odette rayonne de bonheur. Serge aussi. Mais, dès le lendemain, il repart à l'assaut de la ville. Max n'a pas de cœur, c'est un ogre. Rien de ce qui bouge à Tunis ne doit ni ne peut échapper à la vigilance de Papa.

Il téléphone à la capitainerie et signale les mouvements des bateaux. Voici qu'arrivent le *Timgad*, le *Paramé* et l'*El-Kantara*, tout blanc, tout neuf. Voilà que repart vers Marseille le magnifique *El-Biar*, qui s'enorgueillit de recevoir à son bord l'exquise mais mélancolique Lady Petter, une authentique mais lointaine petite-cousine de la reine d'Angleterre, flanquée de son mari, l'étrange Sir Ernest. Celui-ci a défrayé la chronique. La nuit venue, certains ont vu l'Anglais traîner du côté de Sidi Bou-Saïd en compagnie de jeunes guides peu farouches. La lady buvait ; Sir Ernest draguait. Quelques livres sterling et c'était le paradis. Époque lointaine. Chuchotements préhistoriques. Pendant que s'éloigne ce couple presque diabolique, Paola Negri, danseuse très espagnole, virevolte, talons hauts et castagnettes, alors que Loïs Morana, une vraie nullité pourtant, triomphe sur l'écran du *Régent*.

C'était inévitable : papa, un beau jour ou une sale nuit, en a assez. Il faut dire que Max est l'homme le plus radin de tout le bassin méditerranéen. Papa râle. L'autre lui répond :

— Si t'es pas content, va te faire voir chez tes copains socialistes !

Maman essaie de calmer papa et y arrive à peine. Il mélancolise. Il organise, pour se distraire, le 6e Gala de la presse au *Palmarium*. Un travail d'enfer. On ne manquera pas de noter son extrême et toute progressiste délicatesse. Que l'on en juge, si l'on veut bien lire le programme : « Des dispositions ont été prises pour permettre aux dames musulmanes d'assister au gala. Au cinéma, des places leur seront réservées. Durant le bal et les attractions, une loggia dominant le jardin d'hiver leur permettra de tout voir sans être vues et, ainsi, de ménager leur pudeur. »

Ce gala, grâce à Serge Moati, fut un succès cosmopolite. Tout Tunis applaudit Rosine de Lorenzo, Yvette Day, Les Trois Franchi et l'incertaine Germaine Dalzon, venue « exprès » de Paris.

C'était juste avant l'été. Max, reconnaissant, lui consentit, du bout des lèvres, une légère augmentation.

En juillet, papa, maman et Vivi louèrent une villa de bord de mer, à La Marsa, une station balnéaire, vieille résidence d'été des beys de Tunis.

Là, après le bain, les siestes furent longues et tranquilles. A La Marsa, papa et maman rêvaient de leur Villa Jasmin, dont l'horrible Max, malgré sa pingrerie légendaire, pouvait favoriser la naissance.

7

Septembre. Retour en ville.
Papa rimaille, mirlitonne :

« Le front tourné vers l'Orient
Ivre des lumières écloses
Dans la splendeur des matins roses
Tunis s'éveille en souriant. »

Tunis sourit peut-être, papa non. Il aurait plutôt des réveils ronchons et des nuits trop courtes. Max, son irascible patron, le phagocyte et *Tunis soir* le dévore. Il court après sa liberté et galope après quatre sous. Il finit par les gagner. Mais, surtout, il est connu. Il adore ça. Assez cabot, il raffole des balades en calèche. Alors, au pas, il pavane et salue le peuple de ses lecteurs. Il aime aussi les sorties entre amis. A l'heure de l'apéro, il fait rire son auditoire par son abattage de gai librettiste. C'est un vrai spectacle que de l'entendre répandre des potins improbables. On l'applaudit. Les jolies femmes de Tunis sont séduites. Il les amuse et les émeut parfois. Il aime la vie. Elle le lui rend bien. Il est assez heureux. Mais enfin, il explose souvent. Il s'indigne, éructe et polémique.

Dès 1923, il a rejoint la petite équipe du parti socialiste qui, à l'époque, dénonçait avec vigueur la droite qualifiée de bornée, et vouait aux gémonies les affairistes et les corrompus. Certains colons, bloqués dans des attitudes méprisantes et souvent racistes, allaient jusqu'à mettre en péril, disaient les socialistes, l'idée même de colonisation. Cette gauche de Tunisie militait, au milieu des années vingt, pour l'application d'une politique nouvelle, les « indigènes » devant accéder à une culture « moderne, à la française ». Les socialistes d'alors voulaient des droits égaux et nouveaux pour tous, catholiques, juifs, « Français-de-France » et, bien sûr, Tunisiens musulmans de souche. Vaste programme. Ambitieux aussi. Comme était ambitieuse et exigeante l'idée qu'ils se faisaient de la colonisation. Papa et ses amis la rêvaient émancipatrice pour chacun et progressiste pour tous.

Serge s'exalte. Lorsque Max lui en laisse le temps, entre deux et trois heures du matin, il bataille. La plume brandie, il écrit des chroniques rageuses dans *Tunis socialiste*. Il ferraille contre une droite maîtresse de tous les pouvoirs économiques, militaires et administratifs. Celle-ci exige que les Tunisiens colonisés depuis 1881, année de la conquête, restent pour l'éternité soumis à la seule volonté des Français, maîtres de la régence.

La Tunisie et la France : une vieille histoire. Depuis longtemps, bien avant 1881, Paris savait comment s'y prendre avec les beys. On les couvait, les cajolait, les promenait. Visites à Paris pour les petites dames et à

Vichy pour le foie. La dynastie beylicale, dite « husseinite », était fascinée par l'Europe, sa puissance, sa richesse. Ses petites armées chamarrées pavanaient, constellées de breloques et de médailles rutilantes, devant les riches palais couverts d'or, Versailles orientaux pour roitelets dispendieux. Tout cela coûtait fort cher. Imaginez la Cour et ses fastes, les frais de bouche et les harems, les femmes légitimes et les favorites, les chevaux de course et les carrosses. Il fallait donc emprunter massivement à l'étranger après avoir pillé les richesses de la Tunisie. Les beys ne savaient rien refuser à leurs généreux donateurs. Qu'ils étaient aimés, ces riches Français, Anglais ou Italiens ! Les beys reconnaissants, l'œil humide et la main tendue, les remboursaient comme ils pouvaient : en leur offrant le pays. Mais l'argent, toujours, s'épuisait et disparaissait, alors que les beys grossissaient et rotaient d'aise sur leur trône placé sous haute surveillance étrangère. Les doigts des souverains étaient lourds d'énormes bagues ; leurs épouses et leurs mignons croulaient sous les parures. Et les pâtisseries orientales conféraient à leurs siestes mielleuses un érotisme lourd mais suave. La Tunisie était caressée et dépecée.

La France, l'Italie et l'Angleterre se partageaient les grands et les petits chantiers du pays. Espions et corrupteurs pullulaient. On se battait à coups d'énormes bakchichs. Les enchères montaient. Les chausse-trapes abondaient. Intrigues et coups de théâtre. Scandales et coups de poignards dans le dos. Pour s'assurer les faveurs locales, les puissances européennes donnèrent de la citoyenneté à tour de bras.

C'est ainsi que mon arrière-arrière-grand-père, de *francophile*, devint *Français*. Ce fut pour lui un choix de cœur, presque une passion. Les Moati de ce temps-là s'étaient épris de la France des Lumières. Celle de la grande Révolution et des Droits de l'homme. Eux qui connaissaient l'iniquité souvent érigée en système, chérissaient la France et la vénéraient au point de vouloir l'épouser, afin de défendre sa vertu, ses intérêts, son honneur et son sol. Samuel et ses frères devinrent donc citoyens français.

Ils furent ainsi protégés des caprices de la politique beylicale, volontiers despotique. Ils n'étaient plus *tout à fait* juifs, ils étaient français. Ils auraient pu être italiens ou même citoyens de Sa Gracieuse Majesté britannique. Mais non ! Français ils furent.

Ainsi, au début du XIXe siècle, Samuel choisit la France. Celle-ci, en 1881, semblait inquiète. Des Kroumirs, une incertaine tribu d'origine vaguement tunisienne, se livraient, dit-on, à des incursions en territoire algérien. En France, donc. Cela énervait beaucoup. Voici l'occasion et le prétexte de l'expédition militaire française en Tunisie : mater le Kroumir. Ah ! les braves, Ah ! les providentiels Kroumirs ! S'ils n'existaient pas, il aurait fallu les inventer ! C'est peut-être ce que l'on fit. En mars 1881, un incident opportun, une guérilla de barrière, permit à la France, lancée à la poursuite des improbables Kroumirs, de faire pénétrer ses troupes dans la régence.

La petite armée beylicale, aux prises, par ailleurs, avec d'importants désordres locaux, reflue sans même combattre. A quoi bon ? Les Français sont déjà chez eux en Tunisie. Nous sommes le 4 avril. Printemps tunisien. Délicieuse et légère conquête militaire. Dès le 12 mai, le traité du Bardo est signé. L'Italie n'aura pas la Tunisie. L'Angleterre non plus. Le tour est joué. La France républicaine triomphe. Elle rêve de répandre sa lumière et ses admirables bienfaits sur l'ensemble de cette Afrique du Nord si proche, enfin à l'abri des ambitions « étrangères ». La droite de l'époque, farouchement hostile à la colonisation, s'insurge : « Nous ne voulons pas donner l'argent de la France ni verser le sang de ses enfants pour cette Tunisie qui ne nous est rien ! » La gauche, elle, applaudit de grand cœur.

La cause est entendue. Les dés roulent sous les magnifiques lustres vénitiens des palais de Tunis et les babouches dorées s'enfoncent dans les profonds et épais tapis de Kairouan que l'on offre aux visiteurs de marque. Le bey Mohamed Es-Sadok signe vraiment tout ce que l'on veut lui faire signer. Bonne pâte et plutôt paresseux, il n'a qu'un seul rêve : construire la Mohamedia, un palais grandiose, son Versailles à lui. Il signe et signe encore. Merci à la France, protectrice des beys prévaricateurs.

Mohamed Es-Sadok règne mais ne gouverne plus. Dès 1881, tous les pouvoirs passent aux mains d'un résident général de France, qui devient à la fois le ministre des Affaires étrangères, de la Défense et de l'Intérieur de la régence de Tunisie, qualifiée pudiquement « protectorat » et non « colonie ». La cour beylicale pavane, parade, mais c'est de l'opérette à l'orientale, c'est pour rire. La vraie vie est ailleurs. Les intérêts français sont servis, largement. Mon grand-père Victor, petit-fils de « Samuel le Français », espère qu'au-delà de ces péripéties militaro-financières la vie en Tunisie va changer. Il rêve d'une société meilleure à l'ombre protectrice du drapeau tricolore. Plus de sujets taillables et corvéables à merci, mais des « citoyens ». Plus de profondes courbettes devant un bey corrompu, mais la Liberté et l'Égalité pour tous. Un monde resplendissant devait naître de cette fusion espérée entre la France des Lumières et la douce Tunisie.

Papa, en son jeune âge, y croit encore.

Je suis l'enfant de ces rêveurs-là.

Je suis l'enfant de cet homme-là. Il n'a pas trente ans. Il a un petit garçon et passe beaucoup de temps à songer à sa Villa Jasmin.

8

Georges Guilbaud (1914-?) n'a pas encore vingt ans lorsque Serge Moati (1903-1957) fait son travail de nègre à *Tunis soir*. Ils ont peut-être un point commun, mais un seul alors : ils sont tous les deux orphelins de père.

Georges travaille comme portefaix aux Halles pour payer ses études. Il est pauvre. Il est déjà très ambitieux.

Il a de la gueule et une grande gueule. Il vient d'entrer aux Jeunesses communistes. Il en deviendra vite un des dirigeants parisiens. Il hait le monde tel qu'il est, rêve de Grand Soir, de coup de balai généralisé et de dictature du prolétariat. Moscou le fascine, l'étoile rouge brille dans sa nuit.

Il sait à peine où est la Tunisie, mais conteste le statut colonial de cette Afrique du Nord qui a été livrée, pieds et poings liés, aux appétits des grands trusts français, ceux-là mêmes qu'il dénonce avec un talent que lui reconnaissent les petits chefs du Parti. La nuit, aux Halles, Georges pousse des diables et se fait les muscles. Il piétine les salades, écrase les tomates, rigole aux blagues des copains, picole, court, fume, s'enivre de vin blanc et de fatigue, puis rentre chez lui potasser son droit et Karl Marx. Prends des forces, Georges, ton histoire ne fait que commencer. *Je ne te lâcherai pas*. Ton destin croisera celui de la Villa Jasmin. Tu voudras la détruire, comme tu voudras tuer mon père.

Un autre personnage s'agite. Il est plus âgé que Serge Moati ou Georges Guilbaud, puisqu'il est né en 1883 à Reims. Vingt ans de plus que Serge, trente et un ans de plus que Georges.

Marcel Esteva est marin. Contre-amiral. Il est couvert de gloire et a eu de prestigieux commandements en Extrême-Orient. Après avoir beaucoup navigué sur toutes les mers du globe, il a porté haut et fort les couleurs de la Royale. Il est capitaine de frégate à trente-neuf ans, capitaine de vaisseau à quarante et un. Il n'en a pas encore cinquante lorsqu'il devient contre-amiral. C'est l'époque où Serge, tyrannisé par Max, parcourt Tunis pour en vanter sur commande les nuits, les chants et les danses, l'époque où Georges, le costaud, trimbale des légumes aux Halles et chante *L'Internationale* dans des arrière-salles brumeuses.

Pendant que Georges, à Paris, rêve de baiser toutes les femmes, surtout les riches et les demi-mondaines aux lèvres gourmandes, Esteva, lui, reste chaste. Pendant que Serge traque sur les scènes de Tunis les vedettes pseudo-mexicaines de passage, les chanteuses de boléro aux seins et culs lourds et juteux comme des pastèques, Esteva, lui, est définitivement chaste. On a murmuré, çà et là, sur le patrouilleur *Jeanne et Geneviève* ou à la direction de l'École navale d'Extrême-Orient, que le pieux célibataire, dévot à la façon du séminariste qu'il fut, est un inverti. On chuchote dans les coursives et dans les antichambres.

La Royale a le goût des petits secrets. Personne ne racontera jamais ce qu'a vécu le marin en ces pays lointains. On sait que la femme blanche y est rare. On murmure aussi que les jeunes garçons indigènes sont ravis d'offrir, moyennant quelques piastres, des charmes que l'on dit raffinés. En vérité, on n'en sait rien. On papote, c'est tout. Et moi, j'imagine. Le vent qui souffle sur le pont supérieur des beaux bateaux, balaie les miasmes de la nuit et le souvenir des vapeurs d'opium. Esteva prie Dieu, exalte la France, ses couleurs et son Empire. Son histoire n'a pour l'instant aucune raison de croiser celle de Serge Moati ou de Georges Guilbaud. *Et pourtant…*

⁂

A Tunis, au début des années trente, Serge a vingt-sept ans. Il a pris du grade et du poids. Il finit par se fâcher définitivement avec Max, son bourreau, qui lui reproche chaque jour un peu plus son engagement socialiste, ses articles enflammés dans le quotidien du parti et son élection, un comble, au Grand Conseil de Tunisie. Bref, le torchon a brûlé et les deux hommes se sont déchirés. Serge déteste les négriers, et Max les socialistes. Papa cherche un nouveau travail et en trouve bientôt. Le voici rédacteur en chef du *Petit Matin*, l'organe officieux de la communauté juive de Tunis. Son nouveau patron, Simon Zana, accepte pour l'heure l'engagement politique de son nouveau collaborateur. Il en est même fier. Un jeune homme brillant et vif à la tête d'une rédaction assoupie donnera, espère-t-il, du lustre à un journal qui en manque totalement. C'est son calcul. Hasardeux, mais malin.

Les affaires reprennent. L'argent rentre à nouveau. Serge, qui a des rêves de grandeur et des habitudes de cigale dispendieuse, vend les rares bijoux de famille. Maman casse sa dot, mais préserve le médaillon de la Tsia Eugénia, sa défunte belle-mère. Ils vont réaliser leur rêve. Papa demande enfin à Valenzi, le visionnaire fou, de dessiner les plans de la Villa Jasmin.

— Vas-y, mais à l'économie, s'il te plaît, Théodore. Je fais un métier instable où on est payé avec des cacahuètes. Je ne suis ni un riche colon, ni un fonctionnaire. Je ne suis pas lié aux familles beylicales, pas plus que je ne suis le rejeton d'une de ces grandes tribus juives et commerçantes de Tunis, les Bessis ou les Memmi. Alors, ménage-moi. J'emprunterai pour faire bâtir. Mais les banques ne m'aiment pas. Elles seront chiches. Sois gentil, Théodore, ne m'assassine pas !

Le visionnaire de La Goulette le rassure :

— Ne t'inquiète pas, Serge. De la Villa Jasmin, je ferai une vitrine de mon talent, que tu sais grand, ainsi que tu as bien voulu l'écrire dans une de tes chroniques du *Petit Matin*. Merci. Tu m'as fait de la publicité et je saurai m'en souvenir. Merci aussi de t'occuper de mon petit-neveu Paulo Nahon qui veut devenir photographe. Paulo, c'est comme mon fils et ton aide, je ne l'oublierai pas. Donc compte sur moi ! Je t'étrillerai de manière sournoise. Je te ferai cracher tout ton pécule avec doigté. Je te conduirai à la ruine avec subtilité et tu seras heureux, très heureux.

Serge, on l'imagine, a de quoi être soulagé. Les deux hommes topent là, s'embrassent et se séparent. L'un va vers l'avenue de Paris et l'autre vers le théâtre du lycée Carnot. Papa arrive à une conférence donnée par L'Essor, une société culturelle marquée à gauche et dirigée par un de ses maîtres, le vénérable Alexandre Fichet.

Une jeune Tunisienne, Habiba Menchari, réclame d'une voix douce à la tribune la suppression du voile qui cache au monde le visage des femmes musulmanes. Tout d'un coup, elle se découvre. Elle est belle, intense, ses yeux noirs sont magnifiques. Papa, ému, soutient Habiba au nom des principes universels de l'égalité des droits entre les hommes et les femmes. En Tunisie laïque, ceux-ci doivent être défendus et revendiqués. Bravo à la belle Habiba : son combat est celui de tous les socialistes.

Un jeune avocat aux yeux clairs prend alors la parole. Son débit est passionné. Ses idées se bousculent, mais les mots font mouche et ricochent dans la salle survoltée. Il a vingt-six ans et se nomme Habib Bourguiba. Il sera le premier président de la Tunisie indépendante. Il s'oppose à l'abandon du voile, pour des raisons strictement politiques :

— En supprimant le voile, on dissout la personnalité tunisienne. Les colons nous ont déjà tout pris, notre histoire, notre mémoire, notre terre. Conquérons notre indépendance et les femmes de chez nous seront libres. Elles vivront dans un État laïc, alors elles ôteront leur voile. Je le répète, faisons les choses dans l'ordre :

chassons d'abord l'occupant français. Et le reste suivra !

Mohamed Nomane, un camarade de *Tunis socialiste*, secondé par mon père, un peu gêné d'intervenir dans une pareille querelle, lui répond. La salle s'échauffe. Nomane met Bourguiba vivement en cause et l'attaque sur sa vie privée :

— Bien sûr, ta femme n'est pas voilée. Et il y a une bonne raison pour ça : elle est française ! Tu as beau jeu de vouloir faire garder le voile aux femmes arabes ! Tu es un hypocrite, Habib ! Tu vis comme un Français et tu nous donnes des leçons !

Invectives. Brouhaha. Bourguiba rabroue Nomane, un « laquais », selon lui, des colons.

— Vous autres les socialistes, vous n'osez pas attaquer les Français. Vous êtes comme des eunuques, des pachas de l'ambiguïté et du compromis. Vous avez toujours le cul entre deux chaises, une fesse en France et l'autre en Tunisie !

Alexandre Fichet, la lavallière frémissante, tente de calmer la salle déchaînée, écartelée. Un peu plus tard, ce joli monde se disperse dans le calme trompeur d'une nuit d'hiver remplie d'étoiles.

⁂

La Tunisie n'est pas une île. La crise mondiale débarque sur ses côtes. C'est le temps des mauvaises récoltes. Le bled a faim, le bled s'insurge. Et papa s'indigne.

En réalité, tout le bouleverse. L'intransigeance, l'impatience des nationalistes tunisiens répond à la coupable cécité de l'administration française, dévouée aux colons et dédiée au seul service de leurs intérêts.

Oui, tout agace Serge dans ces années trente où un Congrès eucharistique international est organisé avec un faste inouï. Une provocation en terre d'islam.

Imaginez la scène : des milliers d'enfants déguisés en petits croisés, leurs épées brandies pour chasser l'Infidèle, défilant dans les rues de Tunis entre la casbah, les mosquées et les synagogues. Tunis vibre de cantiques religieux et croule sous les chants patriotiques. Saint-Louis et Jeanne d'Arc sont les héros de ces journées ou triomphe la France éternelle et catholique. La Tunisie est sacrée Terre de Mission par l'archevêque de Carthage qui en bénit le sol mis en valeur, est-il rappelé, par nos « admirables colons ». Eux seuls savent travailler. Contrairement à ces fainéants d'arabes et ces boutiquiers juifs pouilleux. Le Congrès eucharistique met le feu aux poudres.

La Tunisie a la fièvre.

Les Italiens de Tunis, majoritairement mussoliniens, défilent avenue Jules-Ferry aux cris de « La Tunisie est à nous ! », et traquent dans les rues leurs compatriotes antifascistes. Un bon camarade de papa, Giuseppe, est assassiné au local du journal *L'Unione*. Un groupe de fascistes, déguisés en marins de la flotte italienne, s'est engouffré dans l'immeuble du quotidien au fond de l'impasse Saint-Jean. Ils ont tout saccagé et se sont enfuis par les fenêtres, après avoir tiré à bout portant sur le malheureux jeune homme. Une balle lui a traversé le cœur. On récupère sur place une douille de calibre 7,65 et un béret de marin. Les tueurs ont disparu, en plein midi, au cœur de la ville européenne. Papa s'écrie dans *Tunis socialiste* :

« A dix, ils se sont mis à dix pour t'abattre, camarade ! Qu'importe pour tes assassins, Giuseppe, la douleur de ta famille et ta jeunesse fauchée. Nous voulons que justice soit faite ! Nous réclamons justice pour Michelli, justice pour tes camarades. Luttons contre le fascisme ! Vive la solidarité internationale antifasciste ! »

En 1932, la Villa Jasmin sort enfin de terre. Elle est vraiment belle et moderne. Valenzi, pape de l'art déco en Tunisie, en est fier. Le style de la villa provoque de nombreuses polémiques, engouements et rejets. Beaucoup s'accordent à reconnaître qu'elle a tout de même de l'allure. Toute blanche, géométrique, pleine de lumière, ouverte mais entourée d'un jardin protecteur. Cela sent le citron et le figuier, le jasmin et le chèvrefeuille.

9

Ce lundi 12 octobre 1932, papa, qui s'est fait beau, costume sombre et cravate noire, prend un air mystérieux.

— Tu ne me demande pas où je vais ?

— Non. Fais ce que tu veux. De toute façon, tu ne me dis jamais rien, maugrée sa jeune femme, qui se plaint parfois des absences répétées de son mari, dues à sa boulimie de travail mais aussi à un goût méditerranéen pour les sorties entre garçons, où l'on rit d'un rien en regardant passer les filles.

Il insiste :

— Non, je ne vais pas au parti socialiste.

— Ah ! bon.

— Non, je ne vais pas à une séance nocturne au Grand Conseil.

— Ah ! bon.

— Non, je ne vais pas à une réunion de la Ligue des droits de l'homme ni à une première au *Municipal* ou à un concours de tango à Kherredine.

— Ah ! bon.

— Tu m'énerves, Odette. Arrête de dire « Ah ! bon », et demande-moi où je vais !

— Non, jamais. Ça te ferait trop plaisir !

— Tu l'auras voulu. Je ne te dirai donc pas que ce soir est un soir exceptionnel pour moi, une nuit magique. Je vais vivre l'un de moments les plus forts qui soient donnés à un homme de vivre. Tu ne comprends pas ?

— Non.

— Moi qui te croyais intuitive, qui t'ai même épousée en partie pour ça ! Moi qui te prenais pour une quasi-sorcière orientale, une médium du Belvédère, une Mata Hari de La Goulette… oui, vraiment, tu me déçois.

— Arrête, Serge, tu m'épuises. Fais ce que tu veux avec ces Françaises que tu courtises comme un gamin. Je m'attendais à plus d'élégance de ta part. Dès que j'ai le dos tourné, tu cavales ! Triste ! Très triste. Quand même, je te rappelle que je viens d'avoir un bébé.

— « Nous » venons d'avoir un bébé. J'y suis aussi pour quelque chose !

— Si peu. Enfin, passons. Je suis épuisée, grosse encore, et toi tu penses déjà à me tromper avec des femmes de sous-officiers, des vraies vaches normandes, ou alors avec des garçonnes socialistes excitées comme des panthères du *Cirque Amar* et qui, en plus, fument le cigare !

Papa est stupéfait par la violence de ces propos. Sa femme se rebelle. La chose étonne à l'époque. Alors, il change de stratégie et sa voix se fait très douce :

— Ma chérie, j'entre ce soir en franc-maçonnerie.

— Quoi ?

— En franc-maçonnerie. D'où ma cravate noire et mon costume sombre.

— Sinistre !

— J'entre en franc-maçonnerie.

— Allez, je t'écoute. Tu n'attends que ça.

— La chevalerie moderne.

— Allons, bon ! Le petit Moati se prend pour Bayard. C'est mignon.

— Tes ricanements ne te grandissent pas. La maçonnerie est une « société initiatique ».

— Parle français ! Ou alors italien pour honorer la mémoire de ta défunte mère. Mais dis des choses qu'une petite juive de Tunis peut comprendre…

— Je ne sais pas comment faire, ma pauvre Odette.

— Ah ! S'il te plaît, retire le « ma pauvre Odette ». Si je suis « pauvre », c'est uniquement parce que tu m'as ruinée avec tes rêves de grandeur et cette Villa Jasmin dont on n'a pas le premier sou ! Mais continuons ! A propos, tu vas rire : ma cousine Ginette Silvera m'a dit qu'elle t'a vu hier du côté de Ben Arous avec une blondasse vulgaire et décolorée. Elle portait une robe à fleurs d'un mauvais goût absolu. Vrai ou faux ? C'est donc ça, ta « chevalerie » ?

— Ma pauvre Odette !

— Ne recommence pas avec « ma pauvre Odette » ! Ça m'exaspère.

— Pardon. Ne te laisse pas abuser par les racontars de cette Ginette qui te dit n'importe quoi et qui te monte la tête. Elle est bonne pour l'asile. La franc-maçonnerie ! Comme mon père, comme le docteur Tibi et l'avocat Nataf, le bâtonnier, pas Jacob, l'abruti. La maçonnerie comme Fichet ou Duran-Angliviel, comme Habib Ben Salama ou Dali Turki, la maçonnerie comme Mozart et Goethe, Bolivar et Garibaldi.

La maçonnerie comme tous les esprits éclairés et progressistes du monde moderne depuis 1717 !

— Pourquoi 1717 ? demande ma mère pour dire quelque chose et endiguer le flot paternel.

— Parce que c'est comme ça.

— Tu me fatigues.

— Bon, excuse-moi, mais ton ignorance, tu sais, parfois…

— Tu n'aurais jamais dû épouser une fille Scemama-du-Passage-Grammont. Voilà ! Au revoir !

Elle claque la porte, se réfugie dans sa chambre. C'est clair et net, le torchon brûle chez les Moati. Cette nouvelle en réjouirait plus d'un mais, soyons franc, tout le monde s'en moque. Tout le monde sauf mon frère. Vivi se met à hurler, réveillé par la porte qui a claqué. Tout le monde, sauf papa, qui quitte la maison, prend le tramway n° 5 (Belvédère-Porte de France), où sa mine déconfite surprend, comme son costume sombre et sa cravate noire.

⁂

Serge entre dans la casbah mais ne s'égare pas. Il sait où il va. C'est là, au numéro 25. Il frappe. On lui demande qui il est et ce qu'il veut. Il se fait connaître. On lui ouvre avec circonspection. Il reconnaît un marchand de chaussures de la rue du Portugal. Brève poignée de main, un peu solennelle.

On lui demande s'il est prêt.

Il dit que oui. On l'entraîne dans une pièce sombre et il attend. Un quart d'heure plus tard, le colonel Darcey, un « Français-de-France », mais de gauche, accompagné d'un notaire musulman, lui demande de se lever et de se laisser faire. On lui bande les yeux. Il frissonne. Il est partagé entre une envie de rire sous cape et une légère crainte. On le guide. Il a l'impression que la marche est longue, périlleuse. Les yeux toujours bandés, il se sent monter et descendre des escaliers et franchir des portes qui se referment silencieusement derrière lui. Il manque de trébucher, mais des mains le retiennent. Merci.

On l'assoit sur une chaise.

Et le bandeau lui est ôté.

La pièce est toute petite. Seule une bougie l'éclaire. Il aperçoit un squelette, dessiné grossièrement sur un mur peint en noir. Il croit voir aussi des têtes de morts et des tibias croisés. Le tout est orné d'inscriptions lugubres incompréhensibles pour le futur « frère » Serge Moati. Devant lui, il y a une table, un porte-plume et un encrier, des objets familiers dont la présencc a dû rassurer celui qui me donnera la vie et qui, en ce moment précis, se souvient de son père. Oui, le jeune orphelin se souvient de son père franc-maçon, de ses cachotteries enfantines et de la grande fierté qu'il avait d'appartenir à une société aussi prestigieuse. Victor Moati vivait à Bizerte, au nord de la Tunisie, dans une vraie ville à la française, avec des allures de sous-préfecture maritime, toute blanche et proprette, sa base navale et ses fameuses pâtisseries. A la sortie de la messe, les officiers allaient y acheter des babas au rhum et des religieuses au chocolat. Serge se souvient de Victor et moi je l'imagine et *refais*, avec lui, le chemin de cette nuit-là.

On le prie de rédiger son « testament philosophique ». Le colonel de gauche et le notaire musulman désignent, près de l'encrier, un morceau de papier sur lequel sont calligraphiées trois questions :

— Quels sont les devoirs de l'homme envers sa patrie ?

— Quels sont les devoirs de l'homme envers lui-même ?

— Quels sont les devoirs de l'homme envers ses semblables ?

Papa est maintenant seul. Jamais le mot « devoir » ne lui a été autant de fois assené. Peut-être même ne s'en connaissait-il pas autant ? Ces questions ouvertes l'angoissent. Il les trouve un peu pédantes et assez prétentieuses.

Allons, soyons bon élève et répondons. Du mieux possible, comme toujours.

Il trempe sa plume dans l'encrier, prend trop d'encre et fait un gros pâté, mauvais présage, sur son « testament philosophique ».

Un homme plein de devoirs mais maladroit.

Il distingue maintenant quelques viriles sentences, écrites sur le mur, à la droite du squelette :

« Si la curiosité t'amène ici, va-t'en. » Petit problème : c'est justement la curiosité qui le guide. Savoir qui sont ces gens, les maçons. Se rapprocher de son père défunt. Peut-être même percer le secret de la mort. Il rêve.

Il lit plus bas sur le mur : « Si tu tiens aux distinctions humaines, sors ! On n'en connaît point ici ! »

Ça lui va tout à fait. Il hait l'inégalité d'une manière viscérale, brutale. Elle le dégoûte ; il la rejette avec violence. Il est un fanatique de l'égalité, comme devaient l'être les gens de gauche, en cette époque lointaine.

« Testament philosophique. » Il écrit, vite et bien, d'une écriture pointue, avec pleins et déliés, une écriture d'époque, soignée, appliquée, pas de fautes, du style mais pas trop, pour ne pas énerver. Les mots se bousculent. La Patrie humaine, la Fraternité, la Tolérance, tous ces mots sont jetés sur le mauvais papier. Sa plume gratte dans l'obscurité à peu près totale. Il est prolixe. Il n'a jamais su faire court.

On frappe à la porte du « cabinet de réflexion ». On lui rebande les yeux. Voilà qu'on lui retire son alliance, sa montre, ses pièces de monnaie, son argent. Ses compagnons lui disent qu'ils sont en train de le « dépouiller de ses métaux », de tout ce qui le rattache à son ancienne vie, de tout ce qui pourrait le distinguer des frères qu'il va rencontrer, dans un moment, lorsqu'il sera initié. Il est pauvre, mi-nu mi-vêtu, comme un bébé. Dans le noir. On lui passe une corde autour du cou, son pied gauche est déchaussé, on lui a retroussé son pantalon jusqu'au-dessus du genou. Son bras et son sein sont découverts, côté cœur.

On le fait tourner sur lui-même. Il ne s'appartient plus. On le tire. Il marche. Il entend des voix terribles, croit en reconnaître, se trompe. Il tremble un peu. On cogne à une porte, on demande solennellement qui est le téméraire qui ose troubler la quiétude du temple.

Le « téméraire », c'est papa. On le présente comme un profane perdu dans les ténèbres et désireux de recevoir la lumière.

Il pense à sa femme. Elle ricanerait de le voir ainsi, assez grotesque, les yeux bandés, dans un accoutrement peu flatteur. Et lorsque papa pense à maman, il se dit qu'il l'aime, qu'il l'aime plus que tout, même si par moments, c'est vrai, il est tenté, plus qu'un autre, de faire le joli cœur auprès de dames qui ne le méritent pas toujours. Il entend que, de l'autre côté de la porte, on sort des épées de fourreaux avec fracas. Il se souvient. A Bizerte, un jour de fête, le temple maçonnique avait été ouvert aux familles. Son père, ému, grandiloquent, brandissait une épée. Serge avait ri. C'était comme au cinéma. Mais il avait été tout de même impressionné. Pas si fréquent que ça, pour un petit juif de Bizerte, de voir son père porter l'épée des nobles. Victor était tout fier. Papa le sera aussi. Il décline son nom, son prénom, son âge et son lieu de naissance. Celui qui l'accompagne certifie que le dénommé Serge Moati est un homme « libre et de bonnes mœurs ». Pauvre papa, il ne manquerait plus qu'il ne soit qu'un esclave aux mœurs dissolues. Je serais allé le venger si on en avait douté. D'ailleurs, en écrivant, je venge sa mémoire par le moyen le plus simple du monde, je le fais revivre, lui qui a eu une vie trop courte, et je tue la mort, je suis plus fort qu'elle.

La porte du temple s'ouvre. Serge sent sur sa poitrine nue la pointe d'un glaive. Celui qui parle tout le temps, d'une voix puissante, lui assène :

— Monsieur, cette épée, toujours levée pour punir le parjure, est le symbole du remords qui déchirerait votre cœur si, par malheur pour vous, vous deveniez traître à la société dans laquelle vous voulez entrer. Le bandeau qui couvre vos yeux est le symbole de l'aveuglement dans lequel se trouve l'homme, dominé par les passions, plongé dans l'ignorance et la superstition.

Papa, j'en suis sûr, a toujours eu les yeux ouverts. Je le sais, il n'a jamais trahi l'engagement maçonnique de sa jeunesse.

Plus tard, lorsqu'il sera arrêté pendant la guerre par des Français aux ordres des Allemands, il sera désigné comme « dignitaire franc-maçon ». Juif, résistant, socialiste, franc-maçon. Rien ne lui manquait. Les nazis et leurs valets français se ruèrent sur lui. Ce soir-là, imaginait-il la suite et pouvait-il penser que cette cérémonie désuète pouvait le conduire là-bas, en Allemagne, près de Berlin, dans un camp d'extermination ? Sans doute pas.

La cérémonie continue. Je ne la raconterai pas plus avant, car je suis fils et petit-fils de maçon et qu'ils n'auraient pas aimé que j'en dise trop. Je respecte mes morts. Ils m'entourent. Ils sont vivants.

Dans la nuit, le bandeau lui est ôté. Il distingue le visage de ses nouveaux frères et en reconnaît certains. Tout va bien, il n'a pas trop d'ennemis irréductibles dans la loge. Il y compte même quelques amis, comme Valenzi, l'architecte fou, et Max, son ancien patron de *Tunis soir*, qui lui donne l'accolade en lui chuchotant : « Sans rancune, mon frère ? » Mais non, Max.

A la fin de la cérémonie, ils chantent en formant la « chaîne d'union » et se dispersent dans Tunis. La franc-maçonnerie universelle compte un frère de plus : Serge Moati, nouvel apprenti de la respectable Loge Volonté-Veritas n° 256, à l'Orient de Tunis.

Il tient une rose rouge. Le Vénérable lui a dit :

— Offrez cette fleur à la femme qui compte le plus pour vous, en souvenir de votre initiation.

La Villa Jasmin est plongée dans le noir. Odette dort. Elle est douce et tiède. Il dépose délicatement la rose rouge sur la table de nuit et s'allonge près d'elle. Il est excité, ému, n'ose pas la réveiller. Il a envie de faire l'amour, mais se retient. J'imagine la nuit de papa.

10

1933. Sale temps. Hitler au pouvoir. Cyclone mondial et graves turbulences locales. La communauté juive appelle à une grande manifestation antinazie tous les « républicains » de la régence. La gauche veut bien venir, mais sans la droite. Et la droite viendrait volontiers, mais sans la gauche. Alors les juifs, sans la gauche et sans la droite, se retrouvent seuls à sonner le tocsin. Ils prendront l'habitude de cette solitude. Mais un jour les cloches elles-mêmes seront muettes.

Le 25 juillet 1933, un résident général de France débarque en Tunisie. Il se nomme Marcel Peyrouton. L'homme aime, que dis-je, adore l'ordre. Le sien, bien sûr, rien que le sien. Des réponses simples mais fausses vont être données à des questions compliquées. Il n'y a là ni intuition politique ni sensibilité, juste des rodomontades et des effets de manche. Peyrouton prophétise :

— Je passerai sur la Tunisie comme un ouragan.

Formule prémonitoire d'un homme à l'ego vaste comme la mer. Le redoutable Marcel dévastera tout sur son passage et ira même jusqu'à éradiquer ce qui reste chez les Tunisiens de sympathie pour la France. Peyrouton est costaud, corpulent. On dit qu'il ne dédaigne ni l'argot, ni les beuveries, et qu'il a une passion pour les putes. Son ton est autoritaire. Je le vois d'ici. Le monde est peuplé de Peyrouton, de types contents d'eux-mêmes, de grandes gueules, sans yeux, oreilles, ni cœur. Ce sont des maniaques. Ils ne veulent voir qu'une seule tête ; celles qui dépassent, ils les coupent.

Le résident épure son administration gravement coupable, selon lui, de laxisme. Il déplace caïds et contrôleurs civils et les remplace par des hommes « sûrs » qui vont pratiquer dans le bled et les petites villes de l'intérieur une énergique répression. Il faut traquer le nationaliste tunisien et empêcher la gauche d'accéder à la majorité au Grand Conseil, l'Assemblée tunisienne où siège mon père. Peyrouton trafique les listes électorales, fait et défait certaines alliances, corrompt, détourne, intimide.

Serge combat Marcel à longueur de colonnes socialistes. En vain. Peyrouton, soutenu par le parti colon qui voit en lui son inflexible défenseur, règne et triomphe. La Tunisie est dans une situation économique désastreuse. Les fellahs sont ruinés et les commerçants menacés de faillite. Le résident tape tous azimuts. Sa violence et sa brutalité de langage terrorisent.

Les chefs du Néo Destour, le parti de Habib Bourguiba, et quelques communistes sont déportés dans le sud du pays. Immense émotion. Les socialistes réagissent et s'opposent avec force à la politique du résident général. Le 9 septembre 1935, *Tunis socialiste* est suspendu. Serge est poursuivi pour atteinte à la sûreté intérieure de la régence.

A la Villa Jasmin, cette période noire est aussi celle des vaches maigres. Serge, qui était le seul rédacteur, chichement salarié, de *Tunis socialiste*, se retrouve sans ressources. Le patron du *Petit Matin* l'exclut, le même jour, de la rédaction du journal.

— Tu comprends, Serge, tu es trop voyant ! Peyrouton ne nous lâche pas. Tu sais combien je t'aime et apprécie ton talent, mais là, vraiment ! Ta présence à la tête du journal le marque trop à gauche. C'est mauvais pour notre communauté. Excuse-moi, vieux frère, mais *tous* les juifs ne sont pas socialistes !

Serge ramasse stylos et cahiers et s'en va dans la fournaise de Tunis. Il a l'habitude du chômage.

Toute honte bue, Serge n'aura pas d'autre choix que de retrouver Max et d'implorer son aide. Le despote saura lui tendre la main et papa comprendra alors que certaines amitiés maçonniques peuvent aider dans la vie. Max et Serge. Un vieux couple se retrouve. La paix est néanmoins armée. Papa, parce qu'il faut bien vivre, recommence à faire la tournée des cinémas et des théâtres, mais le cœur n'y est plus.

Le procès de *Tunis socialiste* et de ses rédacteurs accusés de subversion débute en avril 1935.

L'ambiance est électrique dans une salle chauffée à blanc. Le président Negrin et le procureur Daccoz sont agressifs et hargneux.

Un homme note tout. C'est Jean Sherb, fonctionnaire à la résidence et laquais de Peyrouton. De la part du résident, il a « conseillé » aux magistrats de faire preuve d'un maximum de sévérité. Ceux-ci sont dociles. L'après-midi, mon père est à la barre. Il est sérieusement bousculé, accusé de menées antifrançaises. On lui reproche ses articles, leur ton, son hostilité systématique, ses persiflages et sa mauvaise foi. C'est beaucoup pour un seul homme, juif de surcroît, face à un tribunal que j'imagine plutôt antisémite.

Le président :

— Vous vous permettez d'attaquer la politique de la France en Tunisie ! Mais enfin, monsieur Moati, je vous rappelle que vous êtes à peine français !

Moati :

— Pardon ! Français depuis trois générations !

Mouvements divers dans la salle.

Le président :

— Passons ! Vous avez commis plusieurs articles très violents dans *Tunis socialiste*. Je vous cite. Le 5 avril 1934, vous écrivez : « Les gens d'ici crèvent de faim. » Que voulez-vous dire ? Vous rendez-vous compte de la gravité des propos que vous tenez ? Vous appelez à la rébellion, à la révolte. Je ne sais pas si vous êtes français. Ce que je sais, c'est que vous êtes pyromane !

Moati :

— Je dis l'exacte vérité ! Et je signe mes articles. C'est à cette signature que je dois l'honneur de comparaître devant ce tribunal qui doit être celui de toute la République et non d'une seule faction.

Le président :

— Taisez-vous, vous n'avez pas le droit !

Moati :

— Je le prends.

L'excitation, dans la salle, est à son comble. Le public est menacé d'expulsion.

Moati :

— Oui, aujourd'hui, devant vous, je signerais encore, et des deux mains, cet article qui ne traduit qu'en termes mesurés la réalité de la situation. Deux millions d'indigènes crèvent de faim ! C'est un scandale et c'est un fait que je dénonce en tant que Français et socialiste.

Le président :

— Ça suffit. Taisez-vous ! Vous avez aussi écrit : « La France a failli à sa tâche en Tunisie. »

Moati :

— Mais oui ! Je me permets de citer monsieur Peyrouton, une fois n'est pas coutume… Le résident général disait il y a quelques semaines à Paris : « Il faut savoir si la France veut conserver la Tunisie. » Vous voyez, je ne suis pas le seul à me poser des questions. Même Peyrouton s'interroge, s'inquiète. La seule différence entre cet éminent personnage et moi, c'est que je pense que si la France veut garder la Tunisie, il faut qu'elle se débarrasse de lui !

Le tribunal a la fièvre. Jean Sherb, le flic de la résidence, trépigne. Il hait papa et saura en faire la preuve plus tard.

Le président :

— Silence ! Silence ! Pourquoi avez-vous écrit que la France faisait « le jeu des capitalistes internationaux » ?

Moati :

— La Shell et la Standard Oil ne sont en Tunisie que pour s'y enrichir et faire filer vers l'étranger les capitaux accumulés, fruits de l'exploitation de tout un peuple qui, oui, je le répète, meurt de faim !

Tout cela n'est pas de nature à arranger ses affaires.

Vincent Auriol, son avocat, futur président de la République, prononce une plaidoirie remarquable sèchement interrompue à plusieurs reprises par le président du tribunal – lequel prêtera serment d'allégeance au maréchal Pétain et s'illustrera par un zèle constant pendant l'Occupation.

Débats. Jugement. Deux mois de prison avec sursis. Mille francs d'amende.

⁂

La vie continue. Les syndicats sont cassés et la police politique de Peyrouton s'infiltre partout. Elle traque les opposants dans la rue, les cafés et les maisons. Les téléphones sont mis sur écoute. Les conversations de la Villa Jasmin font les belles heures de quelques « grandes oreilles » de la résidence. Serge prendra l'habitude de parler à mots codés. Maman s'inquiète.

— Et si on partait en France ?

— Tu n'y penses pas ! Quitter la Tunisie ! Non et non. Ce serait le triomphe de Peyrouton et de ses sbires.

L'histoire va donner tristement raison à Odette. Ils devront quitter le pays. Et plus vite que prévu.

Dans *Tunis soir*, journal où l'a imprudemment hébergé Max, Serge se laisse parfois aller. A l'occasion de l'inauguration de la Maison des agriculteurs par Peyrouton, il écrit un article d'une vachardise réjouissante.

Il reproduit le menu du déjeuner officiel, offert par le résident aux puissants « agriculteurs français de Tunisie » auxquels il ne sait rien refuser : homard, vol-au-vent, caille aux raisins, farandole de fromages des provinces françaises, clafoutis, café, pousse-café, liqueur et cigares, le tout accompagné de meursault et d'un excellent bordeaux d'avant-guerre, suivis de marcs, de cognacs et autres agaceries. Papa ne peut s'empêcher, il est comme ça, de mettre ce festin en face de la misère du bled. Il calcule de manière précise le coût d'une telle opération et indique ce qui aurait pu être fait avec cet argent. Il parle d'enfants qui meurent de faim, alors qu'à Tunis on se goinfre.

Peyrouton lit l'article en sortant de table. Il a beaucoup bu. Il est violent et le prouve. Dès le lendemain, au petit jour, des policiers viennent arrêter Serge et le jettent dans un hydravion, direction Marseille. Il est donc expulsé en application d'un étrange et lointain édit royal de 1778 sur la « sûreté du royaume de France ». Il a été un fauteur de troubles. J'en suis assez fier. Comme si le courage et l'insolence des pères pouvaient couler dans les veines des fils.

Il est parti menotté.

Odette s'affole, alerte le ban et l'arrière-ban des socialistes de Tunisie et le rejoint à Paris quelques semaines plus tard avec Vivi.

La Villa Jasmin, pour la première fois, ferme ses volets. Elle est placée sous une discrète surveillance policière. On craint d'y voir rôder les fantômes de mes parents chassés de leur Tunisie.

11

La famille Moati est à Paris. Serge s'agite. Aussitôt débarqué, il rencontre son défenseur et camarade Vincent Auriol puis fait le tour des socialistes parisiens. Il leur dit :

— Il y a le feu en Tunisie. Le résident général Peyrouton est dangereux, fou à lier !

Il argumente, proteste, s'insurge. Il devient rédacteur au *Populaire*, quotidien du parti, et se lie d'amitié avec Daniel Mayer. Celui-ci sera, dans quelques années, le chef du parti socialiste clandestin pendant l'Occupation.

Ils se rencontrent dans un bureau en désordre du journal, boulevard Poissonnière. Leurs journées sont fiévreuses. Chargés de la rubrique sociale, ils suivent les syndicats et traquent le patronat. Le soir venu, ces jeunes gens jouent à qui répondra le plus tard possible aux sonneries du téléphone. Qui craquera de Daniel ou de Serge ? Six appels, dix, douze ? Leur record sera de dix-huit. Sans bouger. Sans broncher. Épreuve de lenteur sur fond de flemme. Repos et fous rires de militants ardents et gais que l'Histoire rattrapera par le collet.

Odette, grâce à l'oncle Jo, vieux Tunisois installé depuis longtemps à Paris, trouve un emploi, son premier, dans un garage à taxis, rue de Maubeuge. Elle gère le mouvement des voitures et les horaires des chauffeurs. Elle se rend vite populaire. Elle a du charme et le sait, de la drôlerie. Vivi est gardé par une voisine dans la journée et retrouve ses parents le soir, lorsque Serge n'est pas de permanence au journal. Il grandit comme un petit Parisien. Souvent, juché sur les épaules de son père, il assiste aux meetings socialistes.

Les ligues factieuses, en février 34, ont fait trembler la République. La gauche redresse la tête, s'organise, se rassemble. J'aurais aimé être comme Vivi, sur les épaules de papa. A demi endormi, bercé, rassuré, mon poing dressé comme le sien, j'aurais chanté *L'Internationale* dont on m'aurait juste appris le premier refrain.

J'aimerais que la bobine du film tourne à l'envers et m'aide à revenir vers ces vies dont je ne sais presque rien. Parfois, mes « personnages » se rapprochent mais trop souvent ils disparaissent. *Ce soir, je les retrouve.* C'est vendredi. Maman fait le couscous, comme à Tunis. L'appartement de la rue de Maubeuge, juste au-dessus du garage, sent bon. L'oncle Jo, nœud papillon, faux air de Charles Boyer, est là, ainsi que la voisine et son mari. Boulettes, merguez, salade piquante et alcool de figue en abondance. Le parfum des vendredis soir de là-bas. Il y manque le jasmin de la Villa et la douceur de la nuit de Tunis.

Papa refuse la nostalgie :

— Non, il ne faut plus penser à Tunis. Notre vie est ici maintenant.

— Oui, fait l'oncle Jo, tu as raison. Mais on y pense toujours. Crois-moi ! Regarde, ça fait vingt-trois ans que je suis là, et je me ferais damner pour retrouver la légèreté de la graine de ce couscous qui est presque aussi bon que celui de ma mère, la pauvre Ida ! Que Dieu la protège, là où elle est !

La Tunisie, les « Français-de-France » ne voient même pas où c'est. Un copain d'école de Vivi lui a demandé s'il y avait des lions là-bas, après s'être étonné qu'il parle français comme lui. Et « même un peu mieux », ajoute fièrement ma mère.

Le voisin, lui-même, s'étonne :

— Vous êtes juifs ? Ou israélites ?

Papa et maman essaient de répondre que c'est à peu près pareil.

Le voisin :

— Oui, enfin…

Papa :

— Qu'est-ce que vous voulez dire par « oui, enfin » ?

Le voisin :

— Oui, enfin, vous, ce n'est pas tout à fait pareil. Il y en a beaucoup… Oui, enfin… beaucoup de juifs ici ! Vous, au moins, vous parlez français ! Mais, allez rue des Rosiers, allez voir dans le quartier du Marais, y'a que ça ! Ils parlent entre eux et ne font pas l'effort que vous faites, vous, de communiquer avec nous…

Maman, fine mouche :

— C'est bien naturel… C'est pas un effort pour nous !

Papa ressort l'argument utilisé lors de son procès :

— Vous savez, ma famille est française depuis trois générations…

Le voisin :

— Oui, enfin…

Maman :

— « Oui, enfin » quoi ?

La femme du voisin intervient :

— Paul ! Le bouillon, il refroidit ! C'est malin !

Papa :

— Vous vous intéressez à la politique, monsieur Logereau ?

Le voisin :

— Oui, enfin…

Papa :

— Vous dites toujours « oui, enfin… » ?

Le voisin :

— Oui, enfin… Et alors ?

Maman :

— Serge, laisse monsieur Paul manger son couscous, c'est pas bon quand c'est froid.

Le voisin :

— Oui, enfin… Je vous réponds. Le 6 février 34, j'étais dans la rue et j'ai défilé avec les ligues patriotes. Voilà, c'est dit : je suis un patriote… Un vrai, ne vous en déplaise.

Un ange judéo-tunisien passe.

Le voisin :

— Ça ne vous plaît pas ?

Papa :

— Non.

Le voisin :

— Tant pis. Désolé.

Maman :

— Mangez, je vous en supplie.

La femme du voisin :

— Bravo Paul. Tu as gâché l'ambiance !

Le voisin :

— Oui, enfin…

Le couscous passe mal. Peyrouton donnait souvent aux Moati des aigreurs, mais lui, au moins, ne venait pas à la maison.

Un temps. Papa reprend :

— Toute ma vie, j'ai aimé la France. Ses poètes et ses chanteurs, sa géographie, ses fleuves et ses départements. Toute ma vie, j'ai rêvé de la Bourgogne et de ses canaux, des Alpes et de leur neige car il n'y en avait pas à Tunis. Toute ma vie, j'ai rêvé de tous ceux qui ont su donner à ce pays son universalité, son génie qui fait que la France est elle-même lorsqu'elle est généreuse et fraternelle.

Encore un silence. Les boulettes du couscous ont l'air de se ratatiner. Oncle Jo, qui est boulimique et a grand-faim, trouve le temps long, exagérément long.

Papa :

— J'ai été expulsé de Tunisie.

Le voisin :

— Allons bon.

Papa :

— Oui, monsieur. Par un type comme vous. Un de ces types qui parlent de la France, mais qui ne l'aiment pas, un de ces types qui mettent le mot « patrie » à toutes les sauces et qui ne savent même pas ce que c'est. La Patrie, c'est nous tous. Vous, bien sûr. Mais nous aussi. J'ai autant de titres que vous à être français.

Je suis chez moi ici ! Vous comprenez ça, monsieur Logereau, chez moi ! C'est vrai, je ne peux pas dire que j'avais des ancêtres paysans dans le Loir-et-Cher. Je vais vous dire, moi, mes ancêtres, ils parlaient, enfin surtout ceux de ma femme, l'arabe…

Maman le coupe et chuchote :

— Tu ne peux pas t'en empêcher, mon pauvre Serge.

Papa :

— Je continue. Oui, mes ancêtres ont choisi la France. « Choi-si », vous comprenez ?

Le voisin :

— Oui, enfin, je comprends le français. Pas la peine de prendre ces grands airs, oui, enfin, tout de même…

Maman :

— Arrête, Serge.

La femme s'en mêle :

— Arrête, Paul.

Papa :

— Je vous emmerde, monsieur « Oui, enfin » !

Les voisins sont partis. Maman pleure. Elle dit que les juifs ne seront jamais tranquilles nulle part, que son petit frère André a raison de militer dans les mouvements sionistes et de vouloir partir pour la Palestine. Là-bas, les juifs auront enfin une patrie à eux, sans arabes, ni catholiques. Oui, rien que des juifs libres dans un pays libre. Papa ricane, se verse un verre de *boukhra* qu'il boit cul sec, lui qui ne supporte pas l'alcool.

Papa :

— Arrête avec les juifs et la Palestine ! Laisse ces bêtises aux vieux rabbins faméliques de Tunis ! Ici nous allons faire la révolution. Seul le socialisme saura triompher des Logereau et des Peyrouton. Il faut leur résister et leur dire merde et re-merde.

Maman :

— Serge, ça suffit ! Regarde, c'est malin, tu fais pleurer Vivi en hurlant comme ça.

Oncle Jo :

— Serge, tu ne t'intégreras jamais si tu te bagarres avec tes voisins ! Ne ramène pas toujours ta grande gueule et sois prudent. Ces gens sont partout et ils vont t'en vouloir. On est chez eux, après tout !

Papa :

— Ah non, pas toi ! Tu ne vas pas t'y mettre toi aussi ! On n'est pas « chez eux » ! C'est fou, ça ! Nous sommes chez nous en France. Chez nous !

Maman :

— Bon, d'accord, mais qu'est-ce qu'on fait maintenant ? J'ai perdu ma seule amie. Et en plus elle gardait Vivi dans la journée. Tu peux être sûr qu'elle ne reviendra plus.

Papa :

— Bon débarras !

La fin de soirée est sinistre, rue de Maubeuge. Odette se réconciliera avec Madeleine. Les deux femmes conviendront que les hommes sont d'incorrigibles grands enfants qui s'échauffent vite et aiment jouer les matamores. Elles se parlent dès le lendemain :

— Il faut comprendre Serge, Madeleine. Il a tellement souffert. Nous avions une belle situation à Tunis. Et il a été expulsé. Il a le courage de ses opinions. Tu comprends, il ne met pas son drapeau dans sa poche. Je suis tellement triste pour le couscous raté !

— Ne te frappe pas, Odette. Allez, on parle d'autre chose.

— Je t'aime bien.

— Moi aussi. Beaucoup. Tu me fais penser à ma sœur, celle qui est restée à Limoges.

— Ma famille me manque…

— Et moi, donc !

— J'ai peur pour l'avenir.

— Allez va, n'y pense pas. Qu'est-ce que tu te mets sur les yeux ?

— Du khôl. C'est de Tunisie. Je t'en donnerai. Ça fait bien, tu trouves ?

— De toute façon, tu es vraiment belle.

— Toi aussi, Madeleine.

Maman soupire :

— Ah, si tu avais connu la Villa Jasmin… La vérité, j'y pense sans arrêt.

— La Villa Jasmin, c'est ta maison ?

— Oui, à Tunis. Quartier du Belvédère. Un jour, tu viendras et tu verras. C'est un paradis, la Villa Jasmin, un vrai paradis.

12

En 1935, Georges Guilbaud, responsable des Jeunesses communistes, aurait pu croiser dans les rues de Paris Serge Moati, rédacteur au *Populaire*, l'organe du parti socialiste. Georges a vingt et un ans. Serge, trente-deux.

Georges aurait sûrement trouvé Serge trop mou. Oui, hésitant, pas un vrai militant révolutionnaire. Serge, lui, aurait vite redouté l'extrémisme de Georges. Il considère, comme tous les socialistes, que les communistes, inféodés à Moscou, utilisent souvent les mêmes arguments que les fascistes dans leur haine de la démocratie parlementaire.

Serge, qui a une heureuse nature, n'aurait jamais pu imaginer que Georges-le-Rouge le livrerait un jour aux occupants. On n'en est pas là. On est au début de notre histoire.

La France est tiraillée, nerveuse, en proie à des scandales politico-financiers où s'affrontent de grands rêves et des desseins médiocres qui font la fureur des gazettes et le miel des polémistes.

Papa défend la République et les « libertés menacées » par les ligues factieuses, alors que Georges réclame, avec les communistes, un « gouvernement ouvrier et paysan ».

Serge écrit, dénonce, alors que Georges milite et voyage. A Moscou, bien sûr. Il y va comme à un rendez-vous amoureux. Il en revient déçu, dégoûté, triste à en crever. Papa, s'ils s'étaient croisés, l'aurait mis en garde contre la dangereuse illusion bolchevique, mais Georges n'aurait pas cru le « social-traître ». Il part à la rencontre, en URSS, là où même le ciel est rouge, de ses héroïques camarades de la Jeunesse communiste. Il marche, le cœur battant, vers ces Spartiates au cœur d'acier trempé. Et il ne voit que des jeunes gens arrivistes ou soumis. Ils sont, certes, membres d'une organisation de masse, mais sans foi ni idéal. La masse est grise et terne comme le peuple qu'il croise dans les rues du triste paradis soviétique. Il parle avec ses jeunes camarades et ne les comprend pas. Pas d'atomes crochus, rien. Conformistes, les bolchos. Georges s'ennuie. Il s'inquiète et se pose des questions. Où est la Révolution ? Introuvable. Des petits-bourgeois d'appareil ont remplacé les anciens maîtres du pays. Où sont les héroïques soviets que l'on veut faire fleurir en France pour en chasser l'hydre capitaliste ? Introuvables. Georges ne voit que la bureaucratie, l'égoïsme et la peur. Il ne veut pas y croire. Il se dit :

— Je suis victime, sans le savoir, d'une insidieuse propagande bourgeoise. Il faut que je comprenne et que j'accepte ces Russes comme ils sont.

Il s'impose de regarder avec admiration les défilés, les usines modèles et les travailleurs exemplaires. Mais il n'arrive pas à être ému. C'est comme si son cœur avait cessé de battre. Comme un prêtre en crise, il prie, mais le dieu rouge ne lui répond pas. Plus de certitudes. Pis encore, plus d'espérances. Georges, qui avait tant attendu de ce voyage à Moscou, sent son identité se défaire. Pour lui, les anges déchus de la classe laborieuse sont définitivement morts au paradis des Soviets.

Amoureux transi, il doit se ressaisir, retrouver les chemins du combat prolétarien. Comme tout le monde, il a entendu parler de Jacques Doriot, un vrai communiste celui-là.

Après le voyage de Moscou, Georges fait celui de Saint-Denis. Il assiste à une première réunion du Rayon majoritaire, faction réunie autour de Doriot. Le grand chef est à la tribune.

Sans notes, pendant trois heures, il harangue la foule. Georges a l'impression que le « grand Jacques » ne parle que pour lui, pour le petit peuple de France, humilié et exploité. Son peuple. Il porte de grosses lunettes, Doriot, mais quand il les enlève, Georges voit ses yeux vifs. L'homme de Saint-Denis raconte l'histoire de France, l'histoire de Georges, celle des « vrais Français ». Les autres chefs communistes, lorsqu'ils parlent de la France, vous donnent envie de vomir ou de devenir trotskiste. Pas lui.

Autour de Doriot, il voit des communistes comme il les aime, en rupture, comme lui, avec l'Union soviétique. Il y croise même un certain nombre d'intellectuels de droite en quête d'exaltation virile et de sueur ouvrière. Georges ne fait ni dans le doute ni dans la nuance. Il aime ou il déteste. Ses anciens camarades communistes sont tous, dorénavant, « vendus à Moscou et traîtres à la Révolution », voire à la solde de la bourgeoisie, comme l'est la volaille socialiste qu'il conviendra de plumer. Georges, en écoutant Doriot, devient lyrique comme Drieu la Rochelle, un écrivain amoureux du chef, auprès duquel le jeune homme est providentiellement assis :

— Regarde, Guilbaud, Doriot prend à bras-le-corps la destinée de la France. Il l'a soulevée à bout de bras… comme un… un grand frère herculéen. Tu vois ? Tu comprends ?

Georges voit. Georges comprend. Et écoute le chef :

— La France d'abord. Point de salut hors la France. La Révolution sera nationale ou ne sera pas. Les Soviets ne pensent qu'à eux, méprisent le reste du monde. Allons, ne soyons pas naïfs, s'il vous plaît ! D'abord, il nous faut aimer et défendre notre peuple à l'identité fragile et menacée. Comprendre et combattre les dangers qui le menacent. Il nous faut démolir le capitalisme apatride. Et régénérer la classe ouvrière en l'ancrant fortement à son sol et ses traditions. Vive la France ! Vive le Socialisme national !

— Oui, Doriot, c'est la France, la mienne, exulte Georges.

A la tribune, les grands gestes de bras du chef projettent autour de lui des gerbes de sueur. Il épuise ses chemises et son auditoire. Il est comme ivre. Il est possédé. Possédé par la France. Et Georges est possédé par le grand Jacques. Quel chef du Parti il aurait pu être, si celui-ci n'avait pas été vendu aux Soviets ! Le leader n'hésite pas à tomber la veste. Il est à la tribune, col ouvert, en bretelles. Les communistes sont encravatés, solennels, de faux prolos et de vrais petits-bourgeois. Doriot, lui, est sublime. Un taureau rouge et puissant. Il pense comme moi, parle pour moi ! Georges se lève et scande pour la première fois le nom du chef. Et hurle comme les autres :

— En avant Saint-Denis ! En avant Saint-Denis !

— Il sent la vie comme une réalité massive, comme un bloc de métal qu'il s'agit de laminer, de découper, de forger, dit Drieu.

Guilbaud, ce soir, s'enthousiasme.

Le gaillard, le grand costaud, a parlé durant trois heures.

Allez, pensons à l'avenir ! On va s'y mettre. Au boulot. Georges a vu « le fils du forgeron, l'ancien métallurgiste dans la houle de ses épaules et de ses reins, dans le hérissement de sa toison, dans la vaste sueur de son front ».

La vie de Georges Guilbaud bascule.

Pendant ce temps, très loin de Saint-Denis, Esteva navigue sur les flots. Sa barbe bien taillée blanchit sous les embruns.

⁂

Le monde était tout neuf. « Le soleil couleur de maïs ne s'est pas couché de l'année sur nos pancartes promenées », chante Aragon. Le bonheur comme à Luna-Park et les usines occupées au son de l'accordéon. La France de Mireille, « couchée dans le foin », rêve avec le « soleil pour témoin ». Les congés payés. Deux longues semaines volées au temps. Les patrons dénoncent l'invasion sur les plages des « salopards en casquette ». L'échappée est belle. Et les trains populaires vous donnent du tarif réduit et du sourire prolétaire en prime. Vertige-musette. Kermesse. Une liberté toute fraîche. La Révolution est insolente et libertaire. Ferveur, émotion et désordre.

« Allons au-devant de la vie, non, camarade, tu n'es plus seul ! »

J'entends les chants de ces camarades lointains.

L'usine est occupée. On brandit le poing. Et c'est la grève pour accompagner et saluer le Front populaire. Grande peur des bien-pensants en ce court été 36, où l'Espagne rouge et noire est agressée alors qu'en France le peuple célèbre sans fin sa victoire et son fragile temps des cerises.

Serge écrit, raconte, s'émeut et s'indigne devant l'égoïsme des puissants qui deviennent les contempteurs haineux du grand théâtre libertaire.

La France ressemble à ce pays dont il avait rêvé petit et qu'il m'a légué en héritage. Un peu encombrant parfois, le legs, un peu partial aussi, mais c'est le sien et *je le garde*.

Le parti socialiste triomphe aux élections. La France de gauche s'ébroue. Été de liesse.

Papa ne peut s'empêcher de penser à sa Tunisie. Une brûlure. Là-bas les camarades triomphent. Tous défilent avenue Jules-Ferry. Des centaines de bannières rouges frissonnent. « Debout les jeunes ! Fraternité des races ! Soutien au Front populaire ! » Grand bal rouge, bleu et blanc. On chante et l'on rechante *L'Internationale*, en français et en arabe ou en italien.

La Tunisie va changer de base. Ils ne sont rien. Ils seront tout ! Rêves mêlés, utopies croisées. L'horrible Peyrouton est démis. Chacun son tour. Un homme de gauche le remplace.

Serge câble à ses amis un texte très court : « Vive le printemps ! » *Tunis socialiste* reparaît en juin 36. Quatre pages quotidiennes. Papa en devient le « correspondant particulier » à Paris. Cela fait bien quand il signe ses articles : « Serge Moati, de la rédaction du *Populaire* de Paris. »

Tunis fait la fête. Ils sont quinze mille à soutenir Blum et les siens, quinze mille à célébrer les premières conventions collectives de Tunisie. Le slogan « A travail égal, salaire égal » devient une réalité. Le Tunisien gagne, enfin, autant que le « Français-de-France ». Ces naïfs ont voulu changer le monde. Ils l'ont presque fait.

Mais, des deux côtés de la Méditerranée, la droite extrême ne désarme pas. Elle rêve de revanche et de son « Grand Soir » contre-révolutionnaire.

Pour l'heure, la victoire du Front populaire a figé sur place, comme dans un cauchemar, ses chefs et ses militants tétanisés. « L'avancée fasciste » a été contenue. Pour l'heure.

Pendant quelques mois la France peut changer et respirer plus large. Quelques mois, et « le sang circule plus vite », disait Léon Blum.

⁂

Ma sœur Nine est l'enfant du Front populaire. Elle est la Parisienne de la famille. Un double titre de gloire. J'imagine que mes parents rêvèrent de cet enfant à venir au cours de l'été 36 où Paris crépitait de joie. Elle fut conçue un peu plus tard, en novembre. C'était déjà la mélancolie d'une fin d'année un peu folle. Les temps redevenaient incertains après des mois d'ivresse sociale, politique et culturelle. Nine, née à Paris, est donc une enfant de l'espérance mais aussi de la gueule de bois. Le soleil, certes, n'était déjà plus au zénith, mais on voulait y croire encore un peu et l'on bataillait toujours. Papa vivait des heures de fièvre. Je le vois, jeune journaliste au *Populaire*, au cœur des meetings et des grèves. Il en tient la chronique avec la candeur et la foi du charbonnier socialo. Le jeune Serge Moati est, de plus, auréolé d'une gloire, certes modeste, mais tenace. Figurez-vous, et nul ne l'ignore autour de lui, qu'il a été expulsé *manu militari* de son pays, la Tunisie, où régnait un despote fasciste, le cruel Peyrouton ! Mais Serge a eu la peau de l'infâme ! Héroïque résistance du peuple de gauche dont il est l'un des héros. Papa raconte, s'enflamme. Il a le goût et le sens du verbe. Il fait des gestes en parlant et a cet accent de là-bas encore inconnu à Paris. Il fait rire. On l'aime, il adore. On le sort, il en raffole. Il est juste exotique comme il faut, une sorte de Marseillais de l'Extrême-Sud. Et bon camarade de surcroît. Bref, Serge Moati avait en ce temps-là le vent en poupe au panthéon des socialistes.

Maman, quant à elle, devenait la star incontestée des chauffeurs de taxi qu'elle galvanisait depuis son modeste garage de la rue de Maubeuge. On l'aimait, elle qui avait la voix douce et ronde, on l'aimait, elle qui racontait les légendes de Tunis-la-Lointaine et dont le ventre s'arrondissait sous les ventilos du garage.

En juillet 1937, elle pensait à Tunis avec nostalgie. Sa mère, dont elle aurait tant aimé la présence, n'avait pu, faute de moyens, la rejoindre pour l'accouchement. Elle se sentait un peu seule, loin de sa Villa Jasmin. L'air de la mer lui manquait. Les gâteaux au miel des accouchées et les amies aussi. Où sont leurs conseils chuchotés et leurs fous rires aux parfums de fleur d'oranger ? Maman est une de ces femmes qui accouchent l'été. Vivi est de septembre, Nine de juillet et moi du cœur de la fournaise d'août. Grosses chaleurs et grossesses pénibles. Libération trois fois espérée dans des draps trempés de sueur. Enfants d'été, enfants brûlants. Et voici qu'arrive Eugénie, le 27 juillet, ainsi nommée en honneur de l'impériale Tsia Eugénia, mère de mon père, mais vite surnommée « Nine ». Papa, ce jour-là, composera une petite chanson, comme une berceuse.

« Nina sur la montagne
Nina cueillait des fleurs
Avec une robe rose
Rose cueillait des fleurs. »

Dans quelques mois, ce sera l'hiver. Et, bientôt, la guerre.

13

Le 3 septembre 1939, mobilisation générale. 2 770 000 soldats français sont engagés dans la bataille. Papa est de ceux-là. Je l'imagine inquiet, mais courageux. Il endosse pour la deuxième fois de sa vie l'uniforme et quitte *Le Populaire*, la France et sa famille. Il doit rejoindre son lieu d'incorporation : Bizerte, sa ville natale. Maman décide de rester encore quelque temps à Paris. Personne n'imagine l'avenir. On se dit que le cauchemar cessera bien et qu'il faut être optimiste, serrer les dents, attendre. Leur séparation durera plus d'un an. Adieux à la gare de Lyon. Le troufion Moati est dans le train. Vivi et Nine, déjà, ne le voient plus. Maman pleure, mais ne veut pas le montrer. Elle retourne au garage de la rue de Maubeuge attendre des nouvelles qui ne viendront pas.

Papa fait le soldat à Bizerte et s'ennuie. C'est long, la drôle de guerre. Bobards divers et temps suspendu. La France s'étiole, attend, se surprend parfois à espérer qu'elle ne fera qu'une bouchée de Hitler et que la guerre ne sera qu'une promenade de santé. En réalité, elle n'y croit pas. La fascination que le diable nazi exerce sur certains esprits français se répand. Culte de la force. Régénération. Revanche sur la grande trouille de 1936. Haine de la démocratie.

Guilbaud n'ose pas encore dire tout haut ce qu'il pense tout bas depuis qu'il a rompu avec Moscou et rejoint Doriot. Il rêve, lui, l'ancien communiste, d'édifier un homme nouveau lavé de toutes les souillures, guéri de toutes les déformations et contaminations démocratiques. Les rêves totalitaires se rejoignent. Staline et Hitler se ménagent.

Georges est mobilisé, comme Serge, mais ne veut pas se tromper d'ennemi. Tout en se proclamant patriote, il pense qu'une bonne petite défaite ne ferait pas trop de mal à une France encrassée, corrompue, enjuivée. Il admire l'Allemagne et sa virilité teutonne auprès de laquelle la France paraît si faible. A quoi bon mordre les bottes du géant nazi ? Nous aurions tant à apprendre si nous voulions cesser de nous comporter en roquets anémiés.

Oui, pense avec ses amis le jeune Guilbaud, nous n'aurions jamais dû déclarer cette guerre absurde et vaine, une guerre que seuls veulent les démocrates, valets des juifs, ces universels profiteurs.

Ah ! ceux-là… Ils étaient mille, ils sont un million ! Ils se sont emparés des boutiques et des usines. Ils ont ruiné et pressuré notre peuple candide et naïf. Ils ont semé la corruption, le vice, la haine. Ils ont tout pillé, tout pourri, tout détruit. On ne fera pas la guerre pour les ploutocrates juifs, non et non, fulmine Georges, improbable soldat de cette guerre qui s'éternise pour lui, comme pour le juif Moati et des millions d'autres.

En mai 1940, c'est l'attaque allemande, foudroyante. Et la débâcle d'une France au patriotisme et au moral ébréchés.

Papa trépigne à Bizerte. Il faut se battre ! Où ? Comment ? Les Allemands sont loin et les chefs – l'amiral Esteva commande alors la base de Bizerte – paraissent égarés. Circulez, il n'y a rien à voir ! Juste à attendre. Papa pense à maman, aux enfants. Ils n'auraient jamais dû se quitter. Ils s'écrivent mais les lettres se perdent dans la tourmente.

La bataille de France est perdue. Une angoisse immense saisit les Parisiens à la gorge. Ceux qui incarnaient la République et l'État abandonnent le vaisseau naufragé. Adieu banques et ministères. Filons ! C'est l'Exode, course folle de plus d'un million d'hommes, de femmes et d'enfants. Voitures et trains surchargés, peuple hagard. Amoncellement de valises, de matelas et d'enfants qui hurlent. La France décampe à pleine route. Cyclistes et motocyclistes survoltés et épuisés, entassements, embouteillages, orages, pluies violentes, tonnerre, campements improvisés à la hâte, pas de pain et pas d'essence. Le feu aux trousses et la mort aux basques.

Maman et ses deux petits ne savent où aller. Elle ne connaît personne et ne voit pas à qui elle pourrait demander refuge au long de ces journées de débandade. Elle n'a pas de nouvelles de Serge et ne pense qu'à protéger ses enfants du mieux qu'elle peut, de toutes ses forces.

Ce jour-là, une nouvelle et étrange lumière d'éclipse solaire nimbe la ville et la couvre de poussière noire.

Certains pensent qu'il s'agit de gaz inconnus, redoutables et asphyxiants. Rumeurs et panique. Les réservoirs de pétrole flambent. Heures de mort.

Le vendredi 14 juin, au matin, la nouvelle se répand rue de Maubeuge. Maman entend :

— Ils sont là ! Ils sont là !

C'est comme à la parade. Elle les voit. Tenues de campagne étincelantes, armes luisantes, cuirs astiqués. La Wehrmacht. Ses automobiles blindées, ses tanks et ses camions traversent un Paris désert, en bataillons serrés.

Le drapeau tricolore est retiré des édifices publics. Les soldats bottés de noir et gantés de vert sillonnent la ville. Des voitures, équipées d'énormes haut-parleurs, annoncent le couvre-feu à partir de vingt heures. Heure allemande. Premier couvre-feu. Première nuit de l'Occupation.

Trois jours après, Pétain ordonne la cessation des combats, le 17 juin 1940. C'est la honte. Georges Guilbaud va bientôt entrer en scène et donner enfin toute sa mesure.

Papa est triste à crever. Il hurle que l'armistice est une infâme capitulation. Il s'affronte, à défaut d'Allemands, aux gradés de la base maritime, qui méprisent ce juif belliciste et teigneux. Pétain, de toutes les façons, ne saurait se tromper. Ce Moati saurait-il mieux que le vainqueur de Verdun ce qu'il convient de faire ?

Oui, répond papa. Bagarres. Il ne fait pas le poids face à des costauds déchaînés qui ne souhaitent pas faire cette guerre-là, celle des juifs et des Anglais.

Papa est démobilisé. Il a les larmes aux yeux et la rage au ventre. Il retourne à Tunis. Il écrit, avec ses camarades, une tribune vengeuse et enflammée dans *Tunis socialiste* : « Il faut continuer le combat. » Pour son malheur, le résident général Marcel Peyrouton, qui l'avait déjà expulsé en 1935, est de retour à Tunis. Il interdit *Tunis socialiste*. C'est devenu une habitude. Il se range, bien sûr, derrière Pétain dont il deviendra le ministre de l'Intérieur. L'amiral Esteva, désœuvré depuis l'armistice qui lui a ôté le commandement de la base de Bizerte, succédera à Peyrouton le 26 juillet. Le dévoué Esteva est *naturellement* pétainiste. Il a la génuflexion facile, cela se sait. Et c'est bien vu.

Papa n'a aucune nouvelle de maman. Il n'ose pas revenir habiter la Villa Jasmin, trop grande, trop vide, sans femme ni enfants. Mais il n'a pas le choix. Alors il ouvre les fenêtres, aère les chambres.

La villa, en quelques jours, reprend vie, mais autour d'elle, c'est la tourmente.

⁂

Été 1940. Maman, Nine et Vivi quittent un Paris caniculaire et allemand. L'oncle Jo a une maîtresse en Normandie. Il l'a longtemps cachée. Elle va servir. Voici les Moati à la campagne. Il fait très chaud dans cette vallée de la Seine, mais l'air y est néanmoins excellent. C'est une France verte et grasse comme on l'imagine depuis Tunis. Les enfants respirent. Maman, elle, ne pense qu'à son mari, seul, dans leur Villa Jasmin dont il ne saura jamais s'occuper. Tu le vois, Serge, oncle Jo, s'occuper d'une maison ? Vous retournerez en Tunisie, ne t'inquiète pas, Odette. Il faut trouver le bon plan. Prends ton mal en patience et ne t'inquiète pas, ma fille. Maman en pleurerait. Le vert l'angoisse. Elle se sent prise au piège, du côté de Louviers. Heureuse surprise : Jacqueline, leur hôtesse, est une aimable personne. Maman était liée à l'ingrate Marcelle, la légitime de Jo, mais les circonstances étant ce qu'elles sont, les deux femmes apprennent à se connaître, à s'apprécier. L'oncle Jo, représentant en produits pharmaceutiques, fait l'aller-retour entre Paris et la campagne. Il raconte la capitale, où l'Allemand se pavane. Ils ont surgi de partout, pullulent, sortent des égouts. Que le diable les emporte ! Et corrects avec ça, les chiens ! Qu'ils crèvent tous !

Orages d'été. Les robes collent à la peau. Les enfants ont des petits boutons. La Seine est lente et lourde, presque noire parfois. Sur ses berges, il y a de gros moustiques et des poissons flottent à sa surface, éventrés. Certains vous fixent de leur œil mort. C'est grotesque et un peu effrayant. Jacqueline dit un jour à maman :

— Restez ici tant que vous voulez. Moi, mon travail reprend à Paris. Mes patrons sont revenus. Il faut que j'y retourne. Demain dimanche, je vous amène à la messe. Je dis que vous êtes des parents à moi, des réfugiés, que j'abrite. Comme ça, les gens ne poseront pas trop de questions. Tu seras ma cousine, une Française de Tunis que la débâcle a surpris ici.

— La messe ? Mais… on ne sait pas comment faire.

— Tu fais comme moi. Regarde.

Répétition du signe de croix et des prières. Des centaines d'ancêtres et, parmi eux, au moins une vingtaine de rabbins s'agitent dans leur tombe. Vivi et Nine apprennent à se signer avec une aisance stupéfiante.

Vivi trouve même quelque grâce à ce Jésus. « Aussi juif que toi », lui fait remarquer maman pour soulager sa mauvaise conscience. Les voici donc si dévots, en août et septembre, le sourire humble et chrétien, l'air convenable et soumis à la volonté divine. Les voici, les miens, au milieu du Peuple de Dieu assemblé dans la petite église de Muids, en Normandie.

En octobre 40, trois mois après l'entrée des Allemands à Paris, une première loi, bien française, un statut, bien français, sont édictés par un gouvernement de Vichy zélé au-delà de toute espérance nazie. Cent cinquante mille juifs doivent aller décliner leur identité et se faire recenser. Ils y vont, en très grande majorité. Le recensement facilitera et permettra la suite. La machine se met en marche, rien ne saura l'arrêter. Jean, ami de Jacqueline, est bouleversé par le spectacle d'un Paris qu'il décrit comme un désert où résonnent les talons de bottes et où flottent de grands drapeaux à croix gammée. Un dimanche, à midi, il montre à maman, sous le sceau du secret, ce qu'il nomme son petit manuel de dignité. Il a rédigé, sous forme de « conseils à l'occupé », les préceptes qui devraient régir les rapports entre l'occupé et l'occupant. Ce sera l'un des premiers actes de ce que l'on ne nomme pas encore « résistance ». Jean lit :

« — Ils sont vainqueurs. Mais ne va pas, pour te faire bien voir, au-devant de leurs désirs. Pas de précipitation.

« — Si, au café ou au restaurant, ils tentent la conversation, fais comprendre que ce qu'ils te disent ne t'intéresse pas.

« — S'ils croient habile de verser le défaitisme au cœur des citadins en offrant des concerts sur nos places publiques, tu n'es pas obligé d'y assister. Reste chez toi ou va à la campagne écouter les oiseaux. »

— C'est ce que nous faisons, dit ma mère, en interrompant Jean. Nous passons notre temps à écouter les oiseaux. Une sarabande. Presque comparable au chahut qu'ils font sur les ficus de l'avenue Jules-Ferry, à Tunis. Vous connaissez Tunis ?

— Je sais qui vous êtes. Jacqueline m'a tout raconté. Ne revenez jamais à Paris. Croyez-moi. Pétain est totalement de mèche avec les nazis.

— Tu dis n'importe quoi, Jean, s'indigne Jacqueline. C'est un grand patriote ! De Gaulle et lui s'entendent. L'un est à Londres, l'autre avec nous. C'est calculé, entre eux.

— Sornettes ! C'est un complot fasciste. Pétain est une marionnette aux mains de la Cagoule et de l'Action française. Un complot préparé de longue date. Sinon comment crois-tu qu'ils seraient allés aussi vite, ces petits messieurs de la Révolution nationale, pour fabriquer leurs lois sur les juifs et les francs-maçons ? Allons, tout était prévu, et de longue date. Vichy et les Allemands, c'est bonnet blanc et blanc bonnet.

— Continue à lire ton texte, Jean, et calme-toi. Je ne vois pas ce que l'on peut faire, vu la situation et la débandade générale, insiste Jacqueline.

— Une seule solution : « résister ».

— Et on fait ça comment ?

— Je ne sais pas encore. Pour l'instant, j'écris, je fais circuler mes petits papiers. Ça ne va pas loin, mais bon… Jacqueline, occupe-toi de tes amis Moati. Fais-les filer en zone libre. Et dare-dare ! Odette, vous m'entendez ?

Jean, insiste :

— Ces salauds vont se déchaîner. Il leur faut des boucs émissaires. Comment expliquer la défaite ? Tout simple : c'est la faute aux juifs, aux francs-maçons, au Front populaire. Mettez la Méditerranée entre eux et vous. Partez pendant qu'il est encore temps ! Dans quelques semaines, ce sera trop tard.

— Je veux retrouver mon mari. Il est seul là-bas. Tel que je le connais, il va faire des bêtises et broyer du noir. Il n'a plus de travail. A deux on sera plus forts, on se débrouillera. Tunis, c'est chez nous. Jean… vous viendrez nous voir… avec Jacqueline. Je vous ferai visiter. C'est si beau, la Tunisie ! Un pays doux. Et des gens très gentils. Et puis notre maison, la Villa Jasmin, vous verrez, elle a du charme. J'aimerais vous y accueillir, tous les deux, quand tout sera terminé. Un jour. Si Dieu veut…

Quelques semaines plus tard, les trois Moati franchissent la ligne de démarcation et s'éloignent de Paris, capitale du silence. Paris des couvre-feux et des nuits de plomb.

Il était temps. Un bateau quitte Marseille pour la Tunisie. L'un des derniers.

Sur le golfe du Lion, maman respire.

Déjà arrivent, de la côte tunisienne, les parfums aimés, ceux des jasmins.

14

A Tunis, le cœur n'est pas à la fête. Certes, il n'y a pas d'Allemands. Enfin, pas encore. Mais Esteva et les pétainistes triomphent. Il y a aussi des juifs inquiets et de nombreux nationalistes tunisiens ravis de voir la France défaite. Esteva affiche un soutien total à la politique d'un gouvernement de Vichy truffé de militaires étoilés, rien que des collègues. Un Vichy réactionnaire. Une ville d'eaux dévote et traditionaliste, la capitale d'opérette d'une France nouvelle. On a trop joui. On ne jouira plus, c'est promis. Ce programme convient à Esteva qui n'a jamais, dit-on, connu la femme, pas plus, chuchotent les mêmes mauvais esprits, que son collègue Darlan, la mer.

Lorsqu'il a quitté Bizerte, l'amiral a reçu, le 8 juillet 1940, un Italien chargé de faire respecter l'armistice. Ce Salsa était très correct, très chic, gominé, mais Esteva a refusé de lui serrer la main. Carrément. Un « acte » dont l'amiral se vante. Voilà le signe d'un patriotisme trempé aux meilleurs bénitiers. Le héros débarque donc juste en face de la cathédrale, à la résidence générale, désertée par son prédécesseur, Peyrouton. L'amiral salue sans attendre monseigneur

Gounot, l'archevêque, avec lequel il devient vite bon camarade. Tous les matins, à sept heures, il traverse la place à pas comptés et rejoint l'Éminence. Les deux hommes prient et communient ensemble. Vapeurs d'encens, cantiques, enfants des écoles dédiés au Maréchal, cérémonies et rituels patriotiques. La France battue s'autocélèbre, remercie la divine providence et un dieu qui n'a pourtant guère favorisé la fortune de ses armes.

— Il faut tenir, affirme Esteva, les yeux mi-clos. River Tunis à la métropole. Éloigner à tout prix la régence des Italiens, ces « Macaronis » qui rêvent d'en chasser les Français. Choyer les musulmans de tradition. Leur dire que l'ennemi athée est commun. Il prend le visage détestable du juif apatride et félon, jamais intégré mais toujours régnant. L'origine du mal est dans le fameux décret Crémieux de 1870 qui leur a accordé, ou plutôt offert, en Algérie, la citoyenneté française. Ne refusant jamais ce qu'on leur offre, ils ont saisi l'occasion. Et on connaît la suite…

— Monsieur l'amiral, je vois que vous les connaissez bien !

— Je n'ai rien contre eux, cher ami Ben Abdallah, mais enfin, j'ai une règle dans la vie : dire la vérité, toujours, quoi qu'il m'en coûte !

— Valeur commune à tous les croyants.

— Oui, cher monsieur… Les juifs se sont engouffrés dans la brèche qui leur était offerte et sont presque tous devenus français. Ça ne se refuse pas !

— Ce Crémieux était juif, non ? Voilà peut-être l'origine du miracle et surtout son explication…

— Totalement juif. Il a voulu aider ses frères. Chez eux, l'entraide n'est pas un vain mot. J'aime ça, d'ailleurs, chez les israélites. On devrait s'inspirer de ce qu'ils savent faire de bon. Le sens de la famille aussi, ils l'ont. J'ai connu des israélites dans mes différents commandements. Je les ai fréquentés. Ah, ils se débrouillent ! Ils s'organisent ! Ils sont tribaux. Dans ma bouche, ce n'est pas une injure. D'ailleurs, je ne les juge pas. Je ne condamne jamais personne, mais il faut bien voir les choses en face. Ce décret Crémieux nous a aliéné les faveurs de vos coreligionnaires musulmans. Une mauvaise opération.

— En effet, monsieur l'amiral. Les juifs de chez nous, dès 1923, ont pu largement profiter de ce décret et user et abuser de ses avantages. Honnêtement, je peux vous parler honnêtement ?

— Bien sûr, monsieur le mufti. Nous sommes ici pour ça.

— Les juifs naturalisés Français se sont crus supérieurs à nous. Vous l'avez dit, les arabes vous en voudront toujours de leur avoir donné tous les droits. Sur nous, sur la régence. Tout leur appartient et on ne peut plus les toucher. Ils sont « français » ! En tous cas, les plus riches d'entre eux…

— Oui, enfin… sans tomber dans un antisémitisme que je réprouve…

— Je vous rappelle que les arabes sont des sémites, monsieur l'amiral !

— Bien sûr. Pardonnez-moi, je reprends. Sans tomber dans un antijudaïsme que ma foi chrétienne rejette, bien que j'en comprenne parfois les fondements, je pense que la première loi d'octobre 1940, sur le statut des juifs, va dans le bon sens, celui d'une solution humaine, raisonnable et française, de la question juive. Enfin espérons-le.

— Oui, espérons, monsieur l'amiral. Espérons aussi que vous ne subirez pas trop de pressions de leur communauté si puissante, qui dispose auprès de vous de tant de relais efficaces. Jusque, dit-on, dans votre propre entourage.

— Je vous en prie, monsieur Ben Abdallah !

— Pardonnez ma franchise.

— Que Dieu vous garde !

— Qu'il étende sa main bienveillante sur vous.

⁂

Pendant que se déroule cette édifiante conversation, Serge s'interroge. Il y a d'abord la joie des retrouvailles avec maman et les enfants, et le retour à une vie à peu près normale. Mais la guerre rôde et il sait qu'ils ne seront pas épargnés. Le conflit mondial, ce vent mauvais, n'épargnera pas la Tunisie.

Il faut lutter contre Pétain et ses lois scélérates. S'organiser. Comment ? Subir ? Sûrement pas. On se parle. On se cherche. On chuchote dans les arrière-salles de cafés amis où l'on se rencontre par petits groupes. Allons, tous les Français de droite ne sont pas pétainistes. On dit même que d'authentiques et patentés réactionnaires s'organisent de leur côté. Il faut les rencontrer. Dépassons les anciens clivages et les haines d'hier. Les communistes aussi, il faut les voir. Pour l'instant, ils ne bougent pas, bâillonnés par le pacte germano-soviétique qui autorise toutes les lâchetés. Bref, on chuchote mais on ne fait rien, ou presque, dans une régence où les Français sont minoritaires, entourés d'une masse tunisienne à l'attitude ambiguë et d'Italiens franchement hostiles.

Alors, il faut attendre. Et vivre.

Vivre, c'est travailler. Papa réussit, je ne sais comment, à se réconcilier avec Zana, le propriétaire du *Petit Matin*. Le quotidien est le « journal israélite de Tunisie ». Il dispose d'une autorisation étrange de diffusion alors que tous les journaux républicains ont, bien évidemment, cessé de paraître dès juin 40.

Esteva, qui n'est pas sot, pense qu'il ne peut étouffer la voix de la puissante communauté juive et veut se servir du journal comme d'un relais docile.

J'imagine Zana triomphant. Mon père, son ancien rédacteur, est de retour. Canossa sous les ficus.

— Je suis obligé de t'aider. Ta femme Odette est ma petite-cousine, mais ne m'emmerde pas. Pas de politique, sinon, je te vire sur-le-champ.

— Merci, Simon.

— Ne me remercie pas. Que le diable emporte tes amis socialistes. Blum nous a fait beaucoup de mal, à nous les juifs. C'est une malédiction, un juif au pouvoir. Tu comprends ça, Serge ? Tu n'es pas idiot ! Tu as compris, quand même ?

— …

— Tu ne veux pas répondre ?

— …

— Allez, parle.

— J'ai besoin de gagner ma vie. J'ai deux petits enfants.

— Alors, tu la boucleras. Tu ne me fâcheras pas avec Esteva. Tu le jures ? C'est trop grave.

— Promis.

— C'est enregistré. Au boulot. Sous un nom d'emprunt. Plus de Moati. Tu t'appelleras... « le rabbin fureteur ». Allez, file, rabbin de mes deux !

Serge, humilié, se remet vaillamment à la tâche. Trop content d'avoir un mauvais salaire, mais un salaire tout de même. Il devient, après avoir été chroniqueur social au *Populaire*, l'inlassable observateur de la communauté, ne ratant ni une bar-mitsva, ni un mariage. Les inquiétudes sont fortes. Tous savent qu'en Algérie les juifs ont perdu la nationalité française, ce « scandale vieux de soixante-dix ans » dont parlait le délicat Charles Maurras. Ce geste a eu pour effet d'apaiser et de neutraliser les revendications musulmanes. C'est le but recherché par les autorités de Vichy, stratèges de barrière et vrais antisémites, qui se félicitent de cet heureux retour en arrière. Les deux lois portant sur le statut des juifs, celles d'octobre 1940 et de juin 1941, complètent le tableau.

15

Georges Guilbaud a vingt-sept ans. Et pas de métier. Pour ses amis du PPF, il fait des voyages, des missions. Au coup par coup. Il cherche à se rendre indispensable. Il lui faut se créer une spécialité. Pourquoi pas le monde arabe ou les colonies ? Il va en Égypte et parcourt l'Afrique du Nord. Il trouve que l'amiral Esteva, en Tunisie, louvoie trop.

L'amiral est « tenu », dit-on dans les milieux que fréquente Guilbaud. Une camarilla de gaullistes et de francs-maçons exerce sur lui une influence néfaste. Tunis, certes, applique les lois de Vichy, mais mollement. Cela exaspère Guilbaud. Esteva est un militaire à l'ancienne, pas un soldat de l'ordre nouveau. On s'occupera de lui plus tard. Pour l'instant, en 1941, Guilbaud est chargé de mission par Paul Marion, secrétaire d'État à l'Information de Vichy, un camarade de parti. Celui-ci l'expédie en Algérie où la situation est meilleure, plus « française ». Guilbaud est chargé d'une tournée de propagande. C'est bien payé et ça fait voir du pays. Fonds secrets et bons hôtels, fanions et discours, pastis et couscous, mouvements de menton et effets de manche. Guilbaud s'adresse aux doriotistes de

Mostaganem. Des gaillards. Il voit des visages burinés. La grande famille PPF, celle qu'il aime. Sur le mur du local du Mostaganem, il y a des portraits de Doriot, le chef, le « grand Jacques », et des drapeaux. Celui de la France et celui du Parti, mêlés.

On se présente : Guardin, secrétaire de la section. Jacquin, chef d'équipe. Barscaud, trésorier. Péligri, chef mécanicien. Des patriotes à la franche poignée de main. Farouche énergie française dans les yeux. Guilbaud accompagne Arrighi, du comité central, Fossati, ancien responsable des Volontaires nationaux d'Alger, secrétaire de la Fédération algérienne et le docteur Ben Thami qui représente les nombreux musulmans du Parti.

Arrighi, Fossati et Guilbaud parlent. Malgré les ventilos, l'air est tiède et Guilbaud, comme son chef Doriot, sue à la tribune. Il a un embonpoint naissant dû à de nombreuses libations. A ce jeune homme qui parle d'abondance et plutôt bien, la fortune semble enfin sourire. Son ascension est liée à la défaite de cette patrie qu'il dit pourtant aimer.

— La France, ne vous y trompez pas, n'a pas été vaincue. Elle prend, simplement et librement, sa place dans l'Europe nouvelle. Ici, en Algérie, vous savez le sens des mots « courage » et « effort ». Notre magnifique empire a été conquis grâce au courage de nos soldats et fertilisé grâce à l'effort de nos colons, de nos pionniers. En France, on a longtemps eu honte de nos colonies. On y engloutit des fortunes et, en échange, on n'y chope que des fièvres ou la chaude-pisse ! disait-on. Rappelons-nous, camarades et amis, que la France d'avant la Révolution nationale a fait venir tous les deux ou trois mois un juif pour former le gouvernement ! Un juif ! Et vingt millions de musulmans, n'est-ce pas, docteur Ben Thami, cher camarade, oui, vingt millions de musulmans nous ont craché leur mépris ! Ils se sont dit : « La France, aux mains des juifs, n'est plus digne de nous commander ! » Honnêtement, ils n'avaient pas tort. C'était l'époque où triomphaient des idées d'un autre âge. Celle de l'Égalité des hommes, par exemple. Au nom de cette fiction écœurante, qui soutient qu'un homme en vaut un autre, un ministre juif, Crémieux... Du calme camarades ! Je continue ! Je disais donc que Crémieux a fait en Algérie l'œuvre la plus néfaste de tous les temps en naturalisant en bloc les juifs indigènes ! Les musulmans, je parle sous ton contrôle, Ben Thami, voulaient bien accepter la domination française, mais pas celle des juifs ! Les lois récentes doivent donner un coup de balai salutaire et les remettre à leur place, la dernière, celle qui revient aux profiteurs, aux sangsues qui se repaissent de notre sang ! Pensons à nos amis musulmans. L'islam repousse avec horreur la domination d'une race qui n'est, n'a jamais été et ne sera jamais, celle des soldats ni celle des pionniers.

Que la France se réveille et sorte de sa léthargie ! En Algérie, la Révolution nationale est en marche. Elle doit s'amplifier, se renforcer. Au Maroc et en Tunisie, le général Noguès et l'amiral Esteva doivent être poussés au cul ! A l'œuvre, camarades nationaux ! Il faut nous faire respecter !

Il s'éponge le front et reprend :

— Amis, ce qui nous frappe le plus ici, ce n'est ni le bleu du ciel, ni la beauté des sites, non, ce sont les hommes de Doriot, vous, mes camarades ! Vous êtes jeunes, ardents. Vous êtes la force française. Vous êtes le levain ! Bientôt la moisson nouvelle va se lever et elle sera française !

Fin de réunion. *Marseillaise* et hymne du parti. On salue virilement les camarades, puis on repart vers la France. Pour Georges, il n'y a pas grand-chose à Paris. Ni amour, ni situation. Il espère revenir en Afrique du Nord. Il sent bien les choses, et puis il y a tant à y faire. Du pouvoir et du fric à ramasser. Son retour aura lieu plus vite encore qu'il n'en rêvait. Il ne le sait pas encore. L'amiral-Esteva-des-bénitiers non plus. Serge Moati, « le rabbin fureteur » du *Petit Matin*, lui, n'ose même pas l'envisager.

A des centaines de kilomètres de Mostaganem, la Villa Jasmin s'éveille. Le ciel est gris, chargé de nuages.

A Tunis, le temps pétainiste est comme suspendu. On décrète, on légifère, on exclut, on commémore et l'on parade. Les partis politiques républicains ont disparu. Seuls tiennent le haut du pavé les anciens combattants et les nouveaux croisés de la Révolution nationale, PPF, RNP, PSF et autres Croix-de-Feu. Et, de ce côté-là, on s'exaspère. L'œuvre de redressement salutaire traînasse. D'ailleurs, c'est bien simple, tout le monde s'en moque et saborde, par lâcheté ou laxisme, la politique de Révolution nationale. Esteva a été obligé d'épurer son administration. Mais il l'a fait avec des pincettes. Celles d'un amiral opportuniste et timoré qui approuve le dernier qui a parlé. Surtout l'après-midi, après le déjeuner, lorsque vient l'heure, irrésistible en ces latitudes, de la sieste. Alors, la tête de l'amiral dodeline. Son attention semble errer au loin, sur des flots anciens et parfumés. Alors, le pouvoir glisse et s'échappe. Les gaullistes et antinationaux de son entourage en profitent. Ils lui font signer n'importe quoi. Il suffit d'être habile et de flatter le vieux militaire dont la main tremble. Un souvenir du Tonkin. C'est Vimont, son directeur de cabinet, qui a barre, dit-on, sur l'amiral.

Ils sont compagnons de prie-Dieu et de confesse. Les conseils de l'un sont chuchotés à l'oreille de l'autre, à l'ombre complice de la chapelle :

— Vous savez, monsieur l'amiral, il faut faire très attention !…

— De quoi parlez-vous, Vimont ? Est-ce le lieu ?

Monseigneur Gounot officie. Il n'entend rien. Tout à Dieu.

— Monsieur l'amiral, prudence ! lance Vimont.

— J'obéis aux ordres du gouvernement. Je fais mon métier, vous êtes mon directeur de cabinet, faites le vôtre. Et appliquez les directives.

— Si je peux me permettre, c'est le chrétien ici qui parle à un autre chrétien.

— Vous allez encore me parler de vos juifs !

— Ce ne sont pas « mes » juifs. Ils sont puissants et ils ruineront votre réputation. Les chasser de tous les emplois, ainsi que le prévoient les lois, déséquilibre notre économie. Demandez à votre directeur des affaires financières, le compétent René Soulmagnon. Il vous le dira !

— Celui-là, j'aurais dû l'expédier depuis longtemps ! A Pithiviers ou à Lons-le-Saunier ! Ça lui aurait remis les idées en place. Comme les Bouzanquet, Bidet, Pignon ou Choulant. Tous des gaullistes. J'ai bien fait de les révoquer. Lui aussi, j'aurais dû. Il s'oppose au Maréchal. Son cœur est à Londres et son portefeuille à Jérusalem.

— Il connaît la réalité de ce pays. C'est un vieux fonctionnaire. Il est français. Il est loyal. Simplement, il réfléchit. Le commerce, évidemment, ne peut marcher sans les juifs ! On ne trouve plus un bon médecin : ils sont tous juifs. Ils n'ont plus le droit d'exercer ! Figurez-vous que nombre de nos amis vont les consulter en cachette. Et je ne parle pas des tribunaux ! Ils ne fonctionnent plus. Plus d'avocats, ni de juges. Bref, la ville est en émoi. Rien ne fonctionne ! Le bey le sait, lui. Pas fou, le vieux. Il passe son temps à vous demander des passe-droits pour ses juifs ! Les Italiens aussi les protègent. Ils sont malins. Ils savent que le sort des armes est incertain et que les juifs s'en sortiront grâce aux Américains, qui ne peuvent rien leur refuser. Ils sont riches. Ils ont des réseaux…

— Ça suffit ! Et alors ?

— Temporisez. Appliquez, mais sans excès de zèle, les directives de Vichy. Voilà mon conseil. J'ai de l'admiration pour vous, amiral. Et, si vous le permettez, de l'affection. Et puis…

— Et puis quoi ? demande, exaspéré, l'amiral.

L'archevêque sursaute de réprobation et se retourne vers eux.

— Et puis rien…

Esteva est troublé. La messe est dite. Pour l'heure. Demain, l'amiral fera d'autres rencontres. Sa barbe frémira encore. Mais le vent sera contraire. Il sera crucifié. Qui dira le secret du cœur du vieux soldat solitaire ? Qui dira quelles furent ses vraies pensées, ses remords, ses joies et ses chagrins ? On ne le saura jamais. On les imagine si on a le temps.

Un homme se juge à ses actes. Pour l'amiral, l'histoire a tranché. Esteva était-il indéterminé de naissance comme d'autres sont roux ou bancals ? Peut-être que, dans le ventre de sa mère, il était déjà faible et velléitaire. Peut-être a-t-il toujours eu cette incapacité de décider ou de penser par lui-même ? Peut-être n'a-t-il jamais eu d'idées sur rien ? Allez savoir. Le monde est truffé d'Esteva. Parfois leur indécision chronique est utile. Ce trait de caractère peut retarder l'horreur. Cela s'est vu. Mais parfois leur lâcheté ne fait que précipiter l'entrée en scène des vrais mauvais. Ainsi Guilbaud et tous les autres. Il arrive en Tunisie. Un vrai paquet-cadeau, débarqué d'un avion allemand. Destination, Villa Jasmin.

⁂

Serge fait le malin et le bravache. Il joue un jeu dangereux. Dans une chronique, il raconte un recensement des juifs. Très ancien, celui-là. Bien avant celui de Pétain. Le roi Hérode, rappelle-t-il, voulait déjà compter et recompter ses juifs. Une vieille manie. Parmi ceux qui fuyaient et refusaient de se soustraire à cette mesure, figurez-vous qu'il y avait un certain Jésus de Nazareth, avec ses parents. C'est un « point d'histoire religieuse amusant », n'est-ce pas ?

Papa s'amuse. Pas Simon Zana. Celui-ci se fait remonter les bretelles par la résidence générale. Papa lutte. Chaque jour, sous les prétextes les plus divers, il parle du courage juif, de la volonté juive, de la dignité juive. Il résiste à sa façon. Comme il peut. Il attend son heure. Elle arrive enfin : un agent gaulliste débarqué on ne sait comment, via le Maroc ou l'Algérie, le contacte de la part d'amis communs métropolitains et sûrs. Il faut rassembler l'information, la faire remonter vers Londres. Quel est l'état des aéroports et celui des routes ? Où sont les réserves de munitions ?

Il s'agit de structurer des filières et de repérer tant à Tunis qu'en province les patriotes sur lesquels on peut compter. Les Anglo-Américains libéreront l'Afrique du Nord. Il faut leur ouvrir la route. L'homme qui parle avec autorité dans cette arrière-salle de café du côté de La Soukra se fait appeler « le Normand ». C'est la seule identité qu'on lui connaisse. Alors que Serge prend congé, l'inconnu le retient par le bras et lui souffle :

— Vous savez, j'ai eu le plaisir de connaître madame Moati. Elle m'a promis un couscous à la Villa Jasmin.

Papa est interloqué.

— Ne lui dites rien, ou plutôt si... Dites-lui que « Jacqueline-de-Normandie », l'amie de son oncle Jo, va bien et l'embrasse. Nous nous retrouverons tous après la guerre. Soyez prudent !

Ainsi commence, par cette rencontre avec le mystérieux Le Normand, la résistance de mon papa. Des réseaux, effectivement, se constituent. Contacts. Boîtes aux lettres. Stricte hiérarchie secrète et remontée des infos vers Londres, grâce à un ingénieux technicien radio qui cache un matériel vétuste dans l'appentis de sa villa de l'Ariana, cité des roses et de la liberté.

Les socialistes se regroupent. Les communistes s'activent enfin et les gaullistes s'organisent. Des camarades se font arrêter. La police d'Esteva s'informe, enquête, espionne. Simon Zana, propriétaire du *Petit Matin*, est convoqué à la résidence :

— J'ai été trop bon avec vous, monsieur Zana. Vous ne m'attirez que des ennuis. Vous avez trahi ma confiance. Vous avez engagé ce Moati. C'est inadmissible. C'est une provocation !

— Mais…

— Zana, ne me prenez pas pour une gourde. « Le rabbin fureteur », c'est lui !

— Mais enfin, monsieur l'amiral, Moati, qui a cessé toute activité politique, n'est plus que l'échotier d'une communauté qui sait ce qu'elle doit au grand Français que vous êtes !

— Je connais vos sentiments patriotiques. Mais ne vous foutez pas de moi, Zana ! Vous êtes un ancien combattant comme moi…

— Et comme Moati ! Il était au 4e Zouave.

— Zana ! Écoutez-moi bien. On m'accuse d'être trop complaisant avec vous autres… Si je ne donne pas des signes de fermeté, je serai balayé et ce sont les juifs qui en pâtiront. Alors aidez-moi, et aidez-vous !

— Je ne demande que ça.

— Virez Moati. Il est toujours socialiste. Il vous a berné. Je préfère croire qu'il a profité de votre candeur et abusé de votre bon cœur. Ses articles, dans votre journal, sont d'une incroyable hypocrisie. A travers ses chroniques soi-disant savantes ou des échos apparemment anodins, votre « rabbin fureteur » en appelle à la désobéissance civile. C'est cousu de fil blanc ! Mais peut-être ne lisez-vous pas votre journal ? Vos coreligionnaires trinqueront et paieront l'aveuglement partisan d'une petite poignée d'entre eux. Virez ce Moati. Sinon, je stoppe la publication de votre journal et la communauté sera réduite au silence. Je ferai coffrer Moati en prime. En prison, il se calmera. Vous m'avez entendu ? Vous m'avez compris ?

— Oui, bien sûr.

J'imagine la scène entre papa et Zana. Simon joue l'outragé. En réalité, il crève de peur :

— Tu m'as trahi. Tu as voulu jouer avec le feu. Tu t'es brûlé ! Moi, je dois défendre notre communauté. Tu nous mets tous en danger. L'orage est sur nous, et toi, tu provoques la foudre. Tu es dangereux. Je t'avais prévenu, tant pis pour toi.

— Tu me vires ?

— Oui. Désolé.

— Pas moi.

Serge est triste de se retrouver au chômage une nouvelle fois. Il est inquiet de se sentir à ce point vulnérable mais soulagé de cesser de jouer ce double jeu éreintant et dérisoire. L'étau va se resserrer autour de lui. Il redouble de prudence, tente de se faire oublier. Mais l'Histoire galope.

16

Le 8 novembre 1942, les troupes d'Eisenhower débarquent en Algérie. A Tunis, les collabos et les adeptes de la Révolution nationale tremblent. C'est le début de la fin. Alger est si proche de Tunis ! Les Alliés ne tarderont pas à arriver. Pour les autres, tous les autres, c'est l'espérance. La grande espérance.

Alger, Oran, Casablanca, Bône sont aux mains des Alliés et des « vrais Français » comme disent ceux de la Résistance. Demain, dans trois jours, dans une semaine, Tunis sera libéré, c'est sûr. Il y a de la joie.

Elle ne durera pas. Le 9 novembre, en fin d'après-midi, des avions à croix gammée survolent la ville. Tout un essaim volant bas. Ils sont lourds, lents. Que font-ils ? Ils tournent autour de nos têtes. Ils surveillent. Ils menacent. Un peu plus tard, une escadrille commandée par le colonel Harlinghausen se pose à El-Aouina, l'aéroport de Tunis. Des transports de troupes. On remarque aussi des planeurs, silencieux dans un ciel tout noir. Les nuages sont gonflés d'eau, il va y avoir de l'orage. Voici la tête de pont voulue par Hitler pour contenir l'avance des Alliés qui ne sont plus qu'à cinquante kilomètres de la capitale tunisienne, à Medzez El-Bab. Esteva a les moyens de repousser l'avant-garde nazie. Il tergiverse, perd du temps, et finalement ne fait rien.

— *Monsieur Moati, fils de Moati*, mettez-vous à ma place. Je ne pouvais pas, moi, amiral français, ordonner quoi que ce fût qui risquât de déclencher le massacre des Français par les Allemands. Je ne pouvais rien faire. On ne peut pas haïr les Allemands plus que moi, c'est impossible. Ah, c'est facile de me juger maintenant ! Trop facile ! Et puis, vous êtes de parti pris, comme l'était votre père. Vous n'êtes pas objectif. L'opposition aux Allemands était impossible. Vous m'entendez : impossible. *Je vous y aurais vu !*

— Continuez, monsieur l'amiral…

— Les militaires savent que je ne pouvais rien faire. J'étais trop faible. De nos avions, les Allemands auraient fait du bois d'allumette. Nous n'avions que douze mille hommes disséminés dans la régence. Douze mille ! C'est-à-dire rien. Les représailles allemandes, si nous avions résisté, se seraient portées sur la métropole et les dégâts auraient été terribles. Vous avez pensé à ça, monsieur Moati ? Non, sûrement pas. Vous ne connaissez rien à la stratégie militaire. Comme la plupart des juifs, d'ailleurs.

— Monsieur l'amiral, je reconnais volontiers mon ignorance, mais j'ai toujours cru, naïvement sûrement, que le rôle d'un chef de guerre est de la faire ! Au risque de désobéir aux ordres d'un gouvernement. Comme le général de Gaulle.

— Mon pauvre ami.

— Je ne suis pas votre ami.

— Les Américains étaient loin, très loin.

— A cinquante kilomètres !

— C'est loin ! Ils lambinaient, traînassaient. Et les Allemands allaient débarquer à Bizerte. Ils auraient tout démoli, mes batteries, mes forts, le port, tout. Un nouveau Mers el-Kébir. Le général Barré, qui commandait nos troupes avait, pour tout arranger, déserté et rejoint la dissidence…

— Pardon ? Vous avez dit « dissidence » ?

— Oui, enfin, c'est une expression de l'époque. Je veux dire qu'il avait rejoint « les Alliés » en Algérie. Sans même me demander mon avis. Bref, j'étais seul. Avec ma conscience. Et ma dignité d'amiral français. Vous savez ce que c'est un amiral français ? Non, bien sûr.

⁂

Fusils sur l'épaule, le 13 novembre à l'aube, les Allemands sont postés devant la grande poste de la rue d'Italie. Des enfants leur font quelques grimaces et se sauvent. Couvre-feu. Black-out. Les troupes italiennes s'installent à la périphérie de la ville. Le commandant en chef des forces armées allemandes, le général Von Nehring, proclame que la présence de ses troupes en Tunisie n'a pour but que de défendre le pays contre la « lâche agression » américaine. Le bey et le résident général de France « continueront, comme par le passé, à exercer en toute indépendance la totalité de leurs pouvoirs ». La vie continue.

Les consulats d'Angleterre et des États-Unis sont occupés. Quelques heures plus tard, les envahisseurs sont partout chez eux. A tous les coins de rues.

Étranges touristes, ils sillonnent les rues et les avenues, assaillent les restaurants, les magasins et achètent tout ce qu'ils trouvent en sortant d'énormes liasses de billets de leurs poches. Du faux argent, semble-t-il, comme au Monopoly. Ils remplissent leurs camionnettes de vins fins et filent au loin fêter leur victoire, chanter et boire. Le lendemain, on voit les premiers panneaux de signalisation en allemand. Les agents de police français, gantés de blanc, règlent la circulation. A la Berlinoise. Ils s'adaptent vite.

Lorsque la nuit vient, on camoufle les lumières. Les soldats allemands et italiens, en patrouille, tirent à balles réelles. Gare aux imprudents ! On fracasse les portes des récalcitrants. Un prétexte pour briser les lustres et se livrer au pillage.

Premiers jours, premières nuits.

Dans la communauté juive, on pense aux camps d'Europe, où, dit-on, nos frères ont été parqués. Et l'on imagine que ces camps ne sont pas précisément des colonies de vacances. Tout le monde retient son souffle. Papa et maman sont calfeutrés Villa Jasmin. Le troisième jour, on frappe violemment à leur porte. C'est la police allemande. Elle donne l'ordre aux Moati de déguerpir sur-le-champ :

— Allez, tout de suite, *raus ! Raus !*

La villa est réquisitionnée. Un drapeau à croix gammée est hissé sur la façade. Une honte. Les Moati vont habiter là où ils pourront, là où on voudra bien les abriter.

17

Rudolf Rahn est très brun. On dirait un Tzigane. Lourds sourcils et regard noir. Une tête d'opiomane ou de contrebandier sarde. Il aurait cent trois ans aujourd'hui.

De santé délicate, Rudolf est souvent fatigué et morose. Il rêve. Il se dit que le monde est trop petit pour lui. Il va le parcourir. Il s'intéresse déjà à l'islam et à la civilisation française. Jeune homme, la diplomatie l'attire. On peut y exceller lorsqu'on a été un garçon imaginatif et souffreteux, qui voulait élargir les frontières d'un monde étriqué et provincial. Au ministère des Affaires étrangères à Berlin, il s'ennuie. Chez lui, c'est plus qu'une habitude, une disposition de l'âme. C'est un personnage triste de l'Allemagne d'après-guerre, celle d'après le traité de Versailles et d'avant la revanche.

Sa carrière commence vraiment à Constantinople, en 1931. La « Sublime Porte » sera pour lui celle de la vie. Lorsqu'il rentre à Berlin en 1934, les nazis ont pris le pouvoir. Tout un peuple est en marche. Rahn n'est pas un exalté. Il feint de croire à un national-socialisme tempéré. Il a peur d'être mal noté, mal vu, d'être chassé. Il va se fondre dans la masse. Il fera le salut nazi, claquera des talons et récitera des credos auxquels il ne croit qu'à moitié.

— *Je sais, monsieur Moati, que vous avez la prétention d'écrire un livre sur cette période.* Je m'étonne que vous ayez envie de faire parler les morts. Nous n'étions pas tous nazis. Non. La vie, en ce temps-là, était complexe. Mais peut-être la complexité vous ennuie-t-elle ?

L'oiseau m'intéresse. Hitler triomphe à Munich. Les Sudètes sont rattachés à la grande Allemagne. Rahn se réjouit de la déroute des démocraties pleines de morgue. En 1939, c'est la guerre. Rahn est convoqué à Berlin. On le nomme responsable du service de presse de Ribbentrop, ministre des Affaires étrangères du Reich. Il y reste peu de temps. Il a la bougeotte. Francophone, il est nommé conseiller d'ambassade à Paris, auprès du jeune Otto Abetz. Il se rapproche de Tunis. Rue de Lille, au siège de l'ambassade, se nouent et se dénouent les intrigues les plus diverses. On s'y presse. On y guette les prébendes et les licences. Le Tout-Paris collabo y fait la roue. On récompense les traîtres par une pièce, des sucreries ou des lingots. Hitler serre la main de Pétain. Rahn celle de Guilbaud. Le Français, c'est assez son genre, est venu rue de Lille, quêter on ne sait quel hochet.

Rahn ne se souviendra pas de lui quand il le retrouvera à Tunis.

Rahn voyage et intrigue. Il n'aime que ça. Il fait du trafic d'armes pour le compte de son gouvernement. Le voici en Irak, en Syrie, au Liban. Il aime l'Orient et ses embrouilles vénéneuses. Le maréchal Dentz, l'Esteva local, maréchaliste grand teint, affirme qu'il est prêt à s'opposer à toute agression anglaise par les armes. Rahn lui tapote la joue. Voilà un Français comme on les aime, bavasseux mais trouillard. Il n'en fera qu'une bouchée. La région est en flammes. Le diplomate suscite des mouvements anti-Anglais et mate des séditions qu'il fomente parfois. Il est des escapades moins plaisantes.

Rahn retourne à Paris, mais n'y retrouve plus l'éclat des premiers jours bénis de l'Occupation. Les collabos le lassent. Il s'intéresse de près à l'Afrique du Nord et y prévoit le prochain débarquement des Alliés. On ne le croit pas. Il a fumé trop de hasch en Syrie et abusé du narguilé en Irak. Il plaide. Il veut aller au Maghreb tout de suite pour y organiser la future résistance allemande. Ah, que cette ambassade est pesante ! Laissez-moi partir ! Je suis un Lawrence d'Arabie, moi, pas un petit marquis de la rue de Lille, où s'affrontent sans danger les suppôts de Laval, de Doriot ou de Deat, sous les yeux amusés de leurs parrains allemands. De l'air ! Le Désert et l'Arabe me manquent !

Voici l'occasion : en Algérie, les Américains ont débarqué. Pétain, par Darlan et Giraud interposés, essaie de jouer un jeu à facettes multiples, un mélange de stratégie de bazar et de maquignonnage de sous-préfecture. Rahn veut exprimer son talent. Il aime les situations troubles. Il va être servi. Il est nommé délégué politique du Reich en Tunisie, avec, enfin, le titre d'ambassadeur. Il a quarante-deux ans et une ambition d'airain. Tunis, lui dit-on, ne pourra tenir plus de quinze jours face à l'avance des Alliés. Il faudrait un miracle. Cher ambassadeur, soyez notre homme providentiel !

Rahn débarque à El-Aouina, l'aéroport de Tunis. Le colonel Harlinghausen, de la Luftwaffe, vient l'accueillir froidement.

— Que venez vous faire ici, monsieur l'Ambassadeur ?

— Je vous retourne le compliment. Et vous ? Qu'y faites-vous ? Rien, si j'en crois mes informations.

Les deux hommes se jaugent.

Le colonel explique au diplomate que Tunis est un essaim d'abeilles, de celles qui piquent et font mal :

— Trente mille Français, presque tous gaullistes ou lâches. Quarante à cinquante mille Italiens… italiens, et vingt-cinq mille juifs ! Je ne vous en dis pas plus. Les Français ne pensent qu'à sauvegarder leur position face aux Italiens qui ont des appétits anciens sur la Tunisie – ils aimeraient la dévorer *al dente*. Les arabes, quant à eux, préféreraient qu'on les débarrasse des deux. Mais les Français sont étrangement en situation de force. Il leur suffirait de nous donner un coup d'épaule pour nous faire déguerpir. On ne comprend pas ce qu'ils attendent. Ils ont douze mille hommes sur place et ne bronchent pas ! Ils sont bizarres, ces Français. Sont-ils peureux ou indécis ? Tout cela à la fois, peut-être. Faites en sorte, monsieur l'ambassadeur, si vous voulez vous rendre utile, que les Français, s'ils se réveillent, ne nous tirent pas dessus, même par mégarde. Ce serait bien. J'ai besoin de gagner du temps afin d'établir une liaison avec Rommel, qui traînasse sur les routes du Sud. Son Afrikakorps est en lambeaux.

— J'ai compris. Je vous remercie de votre franchise. Allons voir cet Esteva. On me dit que c'est un grand mou.

— On peut lui parler. Il sait obéir. Vous devriez y arriver. Il faut le flatter. Appuyez-vous sur les directives de Pétain. Elles sont tellement contradictoires que vous pourrez y glaner ce qui vous arrange. Faites-lui peur. Cela marche assez bien.

— Je crois que j'y arriverai, colonel. Merci de vos conseils.

Rahn, traversant à vive allure le quartier du Belvédère, remarque l'audacieuse allure de la Villa Jasmin, sur laquelle flotte le drapeau à croix gammée. Il indique au colonel qu'il aimerait y résider. C'est un ordre.

Guilbaud, lui aussi, débarque en Tunisie. Il a un titre assez ronflant et totalement abscons : « Délégué général au ministère de l'Information, chargé de mission spéciale. » Ce qui ne veut rien dire. Justement, cela l'arrange. Il va s'amuser. Il faut reprendre en main Esteva et lui faire danser la gigue, lui montrer où est le vrai pouvoir. On ne le laissera pas dérailler comme ses copains Darlan, Juin ou Giraud en Algérie, qui ne sont que des traîtres, juste bons à être cloués au pilori. La sédition guette la Tunisie.

— J'ai vingt-huit ans, c'est le moment ou jamais. Je vais faire mes preuves et l'Histoire retiendra mon nom. Pas évident, ce nom, « Guilbaud ». Un peu banal, je le reconnais, mais tout le monde ne peut pas s'appeler Moati. Guilbaud, c'est français, pas arabe ou juif. Je suis là pour défendre la Patrie. Je vais le clamer partout. Esteva n'a qu'à bien se tenir !

Guilbaud rend la classique visite de courtoisie à l'amiral. Il lui sert un serment d'allégeance des plus plats. C'est Paul Marion, le ministre, un ami personnel, qui l'envoie. La tâche est immense. Il dit éprouver pour le vieux marin une réelle admiration. Aucun de ses faits d'armes ne lui est étranger. Il sait sa foi et sa piété. Il la partage. Lui aussi a été élevé dans les meilleures traditions, celles qui ont fondées la France au cours des siècles. Notre malheureux pays a failli sombrer à cause des communistes et de la ploutocratie judéo-maçonnique. Georges ment sur tout. Sur son passé, bien sûr. Et surtout sur ses arrière-pensées. Dès leur premier entretien, il se dit qu'il tient dans sa main le frêle amiral. Georges sait ce qu'est la vie. Il la prend à bras-le-corps. Il est grand et gras. Il pourrait le broyer, l'Esteva. Mais non. Il se fait humble. Il dégouline. Il va même aller jusqu'à dire, confidence émouvante, qu'il est orphelin de père et que « c'est un père comme vous, amiral, qui m'a toujours manqué ».

Longue poignée de main moite.

Guilbaud s'en va, ours dansant.

Esteva se dit que cet imbécile le prend pour une nouille et qu'il ne tardera pas à faire trébucher ce gros porc. Vraiment, Vichy fait tout pour m'embêter. En quoi avais-je besoin de cet ancien bolcheviste dont je connais toute l'histoire ? Ce n'est pas à un vieux marin qu'on va apprendre à faire la grimace. Trop petit, mon ami. Je t'aurai. Lorsque les Allemands et Rahn, leur nouveau clown, me laisseront du temps, je m'occuperai de toi, Georges. Et je te ferai danser la gigue. Compte sur moi.

Georges s'active. Il rencontre Rahn.

— Si j'avais eu un père, je l'aurais rêvé diplomate. Il m'aurait appris le monde ! Hélas, il est mort si jeune, j'étais si petit. J'ai travaillé dur. J'ai été portefaix aux Halles pour payer mes études. A un moment, j'ai même été tenté par le communisme… Enfin « tenté », pas plus. Vous, en Allemagne, au moins, vous savez ce qu'est la lutte pour la vie, ce qu'est le mérite, le travail, l'effort. Vous êtes un vieux pays et une jeune nation. Monsieur l'ambassadeur, permettez-moi de vous confesser que j'admire surtout votre chancelier, l'homme que l'Histoire réclamait !… Vous me trouvez trop emporté ? Trop sincère ?

— Non. Juste attendrissant.

— Ah ? Merci, monsieur l'ambassadeur.

— Collaborons, voulez-vous ?

— C'est mon vœu le plus cher.

— Esteva vous donne ce qu'il vous faut financièrement ?

— L'amiral est chiche.

— Je m'occuperai de vous. Vous ne manquerez de rien.

— Merci.

— Vous n'avez pas à me remercier.

Les deux hommes se quittent.

⁂

Le 15 décembre, en présence d'Esteva et de Rahn, Georges s'emporte à la tribune de la salle des fêtes du lycée Carnot :

— Sur ce coin de terre tunisienne se joue le sort de notre peuple !

Il démarre fort. Les collabos n'en attendaient pas tant.

— Judas, tous des Judas, les Darlan, les Giraud, les Juin. Félons ! Ils se sont mis à la disposition des Anglo-Saxons ! Leur servilité à l'égard de leurs nouveaux maîtres va jusqu'à abolir les lois antijuives et anti-maçonniques promulguées par la Révolution nationale ! Honte ! Honte sur eux ! Ici, la France, par ma voix, et en présence du glorieux amiral Esteva et du représentant du Reich ami, réitère sa volonté d'unir son destin à celui de l'Allemagne qui mène le bon combat de l'Europe contre le fléau communiste. Jurons d'obéir jusqu'à la mort pour sauver ce qui doit être sauvé. Compagnons du PPF, amis légionnaires, anciens combattants, jeunes amis des chantiers, formons un faisceau d'acier et ouvrons nos rangs à tous les patriotes lucides ! Il s'agit maintenant de choisir. D'un côté, c'est la décomposition, la décadence, le renoncement aux nobles traditions qui ont fait notre grandeur. De l'autre, c'est la fidélité aux morts, à notre passé glorieux, aux saints et aux héros de la Patrie. C'est la France éternelle ! Entre la boue et la pureté, entre la honte et l'honneur, nous, les hommes du Maréchal, avons choisi !

La salle se lève et applaudit. Georges a frappé fort. Esteva et Rahn trouvent qu'il en a fait un peu trop, mais enfin, il faut bien que jeunesse se passe. L'un et l'autre pensent surtout à instrumentaliser le fanatique. Ah, ce Georges. On avait entendu parler de lui en Algérie. Mais là il s'est déchaîné. Esteva, on l'aime bien, mais il est d'un mou ! Nous autres, anciens combattants et membres du service d'ordre légionnaire, nous avions besoin d'un vrai chef. Le voici. Regardez son allure : un bon gars du Berry, le torse puissant, la tête large, colorée. Écoutez-le : il parle comme un vrai Français de chez nous. Ah, c'est pas une gonzesse ni un intello, pas un youpin ni un pédé. On le suivra. On fera ce qu'il nous dira de faire, le béret bien vissé sur le crâne.

Georges prend le contrôle du seul quotidien autorisé, *Tunis journal*, l'édifiante feuille de chou de la résidence. Il s'y nomme directeur politique et se donne tous les moyens de transformer ce qui n'était qu'un vague bulletin paroissial en vrai brûlot de haine. Il s'empare aussi, pour faire bon poids, de la radio. Tout cela est mené tambour battant, jouez hautbois, résonnez musettes.

Pendant que de sévères mesures antijuives déferlent sur Tunis, Rahn s'est installé Villa Jasmin. Je le vois rôder dans la chambre des parents. Il boit et fume les cigares de papa. Dans le salon, ses lèvres frôlent les verres de cristal, un cadeau de mariage. Il dort dans leur lit, passe dans ma future chambre, fait sa toilette intime dans la salle de bains au fond du couloir. Il va aux toilettes lire je ne sais quelle revue abandonnée par les anciens habitants, des juifs. *J'imagine Rahn chez moi*. Je vomis cette vision.

18

Rauf entre en scène. Un homme d'expérience que ce SS au teint bilieux. Il s'aime bien. Surtout quand il se compare aux lâches et aux planqués qu'il a croisés dans une vie tout entière dévouée au nazisme, à ses pompes et ses œuvres. Avant Tunis, il a expérimenté, avec un succès que chacun s'accorde à reconnaître, ses théories musclées sur « l'arianisme » en Pologne et en Russie. Là-bas, les juifs, ces êtres dangereux et malfaisants, ont « disparu ». Rauf se vante. Il avait des chefs et n'était qu'un petit rouage de la grande chaîne nazie. Mais il ne veut pas qu'on l'oublie. *Alors je l'aide*. Rauf, de là où il est, devrait me remercier. Il le fait. *J'entends* sa voix rauque, cassante, ses mots plantés comme des couteaux dans les poitrines et les cœurs des juifs qu'il hait, ses dégueulis de mots inarticulés, âpres, saccadés. Et sa badine toute vibrante, qui nargue, fait peur et cingle les visages. Claquement sec. Rauf est colonel. Rauf est à la tête des SS de Tunis. Rauf est le roi du monde.

Nous sommes le 9 décembre 1942. C'est un sombre dimanche. Tristesse d'Israël à Tunis. Le président de la communauté juive est convoqué d'urgence avenue de

Paris, à la Kommandantur. Rauf veut du juif. A la minute. Un besoin pressant. Ça n'attend pas.

— J'en veux deux mille. Donne-m'en deux mille. Des jeunes, tu entends ? Des jeunes ! On va les faire travailler. Ils n'ont pas l'habitude de travailler, les juifs. On va leur apprendre. Allez, fais-moi une liste pour demain, lundi, à huit heures ! *Los ! Los !* Ce seront les premiers, tu m'entends, les premiers ! Tous les juifs de dix-sept à cinquante ans iront au Travail obligatoire. Sinon, c'est moi qui m'en occuperai ! Comme en Pologne. Tu connais la Pologne, président ? Auschwitz, tu as entendu parler ? Si tu ne me donnes pas tes juifs, j'irai les chercher là où ils sont. Et je ne plaisante pas.

Ça se voit. Cela s'entend. Rauf hurle. Le président tremble. Esteva, alerté, reçoit à contrecœur les notables de la communauté. Le marin est courtois mais fatigué, presque exaspéré. Que voulez-vous que je fasse ? Rien. Il ne fera rien. Il conseille l'obéissance, exhorte au courage et recommande la prière. Merci, amiral. On priera.

En attendant, les juifs tentent de gagner quelques heures et négocient :

— D'accord, mais attention, rugit Rauf, j'en veux alors trois mille ! Tu m'entends, Borgel, pas deux mille, trois mille !

Les juifs vont recenser les juifs. Le grand rabbin, *« il Rabbino »*, comme le surnomme Rauf, placarde une affiche : tous les juifs, de dix-sept à cinquante ans, doivent se tenir prêts pour le Service du travail obligatoire. Dans le calme et la résignation, s'il vous plaît, celle qui convient aux victimes. Papa a la rage au ventre et la haine au cœur.

Des juifs sillonnent les ruelles du ghetto, la Hara, et exhortent les jeunes prolétaires et leurs pères à se dévouer pour le « salut de la collectivité ».

Papa, et quelques-uns de ses camarades appellent à la résistance. Passive ou pas. Les heurts sont fréquents. Des juifs se battent entre eux. La communauté est déchirée. Rauf exigeait trois mille hommes, ils ne seront que cent vingt à se présenter à la caserne Foch. Le président est atterré. Rauf est fou de rage.

Réunion de crise. Les hommes de la Kommandantur, ivres de haine, veulent voir Borgel, président de la communauté, sur-le-champ. Celui-ci ne veut pas affronter Rauf tout seul. Il a soixante-dix ans et il est faible. Papa, qui s'est invité à la réunion, lève la main :

— Moi, je veux bien venir avec vous, président.

Sa proposition exaspère les notables.

— Oui, je veux venir. Je dirai aux Allemands de faire eux-mêmes leur sale police. Des juifs ne doivent pas donner des juifs. Mes amis s'y sont opposés. Avec succès ! Il n'y a eu que cent vingt des nôtres qui se sont présentés. J'aurais aimé qu'il n'y en ait aucun. Pas d'abattoir pour les juifs. Nous ne devons pas être les auxiliaires des nazis. Les Alliés sont à nos portes. Résistons !

Brouhaha. Ce type veut notre mort. C'est un inconscient, un mauvais juif, un malade à l'esprit dérangé. Il faut le faire taire. Papa est jeté hors la grande salle de réunion sous les sifflets et les cris hostiles. Il n'oubliera pas de sitôt cette scène. Plus tard il essaiera de comprendre les raisons qui ont poussé des juifs en danger à « collaborer » avec l'ennemi. Mais tout en lui se refuse à penser cet impensable-là.

Un brillant avocat, ancien combattant de 14, va prendre personnellement en main le Service de recrutement juif, avec un sens inlassable de l'efficacité et de l'ordre. Cet homme a du courage sûrement, mais pas celui que l'on aime. Il accomode, à la sauce locale, la théorie du « bouclier » chère aux pétainistes. Il vaut mieux s'occuper de nos affaires nous-mêmes, sinon les Allemands le feront et on connaît leurs méthodes. Ils nous rafleront et nous tueront. Sauvons ce qui peut être sauvé, négocions, gagnons du temps.

Les Allemands, pour montrer de quel bois ils se chauffent, raflent le lendemain les fidèles réunis dans la grande synagogue de Tunis. Rabbins et officiants, tout un peuple, dehors, sous la pluie, les châles de prière trempés sur les épaules, les mains en l'air. Rauf écume. Il s'agite dans tous les sens.

— Chiens de juifs, bâtards, pourceaux, vous serez fusillés tous ! Je veux trois mille des vôtres tout de suite. Trois mille ! Vous allez voir comment les SS traitent les juifs !

Serge et ses amis rencontrent en secret les rares fonctionnaires de la résidence non encore limogés par Esteva pour gaullisme. Ils peuvent avoir encore un peu d'influence auprès de l'amiral. Vimont tente l'impossible. Mais le marin a le mal de mer. Une étrange langueur. En attendant que l'orage passe, Esteva est aux abonnés absents, l'esprit ailleurs. Serge voit aussi des amis tunisiens proches du Palais. Le bey doit protéger tous ses sujets. Il devrait intervenir fermement pour défendre « ses » juifs. Ahmed Bey n'en fera rien. Lui non plus ne se sent pas très bien. Il a des frissons. C'est de saison : l'hiver est rigoureux et pousse à l'inaction. Les juifs sont seuls au cœur de la nuit.

Les raflés de la synagogue ont été divisés en deux groupes : ceux de plus de cinquante ans seront considérés comme « otages » et les autres, équipés de pelles et de pioches fournies par la communauté, rejoindront le flot des « travailleurs obligatoires ». La cour de l'école de l'Alliance israélite est maintenant remplie de jeunes gens de familles pauvres, qui ont répondu à l'appel des « responsables » de la communauté. Les bourgeois, eux, se cachent.

On parle avec terreur d'un certain Alfred. Ce juif porte un béret basque et un imperméable noir. Il est le général d'une étrange armée de captifs. Il claque des talons à la prussienne et fait marcher à la schlague son petit monde. Certains disent qu'il y prend un grand plaisir. Il parle quelques mots d'allemand et en profite. Il se fait comprendre, parlemente, court dans tous les sens, donne des ordres, hurle et reclaque des talons devant l'Autorité. Est-ce un juif réaliste et courageux ou un collaborateur zélé des nazis, presque un traître ? Comment le savoir ? J'écris ces lignes si longtemps après les événements. Ils sont mille sept cents jeunes à partir ce jour-là. Ils partent, la pioche à l'épaule, en chantant les vieux airs hébreux de leur enfance. Sous la pluie, mal équipés, transis de froid, pauvres bougres dans la boue des pistes détrempées. Tunis et les villes de province se vident de leurs prolétaires juifs. Les SS sont aux anges.

Une sorte de « gouvernement juif » se met en place en Tunisie. Il organise des commissions, veille à l'exécution des ordres allemands, honore les commandes de travailleurs forcés et contrôle la bonne marche d'un implacable service d'ordre qui sévit dans chaque camp de travail allemand, à Bizerte, à Mateur, à Zaghouan, partout où les juifs terrassent, creusent, fortifient et tombent d'épuisement, harcelés par les SS. Une incroyable indemnité de vingt-cinq francs par jour et par travailleur doit être payée aux Allemands. Un travailleur juif, ça mange. Que la communauté paie. Pour faire bonne mesure, les juifs étant, comme on le sait, les premiers responsables de la guerre, vingt millions de francs leur sont prélevés pour être distribués aux victimes innocentes d'un conflit qu'ils ont voulu et déclenché. La communauté paie sans rechigner. Attention aux représailles, faisons ce qu'ils nous disent, courbons l'échine et attendons. Certains chefs juifs facilitent leur propre persécution. Ils iront jusqu'à fournir la liste des appartements pouvant être réquisitionnés. Étrange *Judenrät*, au cœur de la Méditerranée. Dans les camps de travail, on porte l'étoile jaune. C'est pratique en cas d'évasion : les travailleurs sont transformés en cibles vivantes. Les amis de Guilbaud s'extasient :

— Qu'il est doux de voir travailler des juifs ! La chose est inédite, n'est-ce pas ?

Les nouveaux maîtres nazis et franco-nazis font la fête pendant que la ville est bloquée. Il n'y a plus ni voitures, ni trains, ni tramways. Sans cesse on marche, un cabas à la main, et l'on voit partout d'interminables files d'attente. Le gaz est rationné. La nuit on s'éclaire avec des veilleuses à l'huile et il n'y a pas d'électricité pendant de longues semaines. Radio-Tunis, la station de Guilbaud, tente d'intoxiquer les Tunisois. Radio Ficus, l'officieuse, lui répond, insolente, narquoise.

Noël. Les Allemands ont le sens de la fête. Ils veulent manger, boire et chanter. Les juifs doivent fournir l'intendance, la ripaille et la boisson. Grande soirée au *Wehrmacht-Kaffee*. Allez, les juifs, trouvez-nous des napperons et des candélabres, des sapins de Noël et des bougies. Nous voulons aussi une jolie calèche avec un beau pur-sang, une paire de culottes de cheval et des bottes rouges comme celles du Père Noël. Un éphèbe, l'*Oberleutnant* Loba, joli et maquillé, chantera et dansera ce soir-là en roulant des yeux et des hanches. Tard dans la nuit, il s'offrira à qui voudra le prendre. Ils seront nombreux. Quelle belle fête, en vérité ! Rahn y viendra en personne. Guilbaud aussi, précédé de plusieurs caisses d'excellents bordeaux récupérées ici ou là. A l'aube, on s'écroulera, totalement ivre, et certains iront violer quelques fillettes à la Hara. Un infirme, Gilbert Mazzouz, sera abattu : il tentait de s'interposer. Tant pis pour lui.

Esteva, l'amiral-des-bénitiers, visite le 1er janvier les ruines des villes bombardées par des alliés qui ne sont pas les siens et qui ne respectent pas même la nuit de Noël. Il embrasse des enfants, tient des propos lénifiants, s'incline et verse une larme pendant que Rahn rentre se coucher, l'âme en paix, dans les draps de mes parents.

19

Les Moati, chaque nuit, changent d'appartement. Mais bientôt, Serge est contraint de quitter les siens afin de ne pas leur faire courir de trop grands risques.

Il se cache, comme il peut. Dans une ville sillonnée par les patrouilles allemandes et les hommes de Guilbaud, il s'attend à être arrêté à tout moment. Chaque heure qui passe est gagnée. Sur le front militaire, hélas, rien ne bouge. Étrange immobilité des Alliés. Stratégie sophistiquée à l'extrême. Alger est devenue une sorte de capitale nord-africaine des embrouilles. Tunis reste seul sous la botte allemande. Les franco-nazis y expérimentent ce qu'il faudrait, selon eux, réaliser en France : l'union de tous les militants et partis favorables à une authentique Révolution nationale.

Radio-Tunis brille des mille feux d'une collaboration qui se veut attirante. Musique religieuse à hautes doses pour plaire à Esteva et s'attirer une foultitude de grâces. Et musique symphonique généreusement dispensée par le Grand orchestre maison, qu'il faut bien occuper. Les informations sont bien tenues, on s'en doute. Elles sont « mondiales », c'est-à-dire allemandes. Ou « nationales », c'est-à-dire mitonnées par

Guilbaud et ses sbires. Il y a aussi des chansonniers parce que le Français, on le sait, aime rire. Christian Vebel, Géo Montax, Mireille Midy et Mona Gildes nous donnent vraiment beaucoup de plaisir. Ils ont cet esprit gaulois qui sait donner éclat et brio à ces tristes jours. Rina Ketty, la vedette de renommée mondiale, prête son concours et son talent à la station qui saura se montrer reconnaissante en fournissant à la demi-star vieillissante de beaux et jeunes arabes peu farouches. Enfin, pour les choses sérieuses, Georges Guilbaud lui-même intervient plusieurs fois par semaine. Intarissable. Il donne aussi la parole aux amis sûrs. Ceux de la Légion des combattants, du SOL, du PPF de Doriot et du Service de la jeunesse feront entendre, grâce à Georges, leurs voix bien françaises. C'est fort et ça fait réfléchir. Toute action a besoin de pensées.

Les « hommes d'acier » de Guilbaud se dotent aussi d'une « Brigade spéciale de police ». L'amiral la bénit. C'est une manie chez lui. Son chef, François Firpi, est un truand cruel et cupide, secondé par un rapace de même acabit, l'inspecteur Marty. Ils s'illustreront. La police officielle n'est pas sûre. Il faut la doubler par une organisation politique sur laquelle peut compter Guilbaud, une police à sa dévotion, une sorte de milice personnelle.

Marty et Firpi auront la main heureuse. Ils arrêteront, à la suite de providentielles et coûteuses informations, un certain nombre de « résistants », mais aussi des collègues policiers accusés de laxisme aggravé ou de manque de zèle dans leur tâche répressive. Des fonctionnaires de la résidence, suspects de gaullisme, et des « traîtres enjuivés » sont embastillés. Il en sera ainsi de Lafond, délégué à la résidence, de Saulmagnon, directeur des affaires économiques, et du courageux Vilmont, directeur de cabinet de l'amiral. Esteva félicite la police de Guilbaud. Mais sera de plus en plus seul à la messe du matin. C'est le désert autour de lui. Peu lui importe. Il se survit et ça lui suffit. On l'exhibe. On feint de le considérer. On le cite. On l'encense. Le vrai chef, c'est Guilbaud et tout le monde le sait. Dans l'intimité, Georges se vante. Il dit qu'il ferait baptiser des tuiles ou des moutons au vieil amiral. Il le ferait même sauter, tel un animal de cirque, au travers de cerceaux enflammés s'il lui en prenait la fantaisie. Avant de lui refiler, comme à un vieux chien, une sucrerie chichement mesurée. Guilbaud et Rahn sont les rois de cette régence où somnolent le bey et l'amiral. Rien ne leur résiste. Aucun plaisir ne leur est interdit.

⁂

Allemands et Franco-nazis lâchent leurs sbires dans les rues des villes ou dans le bled. Il faut traquer, sans relâche, ceux qui ont des velléités de résistance, qui ont saboté un navire de guerre allemand ou fait exploser un dépôt de munitions. Victor Nataf, un jeune juif de dix-sept ans, sera fusillé. Il avait émis des signaux lumineux à destination des avions anglais pour, dit-on, leur signaler un objectif. Adieu, petit. Il me plaît de rappeler sa mémoire. Celle de Guilbaud aussi, mais, on l'aura compris, c'est pour d'autres raisons que j'en deviens, par bribes, *le biographe*.

Esprit perdu, sale petit opportuniste et salaud total, Guilbaud était tout cela à la fois. Théoricien aussi. Il crée à Tunis une « école des cadres » sur le modèle de la célèbre École de Bobigny du parti communiste qu'il avait dû fréquenter en son temps. A la caserne Forgemol est délivré un enseignement complet pour révolutionnaires, propagandistes, agitateurs ou meneurs. Une sorte de « kit » idéologique de survie. On y apprend en quelques jours des rudiments d'histoire politique ou économique à la sauce nazie. On y célèbre la haine du juif et du démocrate. On s'y excite en écoutant des professeurs exaltés dont la plupart seront fusillés à la Libération. Le soir venu, on y chante des vieilles chansons du terroir revisitées où l'ennemi à abattre est l'Anglo-Saxon, marionnette aux mains des ploutocrates judéo-maçons. Ensuite, c'est le feu de bois, la promesse guerrière et l'œil qui devient luisant, avant le sommeil où l'on reconstitue sa force de travail révolutionnaire. Le matin, tout recommence par une messe en présence de monseigneur Gounot et de l'amiral Esteva. Guilbaud, flanqué de ses policiers « spéciaux » y assiste et feint de chanter quelque cantique ou de murmurer une prière qu'il ne connaît pas. Puis, la vingtaine de garçons, « jeunes cadres révolutionnaires », l'âme en paix, rejoint la caserne. Levée des couleurs. C'est l'heure de l'enseignement.

Guilbaud, pour introduire la journée, raconte « les origines de la guerre 1939-1940 ». Ensuite, par Jean-Claude Saint-Martin (PPF), voici « Comment on perd une victoire ». Brillant. Tout comme l'exposé de Lacomme, chef du service d'ordre légionnaire, un grand esprit, sur un sujet capital : « Devoirs et responsabilités du chef. » Bonnet-Dupeyron, censeur au lycée Carnot *(pauvre lycée, mon vieux Carnot)*, donnera une causerie d'une haute valeur morale, sobrement intitulée « La famille et l'école ». On en imagine la portée. Magnifique. Français.

Jean Sherb, l'ancien collaborateur de Peyrouton à la résidence, est revenu en Tunisie grâce à l'argent de Guilbaud. Il traitera d'un problème qu'il connaît bien : « Les moyens de la propagande au service de l'action. » Question complexe mais traitée avec le brio et l'expertise que l'on imagine. Guilbaud a la charge et l'honneur du feu d'artifice final. Ce sont « Les conditions de notre redressement », une exhortation vibrante donnée avec le charisme coutumier du chef et l'ardeur de son jeune âge. On note la présence du ministre Rahn et de l'amiral Esteva, qui essaie de tasser son corps difforme, gras aux hanches et aux épaules, sur une chaise d'écolier. Le moine-soldat tout doucement s'endort, bercé par Guilbaud et ses belles paroles. Georges parle d'abord du temps présent. Il vante le STO, spécialement organisé pour les juifs, ce ramassis d'individus d'une race funeste fort heureusement récupérés par les autorités d'Occupation à titre de « matériel humain ». Il précise :

— C'est leur contribution à l'effort de guerre. Elle est infime en rapport aux sacrifices sanglants de notre jeunesse d'Europe qui lutte contre la barbarie anglo-américaine et la pourriture judéo-saxonne. Ah, les juifs, ils osent se plaindre ! Il faut être inflexible comme sait l'être notre amiral – qui, à cet instant, dort profondément – pour rester sourd à leurs cris de putois et indifférent aux pressions de toute cette racaille front-popu et youpine ! La condition de notre redressement est à ce prix. Il faut anéantir les forces qui ont conduit la France à l'abîme : les juifs, la démocratie, la franc-maçonnerie, le gaullisme, le capitalisme et le communisme ! Pas de quartier. La France, purifiée de cette fiente, pourra alors édifier un État socialiste et impérial. C'est notre combat. La France n'a pas fini d'étonner le monde ! Ici, en Tunisie, commence la nouvelle Révolution française qui doit intégrer notre pays à l'Europe de demain ! « L'unité d'action révolutionnaire » qui n'a pu s'accomplir en métropole se réalise ici, en Tunisie ! Soyez fiers d'en être les soldats sous les ordres du glorieux amiral Esteva !

A l'énoncé de son nom et aux applaudissements nourris qui suivent, Esteva sursaute vaguement. Où est-il ? En mer de Chine ou aux Galapagos ? Le vent vient de la terre. Il y souffle du jasmin. Il y flotte une odeur de printemps. Esteva se souvient des garçons du Tonkin. Il était comme un père pour eux, aux heures chaudes de la sieste. L'Asie lui manque. Qu'il paraît loin, le temps des amours ! Il faut se lever de cette chaise étroite et chanter *La Marseillaise*. Encore une fois. C'est lassant à la fin. Qui dira l'ennui que distille cette Tunisie trop étriquée ? Esteva serre des mains. Garde-à-vous. Certains se laissent aller à des claquements de talons à l'allemande. Ils en font trop. On le reconduit à sa voiture. Il est prisonnier et le sait. Mais enfin, il y a pire. Pour l'heure que dire et que faire ? Personne ne s'intéresse à lui et personne ne l'aime. Si au moins il avait adopté un de ces Vietnamiens...

Rahn, avant de partir, lui a présenté ses respects. Je déteste ce civil compassé et puant, ce boche mielleux et hypocrite avec ses airs de métèque mafieux. Il est quatre heures et demie. Tu parles d'une sieste. Ratée. Sinistre après-midi.

Rahn rentre prendre une douche à la Villa Jasmin. Peut-être fera-t-il un peu de piano, pour se détendre, comme lorsqu'il était petit, à Ulm. C'est « mon » piano. Il se fout de moi. Il m'ignore. *Je ne suis pas encore né*.

⁂

Serge est caché dans la grande banlieue de Tunis. Des amis sûrs l'abritent, les Ben Romdane. Ils veillent sur lui et montent tout autour de leur villa une garde discrète et efficace. Le juif socialiste et résistant se réfugie chez des musulmans conservateurs, plutôt favorables à l'Axe mais fraternels. Toute la Tunisie !

Moustapha Ben Romdane sirote un thé aux pignons. Il dit :

— Tu es de la famille. On se connaît depuis qu'on est nés. Il ne t'arrivera rien ici. Je ne peux pas dire mieux : tu es chez toi, Serge. Mais, sur le fond, il vaut mieux ne pas trop se parler. Ça va t'énerver. Tu sais ce que je pense.

Papa sait. Moustapha continue quand même :

— Pardonne-moi, mais tu fais fausse route. Je te rappelle que ta France adorée, après la défaite la plus honteuse de son histoire, ne peut plus justifier sa présence en Tunisie. Bon, allez, j'arrête de t'embêter. J'ai dit qu'on ne parlerait pas de ce qui fâche.

Il va pourtant porter une série d'estocades :

— Votre « protectorat », une invention diabolique, est mort. Et tu sais comment il est mort ? Noyé dans les eaux de Dunkerque en 1940 et dans la débandade française.

— Moustapha, tais-toi. Tu as dit qu'on ne s'engueulerait pas.

— Tans pis ! C'est pas toi qui vas m'arrêter.

— Alors, vas-y. Je suis prêt à entendre toutes tes horreurs.

— Tu es trop gentil. Et surtout, tu n'as pas le choix. L'Allemagne n'a jamais eu de colonies. Elle n'en veut pas. Tu m'entends ? C'est notre garantie. Elle promet de nous aider. Elle tiendra parole. La seule chose qui m'intéresse, c'est l'indépendance de la Tunisie. Donc mon choix est fait. Si le diable pouvait nous aider à chasser les Français, alors je serais « prodiable ». Tu me suis ?

— Je te précède. Honte sur toi ! Ne me dis pas que toi, un type sensé, un type bien, tu es du côté de ces brutes de la Gestapo qui méprisent les arabes et qui voudraient bien arrêter l'horrible juif que tu caches dans ta maison.

— Ne mélange pas tout ! Toi, tu es mon frère, pour mon plus grand malheur d'ailleurs, mais c'est comme ça. Ne fais pas ton malin. Je ne suis pas antijuif. Et tu le sais. Arrête avec tes simplifications de garçon de bains de La Goulette. Je suis triste de ce qui vous arrive. Mais entre nous, ils n'avaient qu'à rester Tunisiens et sujets du bey au lieu de devenir Français en masse avant de se faire lâcher par les *Francaouis* !...

— ... complices, justement, de tes amis allemands.

— Que le diable t'emporte !
— C'est en bonne voie, je te remercie.
Ils s'embrassent. A la tunisienne.

⁂

Rahn tient un meeting au cœur de la ville arabe. Nous sommes le 5 février 1943. Des haut-parleurs mal réglés relaient ses exhortations. Effets Larsen. Les mots roulent et se bousculent, métalliques, au cœur de la médina.

— Frères musulmans, nobles arabes, l'Allemagne est entrée en Tunisie, simplement pour chasser de votre terre les Anglo-Saxons, amis des juifs. Nous sommes à vos côtés. Le Führer, que Dieu l'aide et le bénisse, m'a ordonné de libérer les prisonniers musulmans enrôlés de force dans les armées du Mal. Ils sont libres. Grâce au Führer ! Oui, entendez-moi bien, frères musulmans, nous combattons pour la libération des nations opprimées ! L'Axe est avec vous. Il vous protège et assurera votre liberté !

On l'applaudit. Mais rien n'est simple au soleil de la régence. Les beys tanguent et virent parfois de bord en louvoyant comme ils peuvent. Moncef Bey accède au trône en juin 1942. Le nouveau et jeune souverain veut symboliser une Tunisie nouvelle face au monde et aux nationalistes trop pressés. Sa marge de manœuvre est étroite. Tant pis, il s'y engouffre. Avec un succès certain, il parle et agit. Il est écouté car il est intègre et réellement patriote. Il s'oppose au faible Esteva qui représente l'ancienne puissance colonisatrice en déroute. Il rédige à son intention et à celle du « glorieux maréchal Pétain » une note en seize points, pas un de moins. Il s'agit d'un authentique manifeste. Quelle prétention ! Il exige la « restauration de la souveraineté tunisienne » ! Rien de moins. Celle-ci passe, selon lui, par un pouvoir renforcé de la dynastie husseinite. Esteva fulmine et veut la tête du jeune bey. Il la demande à Pétain, qui a d'autres choses à faire, et préfère laisser couler l'amiral du côté du malodorant lac de Tunis.

Le bey doit choisir. Les Américains sont toujours à cinquante kilomètres de Tunis, alors que les Allemands entourent son palais. Que faire ? Dieu seul le sait. Il faut marquer des points et prendre des garanties pour l'avenir de tous les côtés. Dans quel sens le vent tournera-t-il ? Dilemme. Stratégie en stuc. Effervescence désordonnée.

Moncef Bey envoie des signes d'amitié à Roosevelt. Il assure le président américain de son immense sympathie, de son profond respect. Il formule ses vœux les plus chaleureux pour la prospérité des États-Unis ainsi que pour celle du grand homme d'État destinataire d'un courrier tout à fait secret. Des émissaires, tout aussi confidentiellement, affirment que les États-Unis sont hostiles à toute forme d'impérialisme et se rangent à ses côtés pour la reconquête de la souveraineté tunisienne.

Le lendemain, pour faire bonne mesure, le bey décore de la plus haute distinction de la régence, le « Nicham Iftikar », quarante-huit hauts dignitaires de l'Axe. Un grand nombre d'officiers de la Gestapo et de la SS figurent parmi les promus. On se congratule. « Vive l'amitié entre nos deux peuples ! Vive l'Allemagne ! Vive la Tunisie ! » Merci, votre Altesse. Merci, monsieur l'ambassadeur du Reich. Merci à tous.

Tunis journal, le quotidien de Guilbaud, pavoise : « La Tunisie a pris son parti : elle sera pour l'ordre nouveau. »

Un complot cache l'autre. Dieu seul pourrait reconnaître les siens et faire le tri parmi des stratégies paradoxales et ambiguës. Les Tunisiens ont compris qu'il y avait dans ce chaos mondial quelque chose à gagner et que de tous ces malheurs pouvait naître une Tunisie forte et libre. Bourguiba, le leader des nationalistes, soutient la politique chaloupée du jeune bey. Les dés roulent sur des tables biseautées et les échiquiers sont piégés. Pour les juifs, c'est plus clair : ceux qui les oppriment ou veulent les tuer sont au pouvoir. Ils rôdent dans les rues de Tunis, raflent, pillent, violent et persécutent. Et, chaque jour, les « travailleurs obligatoires » servent de chair à canon et de boucliers humains.

Serge va passer presque un mois chez Moustapha Ben Romdane. Des messagers feront dire à maman qu'elle ne doit pas s'inquiéter. Pour l'instant.

20

Guilbaud et les siens font un pas de plus au cœur des ténèbres. Georges obéit aux ordres de Laval. L'homme à la cravate blanche et aux ongles noirs est jugé coupable d'attentisme par les adeptes d'une collaboration illimitée. Laval le roué sent le vent. L'Auvergnat a un plan pour damer le pion aux ultras. Il encourage le projet d'une Phalange africaine qui pourrait combattre en Tunisie aux côtés des Allemands, contre les « envahisseurs ». L'idée a de la cuisse. Elle plaît. Enfin de l'action.

Et voici qu'arrivent en junker à El-Aouina les commandants Christofini et Sarton du Jonchay, flanqués du capitaine d'infanterie Curnier et du sous-lieutenant Henry Charbonneau. Cette bande a la charge d'organiser et d'encadrer la future armée de volontaires. Dès leur arrivée en Tunisie, Esteva, en perdant ce qui lui restait d'honneur, lance un appel solennel :

— Français qui, nous en sommes sûrs, au fond de votre cœur, êtes restés fidèles au Maréchal, venez vous enrôler dans nos Phalanges révolutionnaires. La France qui lutte derrière son vrai gouvernement vous recevra à bras ouverts. Elle a besoin de vous ! Soyons prêts à mourir, s'il le faut, pour sauver l'honneur de notre pays bien-aimé !

En saluant virilement la nouvelle Phalange, qui tient « le destin et l'honneur de la France entre ses mains », l'amiral s'enfonce dans la nuit. Il a perdu le cap et ne sait plus quel est le sens de sa traversée des eaux glauques du renoncement. Ils seront à peine trois cents, une misérable poignée, à la rejoindre. Une poussière. Une chiquenaude de l'histoire. Une épopée de poche sans gloire, tragique. Des soldats perdus à l'uniforme bigarré, mi-boche mi-français. Le casque d'acier allemand avec une cocarde tricolore. Une poignée d'égarés, équipés de mousquetons de 1916 et de fusils mitrailleurs obsolètes. Les Allemands, bons camarades, fourniront le reste. La troupe est composée d'hommes de dix-huit à cinquante-cinq ans. Certains n'ont jamais fait leur service militaire. Il y a là des bancals et des grognards, des blanc-becs et des puceaux. Mais aussi des voyous que l'appât du gain et le désir d'en découdre font rêver. Une petite légion brinquebalante. Des officiers allemands, épouvantés par l'allure de leurs nouveaux alliés, sont affectés à la compagnie. Ils sont chargés de transformer en vrais soldats ces demi-soldes de l'hitlérisme. La tâche est rude. A défaut de savoir combattre, les nazillons chantent faux :

« Soldats de la France immortelle
Jusqu'à la mort (bis)
Pour faire une Europe nouvelle
Risquons le sort (bis)
Nous ne craignons ni la mitraille

Ni les canons (bis)
Les phalangistes dans la bataille
Sont des démons (bis) »

⁂

La Phalange africaine présente ce jour-là les honneurs à Esteva et à Rahn venus l'inspecter et l'encourager du mieux qu'ils peuvent. L'amiral improvise un discours vibrant :

— Vous menez le bon combat pour le salut de la France contre les alliés du communisme qui ont arraché à la France meurtrie son empire colonial…

Guilbaud a assisté à la prise d'armes et rentre sur Tunis dans la même voiture que Rahn. Le soir, ils doivent dîner ensemble à la Villa Jasmin. Mais ce projet va être remis au lendemain. Les policiers Firpi et Marty attendent Guilbaud à l'entrée de la ville. Ils ont leur mine habituelle de conspirateurs, mais semblent particulièrement agités. Marty a des renseignements de première main. On a déniché un nid de résistants. Des gaullistes, des francs-maçons, des fonctionnaires vendus aux Alliés. Demain, tout ce joli monde se réunit. Il faut agir vite et surtout ne pas en parler à Esteva qui va encore faire ses manières de cul-bénit. Ils sollicitent le feu vert de Guilbaud.

— Vous êtes sûrs de vos tuyaux ?

— A 100 %, chef.

— Ils sont combien, les gus ?

— Dix-sept. De gros poissons. On a réussi à les localiser. Il ne faut pas qu'ils nous filent entre les doigts. On a déjà eu du mal à les repérer ! Dis-nous de foncer, chef, et on y va. On sait où ils sont, il suffit de les cueillir.

— Qu'est-ce qu'on fera de ces mecs ?

— On les filera aux Boches. Et on verra. On va pas s'emmerder ! S'ils restent à traîner, ici tout le monde va s'en mêler et on ne s'en sortira pas. Alors, on y va ?

— On y va.

Tôt le lendemain matin, Serge et seize de ses amis sont arrêtés dans le plus grand secret. Ils vont être conduits sur-le-champ au siège du PPF, rue Hoche, puis à la caserne Forgemol, où stationne une partie des troupes allemandes. Dans l'appartement modeste qui sert de QG au réseau franco-britannique, un important matériel est saisi : des tracts, une radio, des dossiers codés, des plans. Interrogatoires serrés et violents. Brutalité extrême des policiers enchantés d'avoir pu ferrer d'aussi gros poissons. Guilbaud assiste aux interrogatoires. Il y participe même mais quitte les lieux lorsque les tortionnaires se déchaînent. Il ne veut pas voir ça. Il entend, cela lui suffit. Papa et les siens sont soulagés de crier leur foi en une France qui n'est pas celle des traîtres et des gangsters.

Trois jours après, les quatorze hommes et les trois femmes du réseau quittent la Tunisie à bord d'avions allemands. Ils ne savent pas où ils vont. Ils verront bien. Odette ne veut pas montrer sa panique aux enfants. Elle encaisse, vaillante.

Rahn et Guilbaud fêtent la capture du réseau. Le 17 février 1943, le champagne coule à flots à la Villa Jasmin.

Pour une bonne prise, c'est une bonne prise. Guilbaud est comblé. Il félicite Marty et Firpi, deux excellents policiers nationaux. Eux-mêmes arrosent largement leurs informateurs. Tout cela baigne dans la félicité et la satisfaction du devoir accompli. Dix-sept arrestations, c'est magnifique. Merci au nom des grands principes de la Révolution nationale dont vous êtes parmi les meilleurs soldats. La France vous sera reconnaissante. Elle l'est déjà. Peut-être que Serge Moati, fils de Serge le résistant, dira-t-il que nous ne sommes que des traîtres et des vendus. Laissons-le parler. Soyez tranquilles pour vos mémoires. La bave du crapaud juif ne saurait nous atteindre. *Et Serge Moati fils ne naîtra pas*. Nos amis allemands s'occuperont de son père. Il est parti ce matin pour Berlin, avec deux ou trois francs-maçons, une poignée de gaullistes pourris et d'autres youpins. Camarades, célébrons notre victoire. Les documents que nous avons saisis sont accablants pour ces pourritures. Les preuves de leur ignominie abondent. Nos amis de l'Axe nous ont exprimé leur gratitude. Les bombardements anglo-américains seront, grâce à cette capture, encore plus imprécis. Voici des postes de radio saisis, des codes décodés. Grâce à nous, l'Axe se renforce en Tunisie. Notre Comité d'union et d'action révolutionnaire et notre police sont à l'honneur. Adieu saboteurs, adieu youpins et socialos, adieu gaullistes et francs-maçons. Un clair soleil d'hiver nous réchauffe le cœur. Il faut continuer la lutte. Elle sera rendue plus facile par ce coup de filet magistral dont tout Tunis a déjà entendu parler. Ce Tunis de la trouille, ce Tunis de la juiverie a l'échine encore plus courbée qu'à l'ordinaire. Et pour faire bonne mesure, nous allons encore taxer les juifs. De vingt millions ! Leur argent servira à dédommager les victimes des bombardements. Excellente opération. Et morale en plus. C'est la faute des juifs s'il y a la guerre. Alors, qu'ils paient. Frappons-les au portefeuille avant de les déporter massivement vers l'extrême-sud de la régence où ils mourront de soif et de faim, dévorés par les charognards du désert.

⁂

Rudolph Rahn a des siestes agitées. Il sait que la situation militaire n'est pas bonne. Mais il faut tenir. Il regarde distraitement les photos de mariage de mes parents. Un vieux monsieur à moustache, l'air digne, et plutôt content de lui, mon grand-père Victor, dit « le cabot », dit « Victor-le-Français », lui rappelle son propre père. Les femmes portent des robes décolletées. Il les imagine dévêtues. En songe, il les prend toutes. Les juives sont sensuelles. Elles aiment le sexe. Soumises comme toutes les Orientales, elles ne savent pas dire non. Rahn rêve.

Il trouve les carnets de mon père. Des idées d'avant : Égalité, Fraternité des races. Dérisoire. Il brûle tout. Il s'ennuie.

Heureusement, il y a les putains que lui fournit Guilbaud, des Maltaises ou même des arabes au parfum bon marché, aux yeux lourds, aux hanches grasses. Pendant l'amour, elles ferment les yeux et poussent des petits cris. Je leur fais peur, c'est rigolo. Ensuite, je leur donne une pièce ou une tape sur les fesses. J'entends leurs mules claquer le long des couloirs de la villa. Le lendemain, elles reviennent, frappent à la porte de ma chambre, offertes déjà. Je défais mon ceinturon, pose mon arme sur la table de chevet et leur demande de me sucer. J'inonde leur bouche peinte. Leurs yeux pleurent le khôl dont se parent mes salopes de Tunis. Berlin, en vérité, me manque parfois, mais ici la vie est douce. Érection. Jouissance de sieste. Puis la voiture et mon fanion dans les rues vides. On me salue. Je réponds, l'air las. Je sens le foutre et la lavande. Faire peur au bey, le menacer, l'intimider, voilà le programme du jour. Je suis reçu à Hammam-Lif, un palais pistache où le jeune monarque complote, intrigue et finit par se soumettre. Loukoums et carabistouilles. C'est un jeu amusant et naïf. Avec le Turc et ses merveilles en chocolat, je m'amuse plus qu'avec l'Esteva-au-gros-cul-serré.

La garde beylicale en rouge et noir. Des clowns peinturlurés me rendent les honneurs et assassinent mon hymne national. Mes aïeux se retournent dans leur tombe. Fifres, trompettes, grosse caisse. Ridicule. Je ne bronche pas et salue gravement le drapeau d'opérette. Je suis le Reich triomphant. Je pense à la grosse Aïcha. Il faudrait que je la revoie. Une bouche de miel et une chatte de déesse. J'avance dans le palais loukoum, glisse sur le marbre. Me voici dans une grande salle. Un trône. Un petit bey avec une longue barbe. Salamalecs. Il s'énerve, devient tout rouge. J'imagine qu'il me reproche vertement l'arrestation des dix-sept dangereux abrutis arrêtés par Guilbaud. Je m'apprête à lui répondre sur le même ton. Mais avant, je souhaite avoir la traduction exacte de l'admonestation. La voici : « Honorable ambassadeur de la grande puissance allemande amie, soyez le très bienvenu. [...] Vous êtes la joie de mes yeux et le miel de mon cœur. Merci de tout ce que vous faites pour l'ordre et la stabilité de la régence. Grâce à vous, mon royaume avance vers plus d'autonomie et de liberté. » Je suis aspergé d'eau de fleurs d'oranger et de jasmin, alors que j'attendais je ne sais quelle rodomontade dérisoire.

Le monarque va même jusqu'à me décorer. Une médaille grosse comme le poing, outrageusement lourde et multicolore. Pauvre petit bey. Il sera destitué pour « collusion avec les autorités de l'Axe » lorsque nous quitterons la Tunisie. Moi, je peux en témoigner : il louvoyait comme il pouvait, c'est tout. Les temps étaient durs.

Une belle époque, tout de même. Il faut dire que j'avais mes aises et que je commençais à m'habituer à la belle Villa Jasmin. Je m'y sentais chez moi. J'y traînais parfois en djellaba. Mon cuisinier arabe m'y faisait des couscous un peu trop pimentés, mais agréables et somme toute assez légers pour un estomac fragile comme le mien.

Guilbaud vient presque tous les jours à la villa tendre la main. Argent, armes, honneurs, il veut tout. Et il l'a. Sa Phalange africaine ne sert pas à grand-chose mais il se gonfle d'importance et prend des airs de grand stratège. Une sorte de Napoléon de la Medjerda ou d'Attila du Bou-Kornine. Un con.

Aujourd'hui il est porteur d'un message des Jeunesses populaires françaises aux Jeunesses hitlériennes réunies en congrès. Cela mérite salaire. Je lui ferai un petit cadeau.

Je lis sa prose solennelle : « Nous, jeunes du PPF de Tunisie, sacrifions nos vies au sein de la Phalange africaine pour réconcilier nos deux grands pays. Notre sang versé sur le sol d'Afrique du Nord nous autorise à vous saluer fraternellement au nom des jeunes Révolutionnaires qui combattent pour l'Europe et la Civilisation. Salut aux Jeunesses hitlériennes ! Hommage au grand chancelier du Reich, Adolf Hitler. » Ce message, je vous l'assure, cher ami, bouleversera nos jeunes gens et le Führer lui-même, c'est certain, en sera touché.

Je glisse à Guilbaud une valise bourrée de bons billets qui sentent l'encre fraîche et le reconduis prestement à la porte. Je ne le supporte plus. J'étouffe. Je mets un disque. Des valses de Strauss. Les juifs qui habitaient ici avaient une certaine culture. Ainsi va la vie. Les lumières s'éteignent une à une à la Villa Jasmin. J'ai des aigreurs. C'est Guilbaud. Ou le piment.

⁂

Depuis le départ de Serge, Odette n'a aucune nouvelle de lui. Elle raconte n'importe quelle fable aux enfants. Les journées tirent en longueur et les nuits sont lourdes de cauchemars. Papa est perdu dans une ville étrangère. Il cherche le chemin de la Villa Jasmin. Les gens ne connaissent pas. On se moque de lui. On ne comprend rien à ce qu'il dit. Il a froid. Il marche dans des rues noires. Il disparaît. Papa est mort.

Maman s'éveille en hurlant. Heureusement, les enfants n'ont rien entendu. Où est Serge ? Ils vont le torturer. Ils vont le pendre. Je ne le reverrai jamais et je ne lui ai pas dit au revoir. Il n'a même pas pris ses médicaments pour le cœur. Comment il va faire ? J'ai couru dans tout Tunis pour savoir où on l'avait emmené. A la caserne Forgemol, au PPF, rue Hoche, on n'a rien voulu me dire. Ils ne « savaient pas ». Ils se moquaient de moi. Mais calmez-vous, madame ! Ne vous mettez pas dans cet état ! Il a été arrêté par des Français, voyons, pas par des sauvages. Vous douteriez de la France ? C'est ça ? Non ? Bien. J'aime mieux ! Calmez-vous, vous gênez tout le monde avec vos cris, ou alors peut-être avez-vous quelque chose à vous reprocher ? Chère petite madame, vous voulez nous parler ? On serait prêts à vous écouter… si vous nous donniez des renseignements. Cela pourrait aider votre mari. On saurait s'en souvenir. Chère madame Moati, vous êtes bien jolie, ne vous mettez pas dans cet état, cela ne vous va pas ! Allons, vous êtes ici chez des nationaux, des Français. Nous ne sommes pas des bourreaux. A vous voir si charmante, j'en avais presque oublié que vous étiez juive, c'est dire. Juive à gros nichons tout de même, et gros cul aussi.

Je baiserais bien une juive ! A-t-elle tâté du bon Français, cette Moati ? Elle devrait ! Nous, au moins, on nous a pas baptisés au sécateur. Elle a déjà vu des vrais zizis ? Elle veut voir, la petite dame ? Maman veut mourir. Elle fuit, court. Elle vomit. Où est papa, où est Serge, où es-tu mon amour, mon chéri ? Tunis explose. Les Américains bombardent. Et les enfants, où sont les enfants ? Je ne sais plus ou aller. Dieu est sourd. Et il n'aime pas les juifs.

⁂

Le 20 février 1943, deux jours après l'arrestation de papa, la Phalange africaine prête serment. La formule rituelle est lue par le capitaine Peltier :

— Fidèle au maréchal Pétain et à son gouvernement, je prête serment au Führer Adolf Hitler, chef des armées allemandes et européennes. Je m'engage à servir au sacrifice de ma vie pour la victoire commune de la France et des puissances de l'Axe.

Un silence que l'on peut qualifier de fervent, si l'on a la plume nazillonne, succède à l'engagement sacré. Hymnes nationaux. Vive émotion lisible sur les visages virils. La compagnie d'honneur ouvre la marche au pas de parade et les troupes défilent. C'est beau. Je n'en reviens pas. Eux non plus. Ils mourront tous, ou presque. Le ciel est bas et gris. Il pleuviote. La musique d'une compagnie de parachutistes allemands assure l'ambiance. Le commandant Curnier, le capitaine Dupuis et le lieutenant Charbonneau, chefs de la Phalange, entourent les civils, Guilbaud, Lacomme, Serdanne, Saint-Martin, Nicolaï. Rien que du beau monde. Le drapeau de la Légion impériale va bientôt recevoir le baptême du feu et porte sous ses plis, prophétise Guilbaud, « l'espoir de la résurrection de la Nation ». L'abbé Mottin, aumônier des Compagnons de France, bénit le fanion. Un autel a été installé sous la pluie. Il est illuminé et fleuri. Prières. A genoux, les légionnaires entonnent *Nous jurons de mourir en chantant*. Inoubliable.

Rahn vide la dernière bouteille de beaujolais de papa, un souvenir d'un congrès socialiste à Lyon. L'Allemand, ce soir, est très inquiet : les nouvelles du front sont épouvantables.

21

Papa et ses compagnons arrivent à Sachsenhausen le 7 avril 1943. Le voyage a été très long. Ils ont atterri en Italie, à Naples. Là-bas, on ne sait que faire de ces Français, des résistants, dit-on, membres d'un important réseau de renseignements franco-britannique. Leur affaire semble grave, mais a-t-on des documents, des preuves ? Non. Rien. Le junker qui transportait les procès-verbaux des interrogatoires faits à Tunis a été abattu par la DCA anglaise au-dessus de Malte. Malchance. Providence.

Les « Tunisiens » nient tout en bloc. On ne comprend pas ce qu'on nous veut. On n'a rien fait. C'est une méprise, une histoire de fous.

Les Italiens se débarrassent *presto* du groupe. Les prisonniers menottés sont transférés en train le 4 avril à la prison de l'Alexander Platz, à Berlin. C'est moins gai. Nouvel interrogatoire. Toujours pas de preuve tangible. Pendant deux jours et deux nuits, ils sont comptés et recomptés. En rang. Garde-à-vous. A gauche. A droite. En avant. Les nazis cognent. Rien. Serge, comme les autres, dit qu'il ne sait pas ce qu'il fait là. Il reçoit un terrible coup de pied dans les couilles. Le souffle coupé, il s'évanouit. Les nazis sont las. On n'a pas que ça à faire. Allez, partez, on ne veut plus vous voir !

Des paniers à salade font irruption dans la cour de la prison et embarquent les dix-sept de Tunis. Les voici dans une gare de banlieue où les prisonniers sont accueillis par des SS teigneux. Comme le souvenir d'un rêve lointain, papa croit reconnaître l'endroit.

Sur le quai, un train attend. Comptage et recomptage. Le troupeau s'enfle. Tout ce monde se tasse et s'entasse dans les wagons. Papa *sait* de manière certaine ce qui va se passer. On ne voit rien. C'est noir. Certains pissent sur eux et ça pue. Le train démarre. Après une demi-heure, il s'arrête brutalement. Des cris. *« Raus ! Los ! »* Les prisonniers, poussés à coups de crosse, sont jetés sur le ballast. Des chiens aboient, furieux, comme dans un cauchemar. En rang par cinq. Garde-à-vous. On compte encore. Ils sont tous là. *« Los !* Marche ! » *« Ein ! Zwei ! Links ! »* Coups de cravache et de crosse. Allez, plus vite !

Une forêt sombre où fleurissent des nids de mitrailleuses. Et, plus loin, un grand mur de ciment avec des fils de fer barbelés qui s'étirent à l'infini. Des panneaux indiquent, s'il en était besoin, que l'on pénètre là dans une « zone interdite » et que l'on peut y tirer sans avertissement. Des miradors surplombent le mur et des SS surveillent l'arrivée des nouveaux venus en enfer. Une double porte de fer forgé. On y lit : *« Arbeit macht frei. »* Le travail rend libre. On entre. Les voici sur un immense terre-plein. En demi-cercle, des baraques de bois peintes en vert s'étendent jusqu'à l'horizon. Elles forment un triangle isocèle de sept cents mètres de côté. Une ville. La colonne est maintenant immobile. Bienvenue à Sachsenhausen, dit « Saxo », le plus ancien des camps de concentration créé en 1933. On compte. On recompte. On re-re-recompte. C'est une manie, une obsession. De Saxo, on ne s'évade jamais. On y meurt, c'est tout. On doit laisser les bagages sur place et avancer de dix pas. De toute façon, papa n'a rien. Il fait vingt degrés en dessous de zéro. Une baraque. Interrogatoire d'identité. Contrôle de la fiche d'accompagnement et enregistrement. Papa a le matricule 63069. Soixante-neuf comme le numéro de la rue Courbet. Soixante-neuf, c'est la Villa Jasmin. 63069 ! Tu ne dois pas oublier ce numéro ! hurle le SS. Je ne l'oublierai pas, mais je ne te dirai pas comment, salaud. On ressort. Les femmes partent d'un côté, les hommes de l'autre. On se fait « désinfecter ». Et tondre les cheveux. A ras, plus un poil. Où sont Lévy et Cohen-Hadria ? Ils disparaîtront dans le brouillard. On ne les reverra jamais. Peut-être une chambre à gaz tout de suite après la « désinfection ». Papa, longtemps, continuera de culpabiliser. Pourquoi pas moi ? J'aurais dû mourir comme eux, asphyxiés puis brûlés. Je suis juif, comme eux. Mais non, pas comme eux. Cohen, Lévy, ces noms-là, on connaît. Moati, pour un SS de Basse-Saxe ou de Poméranie, ça sonne italien ou corse, pas juif. Adieu Lévy et Cohen-Hadria.

⁂

Les « Tunisiens » ne sont plus que quinze. Douze en réalité, puisque les trois femmes de ce groupe ont rejoint les baraquements qui leur sont réservés. Les voici au Block 15. Tous semblables, les blocks. Allée A, allée B, un immense dortoir et des « couchettes » superposées sur trois étages. Des paillasses en toile de ficelle de papier et une couverture grise en tissu synthétique. Ils sont trois cents, quatre cents là-dedans, pour deux cent cinquante bat-flanc. Une porte en face de l'entrée donne sur les WC. Une demi-douzaine de cuvettes. Je n'arrive pas à imaginer. Il était maniaque, papa. Je te le jure papa. Six cuvettes, trois cents détenus. Au-dessus, sur le mur, il y a une grande inscription : *« Ein laus, dein tod. »* Un pou et tu es mort. Mon papa et les poux. Mon papa et sa gamelle en tôle rouge foncé. Et sa cuillère qu'il est interdit d'aiguiser pour en faire un couteau. Mon papa et la « soupe » du soir, le « café » du matin, et les trois pommes de terre jetées à midi.

Mon papa le gourmet. Souvenirs de bombance. Banquets républicains et maçonniques, ou bien poissons grillés à La Goulette, glaces italiennes chez *Paparone*, pâtes *al dente* chez *Gastone*, merguez de l'avenue de Londres, vol-au-vent du *Café français*. Souvenirs. Papa tout rond. Il n'arrive même pas à fermer sa veste de déporté, ni son pantalon retenu par une ficelle qu'il a trouvée on ne sait où. Papa, le coquet. Il a peur. Il ne faut pas qu'on voie mon sexe parce qu'ils sauront que je suis juif. Il a honte. Et moi, cette honte, il me l'a refilée et, c'est vrai, j'ai honte d'écrire ces lignes sur la honte. Je suis le fils d'un juif déporté qui avait peur qu'on sache qu'il était juif. On se sent coupable d'être le fils d'un juif qui est revenu des camps. Pourquoi lui ? Qu'est-ce que ça cache ? Ça cache peut-être justement ce sexe. Ce sexe juif caché.

Le pantalon trop petit qui cache mal le sexe circoncis. Secret. Le secret ou la mort. Je me souviens du secret. Moi aussi, après ta mort, papa, quand j'étais en pension, j'avais peur que les autres voient mon sexe pas comme les autres. Mais on ne m'aurait pas tué.

La journée commence. Il est quatre heures trente. Les Serge Moati ont toujours détesté se lever tôt. *Aufstehen !* Debout ! Debout ! La paillasse immonde et l'oreiller en ficelle de papier doivent être faits au carré. Sinon gare. La toilette, et vite ! Y être avant tout le monde. Sinon c'est la queue interminable et la saleté repoussante, la sienne et celle des autres. Un jus noir et une tranche de pain. Dehors, ils sont dix-sept mille rassemblés sur l'*Appel Platz*. Cinq par rang et des groupes de vingt rangs. On attend. Il gèle. Il neige. Papa pisse sur lui, au moins c'est chaud même si c'est honteux. On compte. Block par block. Les chiens des SS hurlent. Tout cela dure des heures et des heures. Au garde-à-vous.

A Tunis, il ne neigeait jamais. A Tunis, il faisait doux. Un peu humide, en hiver, mais enfin c'était le paradis. Je me souviens de La Marsa, de Sidi Bou-Saïd et de Kherredine, des maisons de plage, des bains de mer et du sable fin et si chaud qui brûle les pieds. Je me souviens du Paradis. Ça fait trois heures qu'on est là. Le vent glacial souffle. J'ai froid. J'ai si froid. J'ai si peur. Je refais pipi. Et j'ai la diarrhée. Je mourrai là. Matricule 63069 et plus de nom. J'étais journaliste. J'ai même écrit des pièces de théâtre. Je faisais rire et j'avais du succès. Je composais des chansons aussi :

« Nina sur la montagne
Nina cueillait des fleurs
Avec une robe rose
Rose cueillait des fleurs. »

Vous connaissez ? On recompte. Nina avec une robe rose, Rose cueillait des fleurs. Nina, ma fille. Vivi, mon fils. J'ai froid. Je ne tomberai pas. Nina sur la montagne. Et Odette, comment elle va ? Odette, mon amour, hier nuit, j'ai fait un drôle de rêve. J'ai vu un rabbin de Tunis. Il m'a dit : « Tu vas sortir de là. Tu feras un enfant à ta femme. Tu l'appelleras Henry. » A l'américaine. Avec un « y ». Tu parles d'un rêve. Moi, je ne crois pas en Dieu. Mais ici, les rabbins me manquent. Ils le savent, et alors ils viennent me voir en rêve, la nuit. Nous aurons un petit garçon, Odette. On l'appellera Henry. Henry avec un « y ». Tu veux ? Oui, tu veux bien, Odette chérie.

⁂

Aujourd'hui, ils ont pendu un type. On y a tous assisté. L'orchestre du camp a joué et on a défilé devant la potence. J'aime la musique mais je préfère celle de mes opérettes. Tu te souviens du Phalène, ma troupe ? *Tunis qui potine* et *Succès-d'année*, le théâtre *Rossini* et le *Municipal*. La planche a basculé, le corps s'est tordu et affaissé. On défile. Je ne regarde pas. Je me bouche les oreilles et je chante pour moi. Nina sur la montagne, Nina cueillait des fleurs, avec une robe rose, Rose cueillait des fleurs. Je ne regarde pas. Je suis aveugle. Je ne vois rien. Je ne comprends pas.

Je suis un esclave. Je marche pendant une heure jusqu'à mon lieu de travail. Je ne sais rien faire, alors ils m'insultent et me tabassent. Je pense à mon bébé, ma Nine. Elle ne me reverra jamais. Allez, je travaille. Je ne dois penser à rien. Jusqu'à midi. Ne jamais penser à rien d'autre qu'à vivre. La soupe, c'est de l'eau. On boit. On crache. Et le travail recommence jusqu'à sept heures et demie. Je ne sais rien faire de mes dix doigts. Je suis un intellectuel, un bon à rien. Appel du soir, encore plus long que celui du matin. Ça recommence. On compte. On recompte. Il est neuf heures. Tout est noir depuis longtemps. On doit dormir. Le Block 15 pue la mort. Et si le vieux rabbin revenait me visiter cette nuit ? Je l'attends. Il ne vient pas, j'ai peur. Je chante. Nina, Nina, sur la montagne…

Demain, on est punis. Je ne sais pas pourquoi, c'est ce qu'ils appellent la « gymnastique ». Moi, faire de la gym ! Marcher, courir, se lever, ramper. Plus vite, plus vite. Faire le « crapaud ». Tu t'agenouilles et tu sautilles accroupi. Un autre jour, c'est vingt-cinq coups de schlague, pour rien, vraiment pour rien. Tu es sanglé à plat ventre et tu as les pieds pris dans un carcan. Ou alors, tu es accroché avec des chaînes qui pendent le long d'un pieu. Tu es suspendu les bras retournés et ils te frappent. Tu l'as pas volé. Mais si t'es juif, tu vas directement à la chambre à gaz et ensuite ton cadavre est brûlé au four crématoire. Moi, je n'ai plus de sexe, alors ils ne verront rien. Je suis déjà mort. Un vieux rabbin est pourtant venu et il m'a dit que j'aurai un fils. C'est drôle, un mort ne peut pas avoir d'enfant. Cette nuit, encore un rêve. J'ai vu la Villa Jasmin. Elle avait besoin d'un bon coup de peinture. Je suis mort et je suis vivant. Mon nom est Serge Moati, et mon fils Henry, avec un « y », racontera cette histoire que je ne lui ai jamais racontée, car il ne faut pas faire de la peine aux enfants.

⁂

Un jour, j'avais dix ans. C'était un an avant la mort de papa. Il m'avait toujours interdit de regarder un gros album noir, caché sous une pile de draps, dans sa chambre. J'étais seul. Je me suis approché de l'armoire interdite. J'ai pris l'album. J'ai regardé. Je me souviens d'une photo. Une femme enceinte était éventrée à coups de baïonnette par un SS. Un souvenir des camps. Il y avait des centaines de photos, mais c'est de celle-là dont je me souviens. Une main s'est posée sur mon épaule. C'était papa. J'avais désobéi et j'avais peur qu'il me gronde. Pas du tout. Il était triste, c'est tout. Il a pleuré tout doucement et m'a pris sur ses genoux. Il m'a raconté un tout petit peu les camps et le reste. Il n'avait pas envie de parler, tout juste de pleurer peut-être. Des larmes douces et anciennes, des larmes de mon papa qui, jamais, ne pleurait. A l'époque, je m'appelais Henry. Avec un « y ».

22

Pendant ce temps, à Tunis, le SS Rauf continue à trouver ces Tunisiens bien étranges. Il va même jusqu'à demander au président de la communauté si les juifs de Tunisie sont bien des juifs comme les autres. Je veux dire comme ceux que j'ai persécutés en Pologne ou ailleurs. Avec des noms pas comme les vôtres. Des juifs avec des grands nez comme les vôtres, c'est vrai, mais qui sont parfois blonds avec des yeux bleus.

— Tu vois ce que je veux dire, Borgel ?

— Oui, je vois. Nous sommes pourtant des juifs 100 % casher. Mais du Sud.

— Ah bon ?

— Hé oui !

— Je trouve, que vous ressemblez à des arabes.

— Oui, peut-être. Mais on est juifs.

— Bon. En attendant, il faut faire vite ! Les camps, le Travail obligatoire. Moi, je suis gentil. Mais, fais attention ! A la Gestapo, il y en a de plus méchants que moi. Bien plus méchants. J'ai besoin de cinquante hommes ! Tout de suite. Et aussi de deux cents mètres de tissu pour cacher les lumières du *Wehrmacht-Kaffee* avant midi. Et de trente appareils photos. Trente ! Et dans une heure. Sinon, les otages, *Kaput !* Et on ira, nous-mêmes, tout chercher chez tes juifs. Tu as compris ? On fera ça nous-mêmes. Alors choisis.

Économie de troc. Maîtres et esclaves. La communauté, pour éviter l'affrontement direct avec les Allemands, négocie. Comme au souk. Pièce par pièce, homme par homme et sou par sou.

Il y a eu des milliers de travailleurs juifs requis par les Allemands. Il faut que la communauté les recrute, les habille et les nourrisse. A elle, aussi, d'assurer un dédommagement aux familles de ceux qui partent sous les bombes reconstruire des routes, consolider des ponts ou débarquer dans les ports du matériel de guerre. Les juifs riches paient. Impôts de guerre. Mais si les riches paient, les pauvres, eux, risquent leur vie. Les travailleurs juifs marchent sous la pluie, la pelle ou la pioche à l'épaule. Maman a vu parti son petit frère André, « Loulou », son ancien chaperon à l'époque des premières amours contrariées avec papa. Loulou et ses copains, sur les routes détrempées, chantent en hébreu pour se donner du courage. Ils évoquent un pays où coule le lait et le miel et une ville, Jérusalem, où tous les juifs exilés de par le monde se retrouveront un jour. L'an prochain, sûrement.

André est « sioniste ». Il pense que le seul avenir du peuple juif est en Israël. Là-bas, nous serons libres. Sans nazis et sans arabes. A la maison enfin, en cet *Eretz Israël*, la Terre promise, dont ils rêvent la nuit et le jour. Certains de ces jeunes gens, secrètement, dans la nuit des camps de travail, hissent le drapeau bleu et blanc frappé de l'étoile de David, puis entonnent tout doucement l'*Hatikva*, le chant de l'espérance, qui deviendra plus tard l'hymne national de l'État juif. Ce chant-là aide à tenir, donne de la fierté et du courage. Nous ne sommes pas des chiens et nous ne le serons jamais. Là-bas, en Israël, nous aurons un pays, une armée, et nous créerons une société juste. Nous travaillerons ensemble dans de grandes fermes collectives, sans argent ni salaire. Libres, frères et camarades.

Pour l'instant, c'est le bagne dix-huit heures par jour. On transporte des munitions, mais on se débrouille pour en voler. On pose des rails sur les collines, mais on fait tout pour saborder ce que l'on peut saborder. Quand on peut, on jette l'essence, les munitions. Vite, dans la mer. Un jeune rabbin a été surpris. Ils l'ont mis tout nu et l'ont fouetté jusqu'à ce que la mort vienne. Morts aussi d'une balle tirée dans le dos, Émile Hababou et Jojo Hagege. Des cadavres sont retrouvés çà et là dans la boue ou abandonnés au hasard des chemins creux sous la pluie d'hiver. Juifs inconnus, chiens sans nom. Certains d'entre nous tentent de s'échapper. On est des otages, pas des esclaves. Et l'on combat et l'on résiste.

Odette est émue par les récits de son frère, mais elle pense aussi à son mari. Lui, il est mort, peut-être. Allez, pas d'idées noires. Les enfants ont faim. Ils ont toujours faim. Ils sont gais et boulimiques comme leur papa.

Tout coûte cher. Les œufs sont à 46 francs pièce, la viande de 300 à 640 francs le kilo. Même les oranges sont hors de prix. Et le pain ! On n'a droit qu'à cinquante grammes tous les deux jours. Serge est peut-être mort. Allons, je ne vais pas penser à ça, je vais préparer le repas. Oui, Vivi, oui Nine, ça vient, je ne peux aller plus vite ! Tu veux que « je jette ma main au feu » pour aller plus vite ?

⁂

A Sousse, le port de l'étoile jaune est devenu obligatoire. Guilbaud voudrait que l'heureuse mesure s'étende à toute la régence le plus rapidement possible, car elle est juste et efficace. Esteva n'en pense rien. Il patauge et sombre en attendant un signe – qui ne viendra pas – de la divine providence. Le chaste amiral-des-bénitiers se perd chaque jour un peu plus dans des rêveries mystiques auxquelles le commun des mortels n'accède pas.

Le ministre Rahn est allé consulter une vieille sorcière arabe. Elle a été franche – ou folle. Elle a dit que le pays de son client ne gagnerait pas la guerre. Lui et son armée quitteront la Tunisie en y laissant beaucoup de morts. Le traducteur hésite à faire son office. Il a peur de Rahn et de ses colères. Il tente d'expurger les mots de la devineresse, mais n'y arrive pas, car le diplomate comprend un peu l'arabe et, surtout, sait interpréter les mimiques de l'édentée, qui sera renvoyée à son gourbi à coups de pied aux fesses.

Les Alliés, ce jour-là, ont avancé et bousculé les lignes allemandes. Le monde de Rahn chancelle. Dormir. Boire. Oublier. Il éteint la lampe de chevet, un vase cloisonné japonais. Rahn a peur.

⁂

Ça va enfin bouger pour la Phalange africaine. Celle-ci s'étiolait, s'alanguissait. Les phalangistes somnolaient alors que leurs alliés allemands se faisaient trouer la peau. Les nazis français trépignaient d'impatience entre deux longues siestes et trois courtes séances d'instruction militaire.

Voici que débarque enfin dans leur camp de Borj Cédria l'inestimable Guilbaud, flanqué de l'un de ses sponsors allemands, le général Weber. L'heure est grave. Guilbaud retrouve sa voix des meetings fascistes :

— Depuis quelque temps, il m'a été posé, par beaucoup d'entre vous, la même question. Vous l'avez posée aussi à vos chefs militaires. Vous vouliez savoir quand vous partiriez pour le front. Ne vivant pas dans le secret de l'état-major, il m'était difficile d'y répondre. Aujourd'hui, je suis en mesure de le faire…

Un temps. Suspense intolérable. La troupe frétille, le cœur battant, le souffle coupé sous la vareuse nazie. On sue sous les casques prêtés par les SS. On attend la suite. Elle vient, enfin :

— A partir de demain, la compagnie devra être en mesure d'embarquer en quelques heures. Destination : le front.

Érection générale. Le sang bat plus fort.

— Vous aurez l'honneur de relever une unité allemande qui, depuis cinq mois, après avoir bousculé les Anglo-Américains, défend énergiquement une position clé entre deux routes conduisant à Tunis.

Galvanisons les troupes, pense Guilbaud. Un peu de démagogie cocardière ne saurait faire de mal à ceux qui ont déjà vendu leur âme aux Allemands :

— Dès le 1er janvier, en vous engageant dans la Légion des volontaires français de Tunisie, vous avez répondu à l'appel du maréchal Pétain. Le 8 mars, en prêtant le serment d'obéissance au Führer Adolf Hitler, vous vous êtes engagés, de nouveau, sur le chemin de l'honneur, imitant l'exemple de vos frères qui, depuis 1941, combattent sur le front russe pour la défense de notre civilisation millénaire. La France est fière de vous !

Les mots flattent et touchent au plus profond les soldats perdus. Les phalangistes ne savent pas au juste de quelle « civilisation millénaire » il s'agit, mais ce discours a de la gueule, et s'ils le pouvaient, ils applaudiraient. Comme au théâtre.

— Oui, suivez ce chemin, le plus beau de la vie. Combattez aux côtés des troupes allemandes. Elles vous attendent ! En agissant ainsi, non seulement vous participez à la libération de la France, mais aussi à celle de l'Europe. Vous êtes peu. Soyez fiers ! Vous êtes une avant-garde.

Et ils partent, la croix gammée au cœur. J'en arrive presque à les plaindre. Ils vont vers leur mort. Quant à Guilbaud, pas fou, il revient à Tunis, du côté de la Villa Jasmin.

Marche des Franco-nazis dans la nuit claire. Le ciel d'Afrique garde ce bleu mystérieux, cher aux poètes des colonies. Seuls quelques coups de feu se font entendre. Petits pets sous les étoiles. Ils paraissent presque amicaux. Ils souhaitent la bienvenue aux phalangistes si heureux d'en découdre qu'ils en bandent d'aise. Première nuit.

Le lendemain, les trois cents nazillons sont conduits vers la ligne de front par des guides allemands. Merci de vous faire trouer la peau, adieu camarades.

Plus au sud, l'armée anglaise occupe Sfax, puis Sousse et Kairouan. L'étau se resserre. La Tunisie maréchalo-allemande est un mouchoir qui rétrécit au lavage, une peau de chagrin où l'on chante, pour se donner de ce courage qui faiblit, d'émouvants chants nazis.

Au nord, là où se trouvent les petites troupes des phalangistes, tout paraît figé en ce 14 avril 1943, à moins de cinquante kilomètres de la capitale. Les armées ennemies canonnent, se guettent et se tiennent par la barbichette. Les phalangistes, lorsque leurs maîtres Allemands ont le dos tourné, ne peuvent s'empêcher de penser que le temps joue contre eux. Jour après jour, heure après heure. Mais une tape amicale et bourrue sur le casque suffit à les remettre sur le droit chemin, celui du courage teuton.

Vers cinq heures trente du matin, le 15 avril, la cote 134 explose sous les obus. On n'y voit plus rien. Le bombardement dure jusqu'à huit heures. Un légionnaire de 2e classe est tué. C'est le premier mort de la Phalange. Il y en aura beaucoup d'autres. Vers vingt heures, on l'enterrera. Viril et martial discours franco-allemand. Minable Phalange africaine.

Cette nuit-là, le port de Tunis est violemment bombardé. Nuit de feu et de sang. Violente réaction de la DCA italo-allemande. Demain, Esteva ira, une fois de plus, caresser la joue des enfants, et son petit corps gras semblera encore s'enfler d'une compassion répétitive. Tournée des bombardés. La nuit suivante, il dormira peu. Raids anglo-américains entre vingt heures trente et cinq heures du matin. Temps de merde, de peurs et de larmes du côté de la Villa Jasmin, miraculeusement épargnée pour l'instant.

23

Odette et les siens ont rejoint d'autres familles dispersées par la guerre. Elle habite maintenant, avec Vivi et Nine, l'ancien hammam de la rue de Londres, juste à côté du vieux cimetière juif. Ils sont là une bonne centaine. Les murs décrépis sont épais, rassurants. Le bain maure, qui a des allures de palace oriental ridé, sent encore la vapeur et le savon, l'encens et le parfum des jolies femmes de Tunis. Celles-ci, il y a longtemps, venaient passer en ce palais des songes de longues heures à rêver ou à cancaner, à somnoler et à se faire masser pour que leur peau de satin soit encore plus douce et tendre.

Le hammam est devenu un monde, le dernier salon où l'on cause. Le vendredi soir, c'est le couscous rituel pris en commun. Il y a là un vieux rabbin solitaire. Il dit les prières du shabbat. On partage un quignon de pain, cinquante grammes tous les deux jours, et une larme de vin de fête, miraculeusement sauvé des rapines allemandes.

Après le maigre couscous, on fait comme si tout était comme avant. On blague et on rit. Kiki Chemla raconte ses histoires du pauvre « Chrah », le benêt rigolo. Et puis on jase. Chroniques mondaines pour réfugiés dans la tourmente. La peur, ensuite, revient. Le hammam est trop grand, trop sombre. Les maisons, les vraies, manquent. Elles ont été réquisitionnées.

— Dieu seul sait quand on les récupérera ! Et, qui nous dit qu'ils partiront, les Allemands ?

— Odette, je t'en prie, tu inquiètes les enfants, ça ne sert à rien.

— Les enfants, ça fait longtemps qu'ils dorment. Et moi, je meurs d'angoisse. Pardon…

— Tu sais bien que les Allemands sont foutus, continue le vieux stratège militaire du hammam, Maurice Lévy, encore tout auréolé d'un lointain passé de tirailleur qui lui confère une autorité indiscutée. Oui, ils partiront. En cercueils cloutés. Les armées alliées sont mieux équipées et leur puissance de feu est inouïe. Leurs troupes aussi sont plus fraîches. Ils occupent les collines. Ils sont donc maîtres du terrain.

— Alors pourquoi ils ne bougent pas ?

— Notre heure viendra.

— Quand ?

— Je ne peux pas vous dire.

— On est trop bêtes ?

— Non… enfin… Vous ne connaissez rien à la stratégie. C'est un peu difficile à expliquer.

— Essaie !

— Le général Anderson…

— Qui c'est, celui-là ?

— Si vous savez pas qui est Anderson, alors moi j'arrête.

— Continue !

— Bon. Anderson, l'Anglais, il a le bordel dans ses troupes.

— Maurice, pas de gros mots !

— Nini, tu m'emmerdes.

— Oh, je m'en vais ! lance Nini, scandalisée, à son mari.

— Et où tu irais, ma pauvre Nini ? Je continue pour les autres qui sont moins bégueules que toi. Les Anglais ont été un peu bousculés par les Allemands. Il y a eu de la casse, c'est vrai…

— Tu ne nous remontes pas le moral, Maurice !

— Vous voulez apprendre des choses où rester ici toute votre vie comme des rats ?

— Maurice, arrête-toi. Tu as abusé de la *boukhra*.

— Nini, laisse-moi.

— Continuez, Maurice. Et buvez tout ce que vous voulez, dit ma mère. Au point où on en est !

— Merci, Odette. Donc, l'autre général anglais, Montgomery, veut renforcer son aile gauche pour aider l'Anderson dont je vous ai parlé. Avant d'attaquer. C'est clair ?

— Limpide. Nous, en attendant, on crève. Putain, qu'ils grouillent ! s'insurge Kiki Chemla.

— Qu'est-ce que vous avez les hommes, ce soir, à parler comme des charretiers maltais ou des *yaouleds* du grand marché ?

— Y'a que nous aussi, on n'en peut plus. Y'a que mon fils, dit Kiki Chemla, est parti en camp de travail je ne sais même pas où dans le Sud. Y'a que les nouvelles sont mauvaises, archimauvaises et que dix juifs dans le camp de travail sont morts de soif, de faim, de fatigue. Voilà ce qu'y a ! Merde, merde et merde, que ça vous plaise ou non.

— Moi, mon mari, il a été arrêté par les Français et donné aux Allemands. Peut-être maintenant qu'il est dans un camp de concentration, se permet de dire Odette.

— On n'est pas dans une compétition, suggère finement Aline, la pointue. On joue pas à qui a le plus de malheur, Odette ! D'accord, c'est embêtant pour Serge…

— « Embêtant » ? rugit maman ! Tu n'as pas d'autre mot à nous proposer, toi la normalienne ! « Embêtant » ! Ça, c'est la meilleure !

— Calme. Calme, dit le vieux rabbin. Mes enfants, on ne se fait pas la guerre entre nous. On t'écoute à nouveau, Maurice.

— Vous m'avez cassé le moral.

— Allez !

— Bon, je termine. Lisez le communiqué italien que ces chiens galeux ont publié dans *Tunis journal*…

— Tu veux dire le *Berlin journal* ?

— Lisez ça : « Étant donné la supériorité numérique en hommes et en matériel, tout optimisme sur le sort des engagements en cours serait déplacé. » C'est tout. Ça veut dire qu'ils ont le trouillomètre à zéro. C'est bon pour nous, je vous le dis, moi !

Et pour saluer cette déclaration optimiste, les Anglo-Américains bombardent Tunis avec rage. C'est comme ça presque toutes les nuits. Le pauvre Jacob Memmi, l'autre fois, avait la diarrhée. Il a refusé de sortir des WC et de descendre à la cave. Il a tiré la chasse et son immeuble s'est effondré tout d'un coup. Paf. On l'a retrouvé sous les gravats, tout à fait vivant, le cul à l'air, tenant la chaîne des toilettes à la main comme un talisman. Du coup, on a prêté à Memmi des pouvoirs quasi surnaturels. Son histoire a fait le tour de Tunis. Il tire la chasse et, patatras, l'immeuble tombe. Il ne meurt pas. La chiasse magique. La diarrhée du destin.

Ce soir-là, les Alliés s'acharnent.

Débandade générale. On file vers les tranchées avec sur la tête, en guise de casque, des couscoussiers renversés. Et l'on attend en fermant les yeux. Le vieux rabbin prie, pendant que Nini la bégueule et Maurice le stratège continuent de se chamailler. Aline la pointue ricane, mais on ne sait pas pourquoi. Maman couve ses enfants dont les petits visages disparaissent sous les grands couscoussiers. Vivi ne tient pas en place et applaudit le feu d'artifice. Les bombes explosent tout autour. Gerbes de feu, la terre tremble. Mon grand frère chante et jubile.

— Odette, dit Aline, vous laissez faire votre fils ! Il est fou et vous, vous ne bronchez pas !

— Mon fils, j'aime le voir chanter et danser. Les bombes tombent loin. Et puis, Aline, s'énerve maman en tutoyant soudainement la Pointue, je n'ai pas de conseils à recevoir de toi ! Tu n'as même pas été capable de retenir un mari. Alors, ne me parle pas de ce que je dois faire avec mes enfants, je t'en prie.

— Je ne savais pas qu'on se tutoyait, susurre la perfide.

— Si t'es pas contente, va habiter à Buckingham Palace ! Ici, on est trop vulgaire pour toi.

— Ma pauvre Odette.

— Ma pauvre Aline.

Le lieutenant Charbonneau, « Porthos », un des chefs de la Phalange africaine, surprend les réfugiés du hammam et remarque les tranchées creusées entre les tombes du vieux cimetière juif. Il se laisse aller :

— Tout le ghetto est là. Vermine, grosses femmes juives, vieillards en loques, enfants sales. La frousse intense étreint cette pouillerie. Demain, les juifs relèveront la tête et ricaneront. Ces êtres vils et peureux, qui sont là, la face contre terre, entre les ossements de leurs pères, tremblants d'effroi à chaque explosion lointaine, seront peut-être demain les nouveaux maîtres. Et il n'y aura pas, à leur avis, assez de pelotons d'exécution ni de potences pour nos camarades nationaux ni pour les héros de notre Phalange !

Maman, tu étais cette « grosse femme juive », cette « vermine ». Maman, la face contre terre serrant contre elle ses « enfants sales », entre les ossements de ses pères. Porthos est mort vieux et tranquille. Aucun remords ne semble l'avoir tiraillé. Je ne sais pas bien ce qu'est la haine, mais j'imagine que cela doit ressembler à ce que je ressens en recopiant ces paroles de Charbonneau.

C'est la fin de l'alerte. Il est deux heures trente du matin. Tunis va compter ses morts. Esteva se déchaîne dans la journée contre les assassins anglo-américains. Le premier mouvement de maman, cette « vermine », sera d'aller voir, le lendemain, si la Villa Jasmin est toujours debout. Elle l'est.

⁂

Les Alliés, le 29 avril 1943, s'emparent de certaines hauteurs d'où l'on aperçoit la Terre promise : Tunis et ses faubourgs. A portée de main et de canon.

Un dépôt de mazout prend feu à La Goulette. La cathédrale de Carthage disparaît sous une épaisse fumée noire. La rue de Turquie, la rue Platters, la rue Vigot et même la rue Courbet, celle de la Villa Jasmin, sont atteintes par les bombes. Bruits assourdissant de fin du monde. Les Américains sont tout près, à Saint-Cyprien.

Guilbaud veut fuir la régence en compagnie de son protecteur, le ministre Rahn. Un rêve : se sauver à tire d'ailes. Adieu, Tunisie. Adieu, exemplaire collaboration franco-allemande. Adieu, unique comité d'union et d'action révolutionnaire. Adieu tout le monde. Je fous le camp.

Voici les deux trouillards sur un petit terrain d'aviation allemand, dans le Cap-Bon. Armée en déroute et soldats perdus. On prend d'assaut les rares junkers qui ont échappé à la DCA anglaise. Guilbaud s'accroche à Rahn comme le naufragé à sa bouée. Les avions sont si surchargés qu'ils ne peuvent décoller. On y a entassé du collabo frénétique et du nazi pure souche. Trop lourds, les garçons. Fraternité encore, mais celle des pétochards. Il faut attendre la nuit, toute la nuit. Au petit matin, toujours pas de nouvel avion. Les chasseurs alliés tournent autour de la base, empêchant tout atterrissage, pendant que leurs troupes au sol se rapprochent. Enfin, et par miracle, un JU 52 se pose en chahutant. D'autres le suivent, péniblement. Le pilote confesse qu'il a préféré atterrir cent fois à Stalingrad qu'une seule fois au Cap-Bon. C'est dire. Merci de venir nous chercher. Guilbaud lécherait volontiers les mains de l'héroïque aviateur mais il n'ose pas. Sauvé. Il bombe le torse et joue des coudes, lui qui a eu si peur. Les voilà en l'air, Rahn et lui, dans la nuit obscure. Ils ont volé juste au-dessus de la mer, mais lorsque l'avion a pris de l'altitude, il a été repéré par la DCA. Guilbaud tremble à nouveau. C'est dur, le métier de traître. En bas, des croiseurs anglais se déchaînent. Il faut forcer le passage. On y parvient. Ça y est. Sauvés ! La côte sicilienne apparaît. C'est le petit matin. Six aéronefs allemands qui avaient quitté la Tunisie manquent à l'appel. Estropié, l'avion se pose en cassant son train d'atterrissage.

La Villa Jasmin n'est plus qu'un souvenir pour eux. Celui d'une guerre déjà perdue, ou presque.

⁂

A Saxo, on ne sait rien de ce qui se passe dans le monde. Papa se contente de survivre. Dans la nuit du 6 au 7 mai 1943, il rêve une nouvelle fois de Tunis. La ville est gaie. C'est carnaval, bataille de fleurs et tourbillon de confettis. Les terrasses des cafés débordent de joie ; on s'embrasse et l'on chante. Mais voici l'appel. Le rêve est mort. Serge est dans un camp de concentration, Tunis est très loin et les siens ont peut-être disparu dans un bombardement. Ce chagrin du matin est à la hauteur du bonheur de la nuit. Le 7 mai, Tunis va être libéré pendant que les phalangistes survivants, sans armes mais avec beaucoup d'argent, fuient comme des lapins ou se réfugient à Carthage, chez leur protecteur monseigneur Gounot. Les hauts gradés, des « chefs d'acier », ont pris place, pas fiers et pas fous, dans des avions allemands. Ils ont abandonné leur troupe décimée et tremblante. Fin de la « cohorte impériale » et de la Phalange maudite sur le sol tunisien.

Tunis s'est brusquement vidé de ses envahisseurs. Les camions de l'armée vaincue détalent en direction du Cap-Bon. C'est leur exode à eux. Gigantesque bordel, trouille inouïe, peu compatible avec l'exemplaire dignité teutonne. A l'aube, les Allemands ont fait sauter tout ce qu'ils pouvaient. Les monuments publics ou officiels ont été minés. Si l'envie était grande de tout démolir, seul le temps a manqué aux artificiers. Les uniformes allemands ou italiens jetés dans les poubelles, au hasard des rues. Un complet usagé se vend jusqu'à dix mille francs à qui veut se fondre dans la ville. Certains vont jusqu'à braquer des automobiles pour fuir au plus vite, n'importe où.

Quelques heures plus tard, une rumeur se répand et fait le tour de la ville : les terrasses des immeubles les plus élevés sont noires de monde. On doit regarder du côté du Passage. Regarde. Regarde bien. Certains crient : « Je les vois, je les vois ! » Et la foule se met en marche, ivre de joie, sous la pluie, alors que des flammes et de la fumée noire s'élèvent derrière la casbah et du côté du Bardo. On crie encore : « Ils sont au Passage ! » Ils y sont. Les voici. Des motocyclistes, les premières voitures blindées et des gaillards robustes, le visage sali par la poudre. Ils ont l'air fatigué, surpris et heureux. Ce sont des Martiens ou des Anglais. Bientôt suivis par des Américains.

Tunis se pince. On rit, on pleure et on s'embrasse. On s'aime à la folie et pour la vie. Il est dix-huit heures et cette folie douce, cette fête géante, va durer toute la nuit. Vivi et Nine montent sur les chars américains, apprennent à dire *« Hello »* et aussi *« Thank you »* lorsque des chewing-gums leur sont offerts par de grands Noirs. Boules de gomme de la victoire, premières bulles qui éclatent sur le nez. La liberté. On applaudit, on entoure, on s'enlace. C'est une frénésie, une valse d'amour. Maman pense à papa. Il n'est pas là et la fête sans lui n'est pas la fête. Il est peut-être mort à l'heure qu'il est. Mais une petite voix en elle, celle du courage ou de la volonté, lui chuchote que non ; il est vivant, il reviendra. Petite voix couverte par le vacarme, les youyous, les klaxons de la fête et les hourras de la victoire d'un peuple libéré.

Le lendemain, les troupes alliées défilent dans les avenues fleuries. C'est carnaval et serpentins, comme dans le rêve de papa. Les insignes, plaques, médailles et calicots fascistes ou nazis sont arrachés, détruits, et les affiches sont lacérées et brûlées. Du balai. Des confettis d'Hitler, des lambeaux du Duce volent au vent joyeux. Le 9 mai, c'est le triomphe. On entend le clairon des Français. Voici qu'arrive la clique, magnifique, en gants blancs. Et le drapeau du 4e Zouave. Et les hommes de la 84e Division.

Voici les libérateurs et les vainqueurs. Aux fenêtres explosent les drapeaux tricolores et *La Marseillaise* éclate de partout.

On se demande, pour feindre de s'en étonner, où sont les arabes. Ils ne se mêlent pas à cette fête qui n'est pas la leur. Ni libération, ni victoire pour eux. Le bey, héros du peuple tunisien, va être destitué en raison d'une incertaine « intelligence avec l'ennemi ». Le général Juin succède à l'amiral Esteva. Celui-ci a été brutalement ravi en pleine nuit à l'affection des Tunisois par la soldatesque allemande. Rien que des voleurs d'amiral. Tunis s'en moque. Tunis a la tête ailleurs. Seul monseigneur Gounot aura une pensée pour le marin perdu avant que lui-même ne quitte la Tunisie pour un petit diocèse oublié d'Afrique noire. Les spadassins de la minable Phalange africaine sont conduits en camions bâchés vers les tribunaux militaires d'Alger, alors que des collabos notoires s'évaporent dans une ville en folie et filent le plus loin possible.

Maman, toute seule, retourne vers la rue Courbet. Elle marche lentement et redoute ce qu'elle va découvrir. Des immeubles se sont effondrés. Elle franchit des collines de gravats. Son cœur tremble. Elle ouvre les yeux. Voici la Villa Jasmin. La porte est fracassée, les vitres de la véranda soufflées. Une voisine arabe vient vers elle, l'embrasse et lui prend doucement la main. A l'intérieur, il y a eu comme un ouragan doublé d'un cyclone. Un tremblement de terre suivi d'un incendie. Les dossiers de Rahn ont été brûlés à la hâte et leurs cendres volent au vent. Les murs sont tout noirs et les tableaux déchiquetés.

Pendant une semaine, ma mère balaie, récure, jette, nettoie, essore. Un travail sans fin. A la mesure de l'énergie de maman qui pense, on ne sait pourquoi, que Serge, là où il est, est au courant de tout et exulte.

24

Papa, un sale jour au camp, se dit qu'il va mourir. C'est trop dur. Il fait trop froid et, tôt ou tard, les nazis découvriront qu'il est juif. Alors, autant en finir. Le problème, dans un camp de concentration où l'on meurt, comme on le sait, si facilement, c'est qu'il est très difficile de s'y suicider. Le temps que papa envisage les différentes possibilités qui s'offrent à lui pour mener à bien son sinistre projet, la journée est passée, vaille que vaille. Papa, étrangement, va mieux, et l'envie de vivre est revenue. Il s'était dit qu'il pouvait, au choix, insulter le chef du camp et le traiter de gros porc, faire un bras d'honneur au SS du mirador ouest, pisser sur les fers barbelés électrifiés, tenter de sodomiser la chienne de la femme du commandant adjoint ou bien courir en hurlant des insanités, nu dans la neige. Des hypothèses aussi hasardeuses que peu plaisantes. Après avoir renoncé à exhiber son membre circoncis à l'entrée du bloc des chambres à gaz en hurlant : « Vous en voulez un de plus, messieurs, me voici ! », ou à traiter le Führer de pourriture hermaphrodite, de peintre raté et de merde tiède, papa n'a plus d'idées. Mais l'exercice lui a fait du bien, dégagé l'esprit et agité les neurones. Il se dit alors que tant qu'on n'est pas mort, on est encore en vie. Sage précepte.

Ayant donc décidé de ne plus se tuer, il s'attelle à un travail de titan. Il se convoque. Il se dit : « Vivre, c'est se souvenir. Je suis un homme doué de mémoire et ces salauds-là ne pourront jamais me l'enlever. Ma mémoire, c'est moi. C'est mon royaume et mon paradis. Il faut la faire travailler. Pour ne pas mourir, puisque telle est la décision que j'ai prise. » Alors il joue. La partie commence. Serge contre Serge.

— Adresse de *Clark Gable*, le tailleur ?

— Passage du Colisée.

— Bien. Quel numéro du passage, 8 ou 12 ?

— Langue au chat. Je passe.

— Au 6, rue du Maréchal-Foch, comment s'appelait la boutique de l'horloger ? Tu as droit à deux réponses, pas plus.

— *La Clinique des montres* ?

— Non, monsieur.

— *L'Hôpital des Montres* ?

— Ouiii !

Serge félicite Serge et l'encourage.

— Bravo, encore bravo, monsieur Moati. On continue ! Tu as gagné dix ans de couscous complet au *Carthage* ! Autre question : *L'Alsacienne* est une enseigne fort connue. S'agit-il a) d'un restaurant ? b) d'une pâtisserie ? c) du siège social de la *Société amicale des Alsaciens de Tunis* ?

Cherche, Serge, cherche.

— Rien de tout cela ! *L'Alsacienne* est une bonneterie.

— Génial ! Admirable ! Serge, vous êtes incroyable. Je vous engagerai pour une tournée des plages. Encore plus fort, quel est le patron de ce magasin ?

— Jacquot Berrebi ?

— Faux, mon pauvre Moati, c'est Moïse, Moïse Berrebi ! Et où est ce magasin ?

— Je ne sais pas.

— Dommage pour toi, mon pauvre Serge. On va être obligé de te livrer aux chiens SS qui, tu le sais, adorent croquer les couilles des juifs.

— Chef, donne-moi encore une chance, une dernière.

— D'accord, je suis bon, je suis grand. *« Pas de foyer moderne, sans... »*

La réponse fuse :

— *« ... le réveil Bayard ! »*

— Sauvé, Serge. La partie continue. Et elle est de plus en plus difficile. Attention, concentre-toi. Je veux le maximum de noms des membres du conseil de la communauté israélite. Attention, tu as une minute ! Top, chrono !

— Je peux dire dans le désordre ?

— Perds pas de temps, vas-y ! Tu as une minute, c'est parti !

— Cohen, des chaussures *Paris-Bottines*, Sarfati, le rival de mes voisins Bokobza dont la *boukhra* est meilleure car fabriquée avec des figues de meilleure qualité.

— Vite. Pas de digressions... La liste !

— Clément Seroussi, chaussures, ancien combattant (14-18). Sion Zana, transitaire, William Jaoui, dentiste rue de Marseille, Ernest Guez, sous-chef de bureau, grand mutilé de guerre, pauvre Ernest !

— Pas de sentiment, allez ! Plus que quinze secondes !

— Moïse Slama, de la librairie *La Caravelle.*

— Oui ! encore cinq secondes. Allez, un petit effort !

— Je ne sais plus. Je ne sais plus. J'abandonne.

— Allons, c'est trop bête. Tu connais la réponse !

— Non, non, je suis épuisé. Je jette l'éponge.

— Pauvre Serge ! Comment as-tu pu oublier ton homonyme, le docteur Moati. C'est impardonnable ! Je vais le dire aux SS, tu es trop nul. Tu n'auras pas volé ton châtiment. Ça te fera les pieds et la mémoire. Là, au débotté, dis-moi, où on peut *« être servi en confiance aux prix les plus honnêtes ? »*

— Partout. Partout ! Je te dis que j'abandonne. C'est trop difficile.

— Allons, je précise. Il s'agit de matériel électrique. Cinq, quatre, trois…

— Je ne joue plus.

— Il s'agit des *Établissements Lumbroso*, 1 rue du Voile. Autre exercice. J'essaie de te sauver. Donne-moi tous les noms de rues à Tunis commençant par « O ».

— Par « O » ?

— Oui, par « O ».

— Pourquoi « O » ?

— Pourquoi pas « O » ?

— Heu… rue d'Oran…

— Oui.

— Rue des Orangers.

— Oui ! C'est facile. Continue.

— Rue des Oliviers…

— Bravo ! Je rajoute, pour t'aider, la rue de l'Obscurité, la rue des Oies, et la rue de l'Orge !

— Merde, je suis nul.

— Te souviens-tu du téléphone de la résidence générale de France ?

— Il s'agit du 57-01 !

— Très bien ! Allez, beaucoup plus facile pour toi. Donne-moi la liste des cinémas de Tunis. C'est enfantin. Un cadeau que je te fais.

Serge triomphe et d'un souffle :

— Le *Palmarium*, le *Capitole*, le *Mondial*, le *Variétés*, le *Trianon*, l'*Empire*, le *Royal*, l'*Alhambra*.

— Bravissimo, trop facile, mais bravo tout de même. Tu mérites de ne pas mourir tout de suite. Je suis fier de toi. Tu as gagné une médaille en chocolat, une paire de merguez, trois bricks à l'œuf, une semaine de vacances à Korbous, avec libre accès au casino, et un an d'abonnement gratuit à *Tunis journal* !

— Salaud. Pas ça ! Pas ce torchon nazi, je t'en supplie.

— Fais gaffe, Serge. Je te rappelle que tu es dans un camp de concentration et que ces Teutons que tu hais te logent gratis et te donnent à manger à l'œil tous les jours. Et toi, tu fais l'ingrat ? Honte sur toi. Pour te punir, je te retire tous tes cadeaux. Tant pis pour toi.

— Je ne joue plus. Je ne veux plus jouer.

— Dors. On recommencera demain ces exercices amusants d'éveil à la mémoire. Demain, tu me réciteras tous les noms des rues perpendiculaires à l'avenue de Paris, la liste exacte de tous les commerçants de l'avenue de France côté pair et la composition, sans oublier un nom, de l'équipe de foot de l'Union sportive tunisienne. Ça te va ? Si tu réussis cette épreuve, tu auras peut-être le droit, j'en parlerai avec le chef du camp, de retourner chez toi Villa Jasmin. Tu retrouveras ta femme et tes enfants. Vous pourrez mettre en route un nouveau bébé qui, comme te l'a dit le rabbin dans ton rêve, s'appellera Henry avec un « y ». Tu lui donneras aussi, comme l'exige la tradition, un prénom hébraïque. Ce sera Haïm, qui signifie, je te le rappelle mauvais juif, « Vie ». L'existence de ce bébé sera le signe indiscutable que tu n'es pas mort. Jure-moi que tu l'appelleras Haïm en souvenir de nos rigolades au camp ! Jure !

— Je te le jure, Serge. Je te jure aussi que je ne veux plus mourir et je te promets que, lorsque tout cela sera fini, Odette te fera le meilleur couscous-boulettes de la terre.

— Promis, promis. C'est bon de s'amuser. A demain.

⁂

Fin mai 1943.

Ce jour-là, à Saxo, la situation est étrange et ses principaux acteurs n'osent pas même jouer la partition qui leur est proposée. Les jambes tremblent, le corps est de chiffon et l'incrédulité générale. C'est, tout d'abord, l'appel du matin, un matin comme tous les matins de tous les appels. Mais aujourd'hui, il ne fait pas froid. Même Saxo peut sentir le printemps. Même Saxo peut faire illusion et laisser croire qu'il appartient au monde des vivants. Ce matin, le vent fait frissonner les mémoires des morts en sursis et l'on songe à des printemps révolus. Nostalgie. Les « Tunisiens », les hommes dans le camp des hommes, les femmes dans le camp des femmes, sont priés de rester sur place à la fin de l'appel. Que nous veulent-ils ? Sûrement nous massacrer à coups de hache ou nous pendre. Pour papa, sexe circoncis enfin découvert et 100 % juif, ce sera la fin de la mascarade et de la comédie du mensonge. Les cheminées du four crématoire crachent du juif. Papa rejoindra le plus grand cimetière juif du monde, les nuages juifs, le ciel juif constamment renouvelé au-dessus du camp. La vérité, en Naziland, finit toujours par vous rattraper et il ne saurait y avoir de juif indemne.

Les « Tunisiens » sont seuls sur l'immense place. Papa sent le vent printanier lui caresser les couilles à travers cette saloperie de pantalon trop petit. S'il savait prier, il le ferait, mais il ne sait pas. Alors, il se souvient : « Tous avec moi, mes frères, pour ouvrir cette loge, à la gloire du grand Architecte de l'univers… » Dans sa tête, le rituel maçonnique fait les quatre cents coups, à l'envers, à l'endroit. « Grand Architecte, avec moi pour ouvrir mes frères, mes frères de gloire pour ouvrir la loge du grand Architecte. A l'Orient de Tunis, mes frères, ensemble, le cœur plein de gloire, ouvrons la loge. »

Il en a le vertige jusqu'à l'écœurement des « frères » et de la gloire. Mais il faut tenir debout, penser à n'importe quoi.

On attend. C'est long.

Maintenant, dans la tête de papa, la Raison tonne en son cratère. « Nous ne sommes rien, soyons tout. C'est la lutte finale, debout les damnés de la terre, debout les forçats de la faim, l'inteRRRnationAALE sera le genre humain ! »

Frères de gloire et camarades de combat, je ne regrette rien : « Je vais mourir comme tous ceux de mon peuple ! Je vais rejoindre des millions de Lévy et de Cohen-Hadria. » Un temps. Silence. « C'est con, je l'aimais tant la vie, les femmes, les balades en calèche sous les ficus et les jasmins du bord de mer. Petit train de l'été. Tunis, La Goulette, La Marsa, TGM. Rien que du bonheur. C'était hier du côté des vivants. Pique-niques sur la plage, le sable dans les yeux. Je me souviens de Kherredine et de Saint-Germain, d'Hamam-Lif et de Salammbô. Je me souviens de Bichi et de ses poissons-complets, un thon ou un mulet frit, une salade dite “Testira”, bien relevée, un œuf qui patauge dessus et des frites bourrées d'huile, une merveille. Là-dessus, tu bois de la *boukhra* glacée à la folie qui te fait l'œil brillant. Et les femmes rient. Tu disais n'importe quoi et elles riaient les soirs d'été à La Goulette. Je me souviens. Je me souviens de tout. »

« Odette était un peu jalouse, un peu furieuse, mais elle était la plus belle et la seule aimée. Je ne sais pas si elle a souffert de mes bêtises. De toute façon, si je reviens, je ne recommencerai pas. Je jure sur la tête du grand Architecte de l'univers et sur celles de Jaurès et de Blum réunis, que je serai réglo. »

Une heure est passée. Papa ne pense plus à rien. Juste à ne pas tomber. Un chef avance vers un des Tunisiens perdus sur la gigantesque *Appel Platz*.

Il hurle :

— Vous tous, là, *los ! Los !* Suivez-moi.

Au galop pour ne pas perdre les bonnes manières. Où vont-ils ?

Voici les « Tunisiens » dans un bureau. On leur hurle :

— *Schnell !* Faut partir.

— Quoi ?

— Foutez le camp !

— Où ?

— A Paris. Complément d'enquête.

On remercie beaucoup. Les Allemands ont déjà été trop gentils. C'est vrai quoi, ils ne vont pas continuer à nous nourrir et à nous engraisser comme ça ! Merci chef. L'autre continue :

— A Paris, ils savent pourquoi vous êtes là. On n'est pas la poubelle des Français, nous. Chacun sa merde ! Dans une heure, il y a un train. Je veux plus vous voir. Allez, du vent, du balai et que le diable vous emporte !

Pour un peu, ils embrasseraient le SS. Avec la langue. Ils l'étreindraient et le prendraient là sur la table, sans autre forme de procès. Merci, mon chef, merci, c'est promis, on s'en va et je te jure, on ne reviendra pas. Avec nous, c'est comme ça. On nous dit de partir, on part. Merci encore et sans rancune. Vite, récupérer les habits de Tunis. Magnifique, pouffe mon père, j'ai perdu du poids, je suis presque svelte, douze kilos en moins, c'est mieux qu'une cure. Je flotte, je vole et j'ai la tête qui tourne. Vite, vite, voilà les SS. Au revoir et encore merci. On sort du camp. C'est un rêve.

Ils vont nous tirer dans le dos. J'aimerais courir, mais je n'ose pas. J'ai vu l'enfer et j'y ai fait juste un petit aller-retour. Je quitte la mort. Je lui dis *« bye-bye »*, je salue en passant le four crématoire et la chambre à gaz, vite, vite. Le train plombé et chaque mètre nous rapproche de Paris. Parfois, on voit des gares allemandes mal cicatrisées. Et, comme on a mauvaise nature, on applaudit en secret. Notre train lui-même se fait bombarder par les Alliés. Là, vraiment, ce serait trop bête qu'on y passe, alors on n'y passe pas. Dieu, pour une fois, fait ce qu'on lui dit ! Ne plus penser au camp qui s'éloigne, deux cents, trois cents, six cents kilomètres entre lui et nous. Saxo est mort.

J'ai juste avec moi des photos qu'un photographe communiste qui allait vers la mort m'a glissées. Il m'a dit : « Si tu t'en sors, raconte, dis tout. » Je ne sais pas si je le ferai. On ne me croira pas. On pensera que je veux faire l'intéressant et puis, franchement, j'aurai honte d'être encore en vie, d'avoir vu le tombeau des juifs et d'en être sorti. Je préfère oublier. J'ai réussi à sauver aussi mon petit carnet noir. Comme j'avais peur qu'ils me le prennent, j'y avais juste écrit des phrases ou des chansons de rien du tout. J'y disais que tout allait bien, et que *Nina sur la montagne cueillait des fleurs*. Qu'est-ce qu'on peut faire d'autre pour se prouver qu'on n'est pas mort ? Petits poèmes, chansons. Il y a sûrement des héros mais moi je n'en suis pas. Rien qu'un journaliste ou un chansonnier. *Je suis désolé, mon fils, tu ne trouveras rien dans ce carnet*. Juste les chansons d'un papa qui chantait pour ne pas mourir et qui se faisait des frayeurs au radio-crochet de la mémoire. *Pardonne-moi*, comprends-moi. Mais surtout, obéis-moi : chante, toi aussi, quand tu seras grand, mon petit Henry avec un « y », chante toujours. Tu me le promets ?

Je te promets en tous cas, papa, que j'aimerai toujours, et jusqu'à ma mort, l'exquise DCA anglaise qui a abattu providentiellement l'avion bourré de documents compromettants pour toi. Je te le jure aussi, j'admirerai toujours le légalisme des Allemands. « Pas de preuves précises. Complément d'enquête. » La classe ! C'est vrai que tu ne t'appelais pas Lévy ou Cohen. Ça t'a sauvé, papa. Les juifs ne peuvent pas tous mourir, quand même. Je te le jure aussi, papa, j'essaierai de chanter comme toi. Quand j'irai mal dans ma vie, je me souviendrai de ta bonne étoile et je penserai à ce moment où tu es sorti d'un camp de concentration autrement qu'en fumée. Là où tu es vraiment méchant, papa, c'est que tu m'as fait naître en 1946, enfant de la vie qui revient et fruit d'un rêve de rabbin, et que tu m'as laissé tomber, comme maman d'ailleurs, onze petites années plus tard. Avoue que ce n'est pas très fair-play. Alors, je veux bien essayer de chanter mais, je te l'avoue, je me suis dit parfois qu'il aurait mieux valu ne pas me faire naître. Pardon. Pardon. Je t'ai fait de la peine. C'est dommage. Je suis un mauvais fils. Tu me l'as fait payer.

Le train brinquebale vers Paris. Papa ne le sait pas encore, mais la Villa Jasmin se rapproche. Elle est encore loin, de l'autre côté du monde.

25

Depuis le rêve de mon père dans le camp, *je suis au monde*, je me frotte à lui. Je prends mes marques et prépare mon entrée. J'imagine Guilbaud. Je me balade dans sa tête. Je patauge dans son ventre. Je suis le chantre de ses viscères. Je pue le Guilbaud. Aux dernières nouvelles, il est paisiblement arrivé à Vichy et il va bien, merci. Dans la ville d'eaux, il pavane et pérore. Il devient son propre griot.

— Oui, monsieur le chef de cabinet, je crois avoir servi au mieux les intérêts supérieurs de notre pays. A Tunis, j'ai mené une politique ferme mais humaine, dans la juste compréhension des objectifs de la Révolution nationale voulue par le Maréchal. J'ai été contraint, vous le savez peut-être, de remonter les bretelles de l'amiral Esteva… (un temps, un regard furtif, puis, très vite)… une chiffe molle, si je peux me permettre…

L'autre répond :

— Vous avez bien agi, cher ami. En vrai Français. J'ai d'ailleurs une grande nouvelle pour vous.

— Je suis bouleversé, flatté et très honoré.

Deux jours plus tard, il reçoit une médaille. Flonflons et discours.

— Vous avez réalisé en Tunisie une œuvre admirable : l'union de tous les partis et mouvements nationaux. Vous avez intelligemment et loyalement servi les intérêts supérieurs de la Patrie. C'est au nom de l'amiral Philippe Pétain, chef de l'État français, que je vous décore de ce bel emblème des « braves ».

Ça flatte la boutonnière. Bravo, disent les courtisans jaloux. Ils applaudissent mais, je le vois bien, du bout des doigts. Certains pensent tout bas que Guilbaud n'aurait jamais dû fuir la Tunisie en y abandonnant ses hommes, les valises et les poches pleines d'un sale argent volé. Pour ceux-là, Guilbaud est un beau lâche, doublé d'un satané brigand. En qualifiant, en outre, de « patriotes exemplaires », la centaine de phalangistes emprisonnés par les « traîtres gaullistes », l'histoire retiendra que le président Laval leur a rendu, au nom de l'État français, un vif hommage. Il ne sait pas encore, l'Auvergnat, que des dizaines de nazillons, souvent déguisés en arabes et revêtus de gandouras, se cachent dans le bled. Il ne sait pas non plus que monseigneur Gounot, l'âme en paix, a livré aux gaullistes tous les soldats perdus qui avaient cru pouvoir trouver refuge chez lui. Pas fou, le monseigneur. Bref, débandade en Tunisie.

Pendant ce temps, Guilbaud et son âme damnée Jean Sherb, flanqués des « policiers » Firpi et Marty, les tortionnaires de papa, traînassent et baisouillent à Vichy, le Vatican de la trahison, la Mecque des planqués. Une ville faite tout exprès pour Georges qui bombe son torse épais d'ancien portefaix bolcheviste des Halles. Dans les allées du parc, il clame qu'il veut continuer le combat, mais dans le satin. Sacré nom de dieu, on me doit bien ça. Il rouspète, menace, tempête. Je veux un hochet ! Vous avez déjà été décoré. Suffit pas ! Que peut-on faire de plus ? Je veux de l'argent. On dit que vous en êtes bourré. Clopinettes. Je veux beaucoup, mais alors beaucoup d'argent. Pour quoi faire ? Un journal ! Un vrai journal révolutionnaire, pas un truc de couilles molles ou d'invertis. Silence pesant. Georges s'acharne. Le voici intriguant sans relâche auprès de Marion, son ami, ultra parmi les ultras, et secrétaire d'État à l'Information. Il ne lâche pas non plus les mollets de Jean Luchaire, le patron de la presse parisienne, un redoutable et infatigable concussionnaire. Les deux hommes sont faits pour s'entendre. Ils copinaient. Ils s'adorent. Le goût de la trahison, de l'argent et des intrigues les unit. Georges deviendra l'obligeant valet de Jean. Il ira même, pour lui rendre service, jusqu'à le débarrasser d'une jeune maîtresse, Marie-Fanfan de Saint-Loup, dite « Fanfan », une jolie demi-mondaine devenue gênante pour Luchaire, parce que amoureuse, la pauvre chérie.

Bref, Guilbaud continue de faire ce qu'il sait faire : mendier et ramasser les miettes. Sans vergogne. Il mettra ce talent au service d'une mission qui lui est familière : traquer les gaullistes, les juifs et les francs-maçons. Au service de la révolution nationale-socialiste « à la Française », il crée *L'Écho de la France*, un ignoble et luxueux quotidien publié à Paris, sous la houlette de Luchaire et avec la bénédiction de l'ambassade nazie. Le doigt sur la couture du pantalon et la plume serve, Guilbaud devient « directeur politique » du journal. Ça paie. Georges a bien mérité de l'Allemagne. Il se fait rembourser. Le journal triomphera dans l'autocommémoration, la crapulerie, et surtout excellera dans la dénonciation. Pour Guilbaud et les siens, il n'est de salut qu'allemand, de vertu que teutonne et d'admiration qu'hitlérienne.

⁂

L'Écho de la France dénonce « la haine juive qui mène la sarabande de la mort ! Plus de sang ! Plus de cadavres ! Les juifs sont insatiables, boulimiques ! »

Georges, le fuyard de Tunis, réclame des représailles.

Fusillons des « résistants » ! Pour chaque phalangiste, exécutons un gaulliste ou un communiste ! Voilà qui est net. Voilà qui est dit. Il harangue les foules :

— Ce sont les juifs qui tirent les ficelles de monsieur Churchill et d'autres juifs qui dictent leur loi à monsieur Roosevelt.

Des salles vibrantes hurlent à la mort. Meeting réussi.

— Du ghetto de Tunis aux studios de Hollywood, ce sont les mêmes incantations assourdissantes et désespérées ! Que l'on marche sur les pieds d'un juif dans le monde et vous verrez les Rothschild, après avoir appelé à l'aide la conscience universelle, se frotter douloureusement l'orteil !

Guilbaud clame, solennel, sentencieux :

— Y'a même que la vie des youpins qui compte à Buckingham ou à la Maison Blanche ! Alors, voilà, messieurs, ma dernière offre : graciez tous les condamnés nationaux français et, en échange, on vous refilera quelques pouilleries juives que vous pourrez dorloter, choyer et embrasser sur le cul !

La salle Wagram, ce jour-là, lui fait une immense ovation. Les autres orateurs sont enfoncés. Ils n'existent plus. Triomphe de Georges, trente ans et toute sa haine, trente ans et rampant aux pieds de ses bienfaiteurs nazis, trente ans et amoureux, ou presque, de l'excitante Marie-Fanfan, cadeau de Luchaire à son jeune compagnon moins chanceux en amour.

Notre vieux camarade, le ministre allemand Rahn, de retour à Paris, est à la salle Wagram. Connivences et nostalgies tunisiennes. De retour à l'ambassade du Reich à Paris, il regrette, certains soirs, le bon vieux temps, celui de la Villa Jasmin.

26

Des trains, oui, mais français. Françaises aussi, et éventrées, les gares traversées. Paris, 12 juin 1943. Papa et ses amis débarquent à la prison des Tourelles. Des gardiens, oui, mais français. Ils donnent des ordres secs, oui, mais en français. Tour de Babel et centre de triage, la prison des Tourelles voit passer des gens de toutes sortes, résistants et prostituées, mafieux du marché noir ou hommes et femmes en partance pour cette Allemagne que les « Tunisiens » viennent miraculeusement de quitter. Aux Tourelles, ils sont neuf par cellule qui se partagent les cinq sommiers. Et c'est l'attente toujours, oui, mais française. Et la mauvaise bouffe, oui, mais française. Comme sont français les interrogatoires. Qui êtes-vous ? Que faites-vous ici ? Certains des « Tunisiens », un général et un amiral, sont libérés et s'égaillent sur le champ. Papa et les autres sont fermement priés de rester là. Cette affaire sent mauvais, et elle n'est vraiment pas claire. On vérifiera et l'on enquêtera. En français. Des latrines sales, oui, mais françaises, et le printemps et l'été français tout autour du boulevard Mortier.

Paris, entraperçu au-delà des barreaux, des femmes en talons de bois qui claquent, chignons serrés, des amoureux parfois, des camions allemands, des autobus bondés. Et les nuits chaudes. Et les rêves du camp. Les amis disparus là-bas reviennent hanter Serge. Ils l'appellent, susurrent son nom et le supplient de revenir. Tu te souviens où est la chambre à gaz ? Alors, s'il te plaît, Serge, tu entres, tu te déshabilles, tu montres ton zizi, tu es tout nu avec tes frères juifs, que des circoncis, et puis il y a le gaz. Tu vois pour la dernière fois des vivants, des gars comme toi ou des enfants qui ressemblent aux tiens, et, très vite, tu suffoques et tu meurs sans trop t'en rendre compte. Je ne dis pas que c'est agréable, mais ça va vite. Toi, Serge, tu t'es démerdé, tu as fui, tu as trompé ton monde, tu as fait croire que tu n'étais pas juif, tu es un lâche. Je te dénoncerai, on te dénoncera tous. Le lendemain c'est un autre rêve. Il voit des femmes embrochées au-dessus d'un feu. Un barbecue de femmes juives, les seins grillés, les sexes en flammes. Des enfants sont écartelés comme des petites cailles. Tu veux une jambe ? Un petit bras ? Là il y a un peu de viande, mords, Serge, mords. Toutes tes nuits te ramènent à Saxo. Tu es là depuis la fondation du camp en 1933. Ils t'ont oublié. Tu as une barbe qui s'entortille sur les barbelés, pendouille et enlace les miradors. Tu fais caca et ta merde devient un fleuve immense qui submerge les blocks et dévaste l'*Appel Platz* où l'on ne circule plus qu'en barque. Seuls les SS ont droit aux masques à gaz. Des haut-parleurs disent que les juifs doivent sentir, mais vraiment sentir, ce qu'est la sale merde d'un juif démasqué qui n'avait même pas eu le courage de dire qu'il était juif. Il y a des grenouilles vertes, des carpes farcies, des anguilles qui glissent dans l'eau noire et des SS dentistes et scaphandriers qui arrachent les dents en or des cadavres qui flottent à la surface. Des corbeaux et des aigles tournoient et s'abattent. Ils picorent les yeux, les sucent et les gobent. Festins d'yeux bleus ou noirs, marrons ou jaunes. Yeux de rabbins ou de ménagères, d'horlogers ou de dentellières. La musique du camp, l'orchestre symphonique de Saxo, parade sur un grand paquebot tout illuminé. Les instruments dégoulinent de fiente sous les lampions jaunes et bleus. On chante l'hymne de la mort tiède. Un SS fouette une fillette dont les os minuscules explosent en fine poussière ; un autre éventre une femme enceinte avec la pointe de sa baïonnette. Il s'acharne. Il s'y reprend à plusieurs fois. Des centaines de bébés sortent du corps de la dame par le cul ou les yeux, la bouche ou le sexe. Les bébés s'appellent tous Henry avec un « y », à l'américaine. Tous les nouveau-nés sont convoqués sur l'*Appel Platz*. On les circoncit à la hache, d'un coup, d'un seul, et on les coupe comme des tranches de jambon en fines lamelles. Des prépuces, on fait une soupe épaisse que l'on donne à boire aux porcs. Certains bébés servent de ballons pour les enfants des SS du camp. Quand ils sont dégonflés, on en fait de souples tapis fort prisés dans les coquets appartements SS, où les lampes de chevet sont recouvertes de peau de juifs. Une nuit, à l'*Appel Platz*, on cherche papa. Papa, où est papa ? Tout le monde sera tué si on ne trouve pas ce salaud de Serge Moati, cet enculé, ce pourceau. On ne le trouve pas, alors les mitrailleuses se déchaînent, il y a des farandoles de feu, une mer épaisse de sang, avec des vagues, des cyclones, et même un raz-de-marée. Les miradors sont engloutis et disparaissent. Moati a fui. Vous savez où il est, ce planqué, ce fils de chien, ce bâtard de fils de pute ? Non, monsieur le chef, disent, tremblants, Goebbels et Himmler. Vous ne savez pas ? Cravaches de sang sur des corps disloqués. Hitler est très en colère. Il est entouré d'incapables et de traîtres. Hitler a un compte personnel à régler avec ce Moati. Il me le faut. Il fouette l'énorme globe terrestre qui se trouve devant lui dans son bureau de la Chancellerie. Le globe hurle de douleur, les pays pleurent, les continents lacérés tournent de l'œil et la Terre explose. Trouvez-moi d'autres planètes, je veux ce Moati. En voilà dix, en voilà vingt, chef. Je le chercherai partout. Si je ne le trouve pas dans cette Voie lactée-là, que l'on aille m'en chercher d'autres ! Je les avalerai, moi, les Voies lactées, toutes crues, au petit déjeuner ! Où est le Moati ? Les officiers tremblent et font pipi sur eux. Trouille céleste et tellurique. On ne sait pas, Führer chéri et adoré, lumière de nos yeux, trésor de notre cœur, on ne sait pas où est le Moati, mais on peut te donner beaucoup d'autres youpins ! Et des juives grasses aux seins lourds, des juifs comme tu les aimes aux grands nez comme des ponts arqués, avec des narines géantes pleines de vers et d'or et des lèvres gourmandes qui recrachent des montagnes d'argent. On peut tout te donner, Führer adoré, exquise lumière divine, Himalaya de la pensée, père et fils chéri du Reich éternel. Oui, tout est à toi ! Mais pour Moati, il te faudra attendre. Hitler bave, ses yeux se révulsent, il tombe à terre, hurle. Un diable le possède, rien ne saurait le maîtriser. Il a mal. Il va mourir. Ses yeux explosent ; sa moustache est en flammes. Il y a des poussières de milliards de Hitler dans le monde.

Papa se réveille en sursaut. Il s'étrangle. Il a avalé de l'Hitler. Il est épuisé. Nous sommes en pleine nuit. Il n'a pas eu le droit à la couchette. Il est par terre, en sueur, en larmes. Vite, vite, penser à autre chose, dormir encore une heure, mais surtout ne pas retrouver ce cauchemar. Où est Odette ? Et les enfants, où sont-ils ? Brochettes de Vivi et de Nine, enfants éventrés. Non, vite, vite, autre chose : Tunis en flammes, la Villa Jasmin en feu. Vite, autre chose, je n'y arrive pas. Il est cinq heures et demie. C'est l'aube d'été sur Paris. Une vague odeur de faux café. Des ordres, oui, mais en français. Des hurlements, oui, mais en français. Le jour se lève sur la prison des Tourelles. Les cauchemars s'en vont au loin. Regardez-les détaler par petits troupeaux et se dissoudre dans un ciel bleu au-dessus de la prison. Les cauchemars sont pulvérisés grâce à une DCA qui sait les reconnaître et les abat un à un.

Serge s'éveille vraiment. Hitler ne l'a pas rattrapé. Il est vivant !

⁂

Guilbaud, lui, ne désarme jamais. Il a appris, je ne sais comment, que les « Tunisiens » ont quitté le camp et se trouvent, tranquillement, à la prison des Tourelles, une sorte d'hôtel quatre étoiles en plein Paris. Gaz et électricité à tous les étages. Du luxe pour ces salopards. Du satin pour ces enflures que j'avais pourtant refilées aux Allemands pour qu'ils aillent au diable. Guilbaud s'énerve. Il éructe dans *L'Écho de la France.* Il s'en prend au relâchement général, soupçonne fortement Vichy et ses connards d'être intervenus auprès des Allemands pour libérer les « Tunisiens ». Décidément, je suis le seul vrai révolutionnaire de ce pays de branleurs et de lâches qui pétochent devant les juifs et les Anglo-Saxons. La France a besoin de moi. Ma patrie s'écroule ; elle a besoin d'hommes à couilles et à poigne. Des couilles, j'en ai. N'est-ce pas, Marie-Fanfan ? Et ma poigne, on le sait, est de fer. Ces gaullistes et ces socialistes, peinards aux Tourelles ! Je deviens fou. J'explose. Je craque. Heureusement, Marie-Fanfan, pour me calmer, me suce. Ses doigts légers pianotent sur mon sexe qu'elle trouve très « mignon », plus « gentil » que celui de Luchaire, son ancien amant. « Gentil », qu'est-ce qu'elle veut dire par « gentil » ? Elle aime sucer, Marie-Fanfan, et sait me dire des saloperies qui m'excitent. Elle me parle de la « queue d'acier » de Luchaire et des chattes mouillées de ses maîtresses. Fanfan aime les filles dont le clitoris se dresse, pointe et bande comme un petit zizi. C'est doux et dur, dit-elle. Elle aime tout, Fanfan-l'enfant offerte au monde. Elle s'endort, les seins luisants, le sexe enflé.

Le jour inonde la chambre du grand appartement de l'avenue Montaigne que j'ai pris à des juifs roumains partis on ne sait où. Fanfan a déjà mis ses bas, des mules de pute, et un déshabillé léger comme un nuage d'été. Elle virevolte, passe des coups de fil, organise sa journée, shopping à l'infini, un thé entre copines, un dîner chez *Maxim's*, un verre au *Bœuf sur le toit*, puis une soirée comme elle les aime où les corps se cherchent dans le noir et se prennent sur des coussins posés à même le sol. Magnifiques soirées où le champagne inonde les sexes dressés que Marie-Fanfan et ses amies savent flatter avec un talent très parisien. Les nuits de la capitale sont glorieuses. On rit. On chante, tard dans la nuit, que l'on jure de mourir en SS. Cela rappelle Tunis. Georges a la nostalgie de là-bas. A l'en croire, il y était Grand Vizir ou Céleste Calife. Lui, il ne baise pas trop. Sa queue est naine ; il est gras et s'essouffle. Trop de bide. Son sexe disparaît dans la graisse. Le matin, il part au journal. Son chauffeur, un ancien flic de Tunis, l'attend respectueusement. Il se prend pour un ministre et s'en va, l'air grave, pour une journée où il faudra sans cesse prendre, selon lui, des décisions très décisives.

Moi, dit Fanfan, j'irai chez *Schiapparelli*. Ils ont des bottines exquises et pointues, comme les aiment les hommes qui sont tous, Français ou Allemands, de sacrés fétichistes.

Moi, je fais de la politique, déclare Georges. Et il y a intérêt à en faire de manière sérieuse ! A Alger, on s'acharne sur mes amis de la Phalange. De Gaulle montre son visage hideux. Il faut que la vraie France triomphe. Pour cela, il convient de s'engager, sans ticket de retour, dans la voie de la vraie collaboration avec l'Allemagne. Chassons les tièdes et les planqués. Libérons Vichy des mous et des traîtres ! Faisons enfin ce que j'ai réussi en Tunisie, l'union de tous les partis et mouvements nationaux. J'y travaille et nous y arriverons, foi de Guilbaud. L'été est, néanmoins, doux à

Paris. Depuis le dîner chez *Maxim's* où Luchaire m'a offert Marie-Fanfan, je retourne souvent rue Royale. J'y ai pris mes habitudes puisque l'endroit m'a porté chance. Huîtres, perdreau et tarte Tatin. C'est mon menu. On me reconnaît et on me courtise. J'y croise les vieux soiristes d'avant-guerre, les La Rochefoucauld, les marquis de Castellane ou de Polignac. Ils me font rire. Dans le temps, ils m'auraient méprisé ou ignoré, mais, que voulez-vous, ils ont changé. L'autre soir, une vieille aristo, en se repoudrant, a déclaré solennellement à Georges, le maître d'hôtel principal, qui est devenu un de mes copains :

— Ce que l'on mange ici maintenant, c'est de la merde !

Georges, un ancien de La Courneuve, lui a répondu :

— Peut-être bien, madame la Duchesse, mais, au moins, on en trouve encore !

Cette histoire, on l'imagine, a fait, grâce à moi, le tour de Paris. Elle a même fait rire Goering ! Le gros maréchal était assis à la table de droite, vous savez, près de l'orchestre. Il hoquetait. Il s'étranglait. Signe des temps, je fais partie du fameux Club des Cent. J'y ai été coopté par une bande de joyeux drilles. On se réunit une fois par mois dans un restaurant ami. Grâce à un camarade revenu du front de l'Est, on a eu droit l'autre soir à des tonnes de caviars Sevruga et Beluga, s'il vous plaît. Le gaillard de la LVF, une baraque timide comme une midinette, s'est fait applaudir. Sur les bons toasts beurrés et citronnés, on a avalé d'épaisses couches de caviar noir et gris. Un rêve. Le mois d'après, à la Villette cette fois, le Club des Cent a baptisé à coups de niagaras de beaujolais des viandes exquises, juteuses et goûteuses comme celles d'avant-guerre. On en titubait de bonheur. Je vais du *Chapon fin* à *Calvet*, de *Ramponneau* à la *Reine Pédauque* ou à la *Tour d'argent*. J'aime ça. Je parle et l'on m'écoute. Je marque des points. Tournées, beuveries et papotages. Les Allemands savent que je suis leur allié. Ils me font confiance. Nous avons des bonnes relations de camaraderie. Ça se paie. Et ils paient bien.

Après le travail, ce sont les nuits de Paris dont Marie-Fanfan est la petite reine ! Après Tunis et ses privations, il est bon que la joie revienne. Les démocrates ont la fesse triste, pas nous. Les juifs pleurnichent et se lamentent, pas nous.

Ah ! Monsieur Moati fils, je vous imagine en train d'écrire sur moi, vous qui avez la passion ramollie. Vous devez avoir la langue et la queue pendantes. Vous rêvez. Vous êtes petit, monsieur Moati, tout petit, en vérité. Vous n'êtes rien. Vous n'avez jamais connu, et vous ne connaîtrez jamais, ce sentiment somptueux de jouissance d'un monde où tout semble vous appartenir. Et vous appartient, en réalité. Vos femmes tremblaient alors que nous renversions des magnums de champagne sur les corps de nos maîtresses. L'Europe, le monde, étaient notre terrain de chasse et le gibier pullulait. J'ai braconné votre père et les siens. Il m'a échappé à Saxo, un miracle, mais je vais m'acharner, et il ne retrouvera jamais, vous m'entendez, jamais, sa Tunisie.

[illegible] nels et tendres dorées aux joues [illegible]

27

A Tunis, cet été 43, la ville est si chaude que le goudron des rues brûle. Les ventilos font grise mine. Vivi et Nine sont graves comme des orphelins. Où est ton papa ? demandent ceux qui ne sont pas au courant. Il est parti. Ah ! Et où ? Je ne sais pas ! Vivi imagine son père comme un héros, les armes à la main, décapitant tous les méchants d'un coup de sabre magique. Nine pleure son père, qu'elle imagine tout à fait mort et peut-être lui écrit-elle, en grand secret de petite fille, des poèmes solennels et tendres, dédiés à sa gloire.

Les *bambolonis*, ces beignets au miel qu'aimait tant papa, n'ont plus le même goût. La Goulette n'a pas retrouvé la joie des soirées d'avant et Tunis compte ses morts en retenant son souffle. La guerre mondiale n'est pas finie. Les libérateurs, entre deux campagnes, bronzent à Gammarth. Une nuit, maman a rêvé que, sur une plage, elle retrouvait un cadavre, celui d'un noyé défiguré et gonflé d'eau. Son ventre bourré de petits poissons explosait. Une des sardines avait la tête de papa. Le noyé riait et c'était comme si toute la mer immonde sortait de sa bouche. Sale cauchemar de l'été 43. Un de ces rêves qui vous donnent envie de vous laisser tomber, morte, dans les rues paralysées de chaleur d'un Tunis qu'elle n'aime plus.

Maman a trente-huit ans. Elle est belle mais ne le sait plus. Un jour, un soldat américain, sûrement d'origine italienne, l'a sifflée dans l'avenue. Bien sûr, elle ne s'est pas retournée. L'autre a insisté. Si, si, c'est vous que je siffle, jolie madame. Maman a pleuré. L'Américain n'a pas compris et il s'est dit que les Tunisoises sont vraiment des bêcheuses et des compliquées. On les libère et elles font leurs mijaurées. Tant pis pour celle qui ressemblait tant à ma sœur *Eugénia*, se dit le Rital.

Maman fait la cuisine pour les enfants avec ce qu'elle a, c'est-à-dire rien. Les jours passent ou plutôt ne passent pas. A la villa, l'été est interminable.

⁂

Cette nuit, j'ai rêvé de papa. Je retranscris notre dialogue, tel quel.

— Hier nuit, me dit-il, je me suis promené du côté de la Terre.

— Allons bon. Encore.

— Oui, monsieur, et je t'ai vu. Tu as vieilli, Henry avec un « y ». Je veux dire que tu es maintenant plus âgé que moi. Je suis mort à cinquante-trois ans, le 16 août 1957.

— Merci de me rappeler cette date. Mourir la veille de mon anniversaire, bravo. Moi, trois ans de plus, je ne t'ai rien demandé et tout va bien. Merci.

— Calme-toi. Sinon je repars.

— Reste, puisque tu es là.

— Merci. Je te regarde, Henry, je te regarde.

— Et qu'est-ce que tu vois ?

— Un vieil orphelin qui essaie de se construire une histoire, presque une légende.

— C'est mal ?

— Non. J'aurais, bien sûr, pu te raconter des choses. Mais je n'ai pas eu le temps. Je suis parti trop tôt.

— Tu aurais pu revenir de temps en temps. Je te l'ai souvent demandé quand j'étais petit.

— Il fallait que tu te fasses les dents, que tu apprennes à te débrouiller sans maman ni moi.

— Quel salaud !

— Je vois que ça va. Tu insultes les morts, c'est bon signe et ça prouve que tu es vivant. J'ai cent ans cette année. Cent ans ! Là où je suis, on s'ennuie. Alors toi, profite. A propos, on me dit, car ici on sait tout, que tu écris un livre sur moi.

— Sur vous tous. Sur nous. Tu es un drôle de cabot. Je n'écris pas « que » sur toi !

— Allons, c'est moi qui t'intéresse, et moi seul, ne mens pas.

— Si tu veux…

— J'aime mieux ça. Bon prince, je vais te filer ma mémoire. Après tout, je n'ai pas pu te faire de cadeau pour tes onze ans. Voici ta revanche : tu as toute ma mémoire. Ça te va ?

— C'est gentil. J'ai besoin de revenir sur un point précis, après ta sortie miraculeuse d'un camp de concentration en Allemagne…

— Oui, et alors ? Ça ne te plaît pas ça, Henry, hein ? Tu aurais préféré que j'y crève ! Oui, je m'en suis sorti.

Je ne vais tout de même pas passer mon éternité à m'en excuser.

— Bon. D'ailleurs si tu étais mort là-bas, je ne serais pas né.

— Merci de t'en souvenir.

— Avançons. Si j'ai bien compris, tu te retrouves à Paris, prison des Tourelles ?

— Exact. Au cœur de Paris, boulevard Mortier, et alors ?

— Je veux tout savoir.

— Prends ta plume. Nous n'avons pas de temps à perdre. L'action se passe en septembre 1943.

— Je sais.

— Je vais te parler de fraternité, de courage et d'autres babioles. Tu veux ?

— Je t'écoute.

— Ne fais pas ton malin.

— Je ris avec les morts, c'est plutôt gai.

— Fais ce que tu veux. J'ai l'éternité pour moi. Tiens-toi bien : je me suis évadé de la prison des Tourelles ! Tu prends ton père pour un manchot ou quoi ?

— Je ne me permettrais pas. Je savais que tu t'étais sauvé…

— Mais ?

— Mais je voudrais savoir comment tu as fait ! Je ne te vois pas en train de scier les barreaux de ta cellule ou de creuser un tunnel avec une cuillère. Et encore moins de suspendre un drap noué en haut du mur d'enceinte de la prison.

— En effet, c'est mieux que ça. Cherche…

— Une montgolfière se pose dans la cour des Tourelles, tu y embarques et tu te fais la belle ?

— Non. Froid…

— Tu tues un maton. Tu prends son uniforme et tu sors tranquillement par la grande porte, en saluant les gardiens.

— Assez chaud…

— On t'embrasse. On te dit de filer et de ne pas recommencer ?

— Non, attention à la fausse piste.

— Langue au chat. Tu m'épuises.

— Les dents.

— Quoi, les dents ?

— Tu sais que je suis, comme toi, légèrement hypocondriaque…

— Oui, on m'a dit que tu étais du genre à entrer dans les pharmacies pour demander s'ils avaient des nouveautés.

— Très drôle.

— Et alors ?

— Une nuit, j'ai hurlé. Vraiment hurlé à la mort. J'ai réveillé toute la prison. Allez, debout là-dedans ! Tout le monde sur le pont. Et les matons sur les dents, si j'ose dire. Le lendemain, j'ai été conduit quasi agonisant en fourgon blindé chez le dentiste psychopathe de la prison de la Santé.

— Et ?

— A un feu rouge, un gendarme m'a ouvert la porte et m'a dit : « File, file vite ! »

— Je ne te crois pas !

— Tant pis pour toi. Si c'est comme ça, j'arrête.

— Continue, je t'en supplie.

— Le gendarme a donc ouvert la porte du fourgon et j'ai couru à toutes jambes. Il a tiré en l'air plusieurs fois, mais moi, j'étais déjà loin. Ce gendarme sans nom, j'aimerais le retrouver. Remarque, on devait avoir le même âge et il doit être mort à l'heure qu'il est. Mais lui est sûrement au Paradis.

— Pas toi ?

— *No comment*. Ce gendarme doit y être comme la quincaillière.

— La « quincaillière » ?

— A force de courir, je ne savais plus où aller. Je suis entré, à bout de souffle, dans une boutique comme ta mère les aimait tant, avec des montagnes de clous et de vis, des marteaux, des punaises, du papier peint, de la colle, des poêles, des casseroles et des ampoules par milliers…

— Ne me noie pas dans les détails.

— Pardon. Cette femme me voit donc débarquer.

— A quoi elle ressemblait ?

— Tu vois, c'est toi qui m'interromps tout le temps. Je ne vais pas y arriver et tu vas encore râler. Je t'entends d'ici : « Mon père ne m'a jamais rien raconté. J'suis qu'un pauvre orphelin et tout le tintouin ! » Alors, toi qui es beaucoup plus vieux que moi, écoute les exploits de ton jeune père de quarante ans. Était-ce l'effet de mon charme dévastateur ou de la grande peine que lui provoquait mon triste état, cette sainte femme me pousse dans son arrière-boutique, sans me poser de questions. Elle avait entendu les coups de feu et Sylvaine Garcin, puisque tel était son nom, avait tout compris.

— Tout ?

— Bien sûr. C'était une patriote, une femme remarquable.

— Et tes dents, tes dents, mon pauvre papa ?

— Une feinte, mon garçon ! Rien qu'un numéro d'acteur, comme sur la scène du Phalène, à Tunis. J'avais joué le tout pour le tout. Et ça a marché.

— Tu es un héros ! Je l'ai toujours dit et j'en ai, enfin, la preuve.

— Non, pas moi. Le directeur de la prison, Claude Dupont, responsable du réseau d'évasion, oui. Le gendarme anonyme oui. Madame Garcin, oui. Moi, je n'avais pas le choix.

— Ne fais pas ta coquette.

— Je suis mort. Je fais ce que je veux.

— C'est vrai, j'oubliais.

— Je suis resté quelques heures avec Sylvaine. Elle m'a nourri et habillé comme elle a pu. Elle m'a même trouvé un peu d'argent en me disant : « Vous me rembourserez plus tard, lorsque tout sera fini, en France libre. Bon vent ! »

— Dis moi, elle était jolie ?

— Tu as l'esprit vulgaire. Quelle importance ?

— Je t'aime papa. Et après ?

— J'ai marché, marché, les fesses serrées et le cœur en chamade. Le lendemain, par un mélange d'acharnement et de hasard, j'ai réussi à remettre la main sur un ancien camarade socialiste, Jacques Popelin. Il était membre du réseau Libération-Nord et m'a proposé une planque chez des amis sûrs. Tu te souviendras de ce nom, Popelin ?

— Je te le promets.

— Et de madame Garcin, et de Claude Dupont ?

— Je te le jure.

— Et de tous ces Français, qui, par la suite, ont caché chez eux un évadé juif-résistant-socialiste et franc-maçon ?

— Juré !

— Tu ne t'autoriseras plus à dire, penser ou à laisser penser que tous les Français étaient des collabos ?

— Non.

— Je te rappelle que le serment prêté à un mort, surtout s'il est de retour sur Terre, est solennel. Si tu es parjure, tu iras dans l'enfer des mauvais fils. Tu auras la langue arrachée, le corps tranché par le milieu et ta cervelle sera offerte en pâture aux rapaces.

— Tu me fais peur. Arrête !

— Les morts ne sont pas tous bienveillants.

— Je le sais depuis que j'ai onze ans, si tu vois ce que je veux dire. Qu'est-ce que tu as fait les jours suivants ?

— Je me suis fondu dans la masse.

— Comment ça ?

— Les copains socialistes ne m'ont pas lâché. Ils m'ont donné de l'argent et du courage. Des types braves et d'impeccables fabricants de faux papiers. Je suis devenu, quelques jours après, Serge Michaud, agent de commerce, né à Paris et domicilié 12, rue de Maubeuge. J'ai souvent changé d'adresse et d'identité. Pour le réseau et la presse clandestine du parti, je suis devenu le « Camarade Jasmin ». Un hommage sentimental à la villa. Et un pseudo pratique pour les copains. Ils ont à Paris une station de métro qui s'appelle comme ça. Bref, j'étais libre et vivant. Mais je suis sûr que tu connais la meilleure ?

— Dis toujours.

— Guilbaud a appris mon évasion !

— Quoi ?

— Oui. Et tu sais comment ?

— Non, bien sûr.

— En lisant son journal. Cette crapule de Jean Sherb, son adjoint à Paris comme à Tunis, m'a croisé dans la rue !

— Pas vrai !

— Si, mon petit père. Et il l'a même écrit dans *L'Écho de la France*. Tu l'as pas trouvé dans ta « doc » ? Voici, mot à mot, la prose de Sherb : « Les juifs vont bien, merci. Tranquilles, libres et sans étoile jaune, ils déambulent dans les rues de Paris. Hier, à 12 h 30, place de l'Opéra, j'ai croisé une vieille connaissance, le sieur Serge Moati, socialiste notoire, juif anti-français et dissident à la solde des Anglo-Saxons ! En liberté ! Comment cette racaille peut-elle se retrouver baguenaudant au cœur de Paris ? Honteux laxisme de Vichy qui a laissé s'échapper cette fiente juive et devra bien, un jour, rendre des comptes aux vrais patriotes ! Le signalement du sieur Moati a, bien entendu, été transmis à la Gestapo, naturellement moins "zazou" que notre police où les traîtres pullulent. » Fin de citation. Cette information a été reprise par le *Pilori* et *Je suis partout*, autres torchons de l'époque.

— Comment as-tu réagi en lisant cette horreur ?

— Tu vas rire…

— Les occasions sont rares. Vas-y !

— Eh bien, j'étais assez flatté que ma modeste personne intéresse autant ces crapules. D'ailleurs, mes camarades ont été impressionnés. Je devais être un personnage considérable pour susciter une haine aussi persévérante. Bref, après ces articles qui ont salué mon évasion, je suis vite devenu une petite vedette au sein du réseau. Et tu sais peut-être que j'aime ça.

— Je tiens de toi.

— Juste une question, fils. Tu es retourné souvent à la Villa Jasmin ?

— Pas trop. J'avais peur.

— De quoi, mon Dieu ?

— De vous y voir, toi et maman.

— Allons bon ! C'est curieux ça.

— Pourquoi ?

— Tu nous appelais. Tu nous priais et tu nous cherchais. C'est que tu voulais nous revoir, non ?

— Pas si simple. Je voulais surtout m'attirer vos bonnes grâces et vous faire comprendre que j'étais un bon petit gars. Mais, franchement, j'ai toujours eu peur des fantômes.

— Je te fais peur ?

— Non. Je dirais même que tu m'amuses. Tu es mort, mais tu es vivant en moi. Donc je vais bien. Je te fais revenir quand je veux. Et puis, quand j'en ai assez, je te fais repartir. C'est moi le maître du jeu. J'y suis enfin arrivé.

— Prétentieux.

— Bon sang ne saurait mentir. Je suis ton fils. Allez papa, va-t'en ! Je dois penser à maman.

28

— Henry, ça fait quelques pages que tu m'as oubliée. Je peux te demander pourquoi ?

— Maman, je…

— Ça ne m'étonne pas, mais quand même. Je veux une chose, une seule : l'égalité de traitement entre ton père et moi. C'est trop te demander ?

— Écoute-moi, maman !…

— Je t'écoute. Mais je te préviens, ne t'emberlificote pas. Sois précis. Je veux des faits.

— Voilà. Je suis un garçon.

— Ce détail ne m'avait pas échappé. Et alors ?

— Rien.

— C'est un peu court, non ?

— Maman, les destins des pères enflamment les fils. Nous sommes d'éternels Isaac prêts à être sacrifiés par des Abraham un peu bornés, mais bons gars. Bref, des fils. Les pères marchent sur nos ventres. Ils nous tuent et nous fascinent. Comme il est mort quand j'étais petit, je ne vois aucun défaut à papa. Je l'idéalise. Je le rêve.

— Je me méfie des exaltations des fils ! Mon pauvre, si tu savais…

— Quoi ?

— Laisse tomber. Pourquoi, moi, n'ai-je pas droit à tes flonflons ?

— Est-ce que je t'aime moins que papa ? Est-ce que tu me manques moins que lui ? A la première question, je réponds non. A la deuxième, oui.

— Alors, je ne te manque pas ?

— Non.

— Merci.

— Écoute !

— J'en ai trop entendu.

— Laisse-moi te faire un aveu : je suis un cannibale.

— Allons bon.

— Je t'ai mangée. Tu es en moi, dans mon ventre.

— Il ne manquait plus que ça.

— Mais si, je te promène ma vie durant. Je suis gros de toi, éternellement enceint de toi.

— Henry, arrête.

— Si on m'ouvrait par le travers, c'est toi que l'on trouverait. Intacte, pas comme une momie. Et toujours belle.

— Ouf.

— La petite voix qui parle en moi, c'est toi. Pas papa, toi. C'est toi qui me dis de faire ou de ne pas faire. Tu chuchotes. Tu ne me lâches pas. Parfois, je m'entends et c'est toi qui parle à travers moi.

— Tu es donc cannibale et ventriloque ! Tout ça à la fois ?

— Oui. Ne te moque pas. Tu m'enrobes. Tu m'enlaces. Je suis toi. Tu n'es pas morte. Tu vis en moi. Pas papa. Lui, il vient et il repart. Il a sa vie. Toi, non. Ta maison, c'est mon ventre. C'est aussi ton éternité. Nous avons vécu et vieilli ensemble. Nous mourrons ensemble. Les mères ne meurent qu'avec leur fils. Je t'ai gardée au fond de moi, bien au chaud depuis ce jour d'octobre 1957 où tu as voulu rejoindre papa en pensant, naïvement, m'abandonner. C'est comme ça. Pour en revenir à mon livre, je veux bien écrire sur toi mais tu te dérobes. Tu cachais déjà ton visage lorsque je te photographiais. « Arrête, Henry, avec tes photos, je ne suis pas jolie. Tu sais bien, Henry, que je n'aime pas ça ! » Tu te souviens ? Il ne me reste rien de toi, maman. Presque rien. Trois ou quatre photos, une odeur de poudre de riz, un vague et lointain parfum. Je ne t'ai jamais quittée, maman, mais tu n'es pas un souvenir, ni un rêve, et encore moins un idéal. Je te le répète : tu es moi. Tu es ma mère en moi. Morte mais vivante.

Après un temps d'arrêt, Odette reprend :

— Je crois que tu es de mauvaise foi Henry. Tu es, pour tout dire, assez hypocrite. Tu vas jusqu'à soutenir que, si tu ne parles pas de moi, c'est de ma faute. C'est fort, ça. Tu es bien le fils de ton père : tu dis n'importe quoi. Excuse-moi, contrairement à lui, je suis discrète et je ne frappe pas à ta porte tous les jours.

— Tu ne m'as ni écouté ni compris.

— Plus et mieux que tu ne le crois. Je vais même te dire : tu n'existes pas sans moi.

— Voilà, voilà ! Tu y es.

— Oui, mais tu ne te rends pas compte à quel point, mon pauvre garçon. C'est ta naïveté qui m'enchante. Je vais te parler franchement. Je suis ta femme, ta seule femme. L'unique, l'absolue, pour l'éternité. Tu m'as compris, la seule ! Je rends jalouses tes fiancées et tes épouses. Elles voudraient me tuer ces pauvres filles, mais elles n'y arrivent jamais. Je suis déjà morte et je t'ai mangé ! Comprends-moi bien. Tu ne peux pas aimer ta mère et toutes les autres. Tu n'y suffirais pas, mon garçon. Tu sais bien que j'ai raison. Tu as essayé, et c'était pathétique, de faire le tour des femmes pour m'oublier mais c'est impossible de larguer une mère juive. Tu aurais dû le savoir. Tu fais le bravache, mais tu es un bon petit. Je t'ai bien élevé. J'ai une seule adresse sur Terre, une seule, la tienne. Quand tu caresses une femme, c'est moi qui jouis. Quant tu quittes une femme, c'est moi qui pleure. Enfin, ne t'inquiète pas, je m'en remets. En général, elles n'étaient pas terribles, mon chou. Tu aurais pu me demander conseil plus souvent.

— Je l'ai fait.

— Pas assez. C'était pourtant gratuit. Je sais ce qui te convient. Je te connais par cœur. Je te connais comme si je t'avais fait. Ce ne sont pas que des phrases toutes faites. Elles valent souvent mieux que ta psychologie de bazar. Parfois, et c'était très drôle, tu voulais m'échapper. Tu faisais le malin, tu jouais au grand garçon ou à l'homme. Pauvre petit. Je te laissais faire et tu revenais. Ça me rappelait les après-midi au parc du Belvédère, à Tunis. Tu t'éloignais de moi. Tu te perdais et tu pleurais. On te ramenait à moi, tu courais vers moi, tu entrais en moi. Je te caressais les cheveux. Tu avais eu si peur. Tu as toujours cru que papa et moi, on n'était pas tes vrais parents et que l'on t'abandonnerait. Quand on est morts, tu t'es même dit : « J'avais raison, j'en étais sûr, ils ne sont pas morts ! Ils se sont sauvés.

Ils m'ont fui. Ils m'ont lâché pour retrouver leur vrai fils de l'autre côté de la Terre. » Papa et moi, on t'observait. On t'a vu ne pas pleurer et serrer les poings. Tu avais ta preuve : nous n'étions que de faux parents. Tu jubilais. Après, tu es devenu tout triste. Mais personne ne le savait. Seule, moi, ta maman, j'étais au courant. Alors, je suis revenue habiter en toi. Je suis brave. Je suis une mère. Les hommes disparaissent. Pas les mères.

— C'est ça, maman. C'est ça. Je te jure que c'est ça.

— On ne jure pas.

⁂

Maman, tu ne sais pas si ton mari reviendra. Tu ne sais même pas où il est ni s'il est vivant ou mort. Cet été s'étire.

Les Taïeb et les Valenzi, tes voisins, ont rouvert les maisons des plages. Il y a du sirocco et les draps blancs se déhanchent lentement au souffle des terrasses. Les restaurants ripolinés, au soir venu, auront des allures de fêtes et cracheront leur musique et leurs fumées sur les trottoirs. Les poissons auront le goût d'avant. Salem, le glacier, aura retrouvé le parfum qui fait que son sabayon est le meilleur du monde.

Vivi a eu son premier coup de soleil de la saison et Nine fait sa coquette sur la plage avec Richard, dit Richou, le fils des Liscia. Ton frère André t'inquiète. Il ne pense qu'à Israël. Il a une seule idée en tête : partir « là-bas » dès que la guerre sera finie. Il apprend l'hébreu et s'entraîne à des sports dangereux. Il a grandi. Il est toujours ton petit frère, mais tu ne sais plus comment lui parler. Tu te sens très seule. Tu revois les Berrebi et les Sarfati, tes cousines Mimi et Zizou. Tu les envies, ces idiotes. Leurs hommes, en tricot et en short, s'éventent au long des rues chaudes. Certains font même la sieste comme avant la guerre, et les nuits sont douces comme leurs mains. Pour tes cousines, rien ne s'est passé. Certaines nuits, tu les entends faire l'amour. Zizou, tout excitée, rigole. « Albert, chut Albert, on va réveiller tout le monde. » C'est fait. Et tout le monde rit. Toi, tu te dis que Zizou et Mimi ont de la chance d'avoir des maris pas déportés ni rien, des maris posés bien à plat comme des barques sur la mer à midi dans le golfe de Sidi Bou-Saïd, à l'heure où rien ne bouge. Des maris stables. Des maris juste là. Toi, tu es une veuve ou presque. On n'ose te parler de rien et surtout pas d'avenir. On est un peu, beaucoup, extrêmement gêné quand tu es là. On t'aime mais tu n'es pas drôle. Tout est difficile avec toi. Si on ne te demande pas si tu as des nouvelles, on passe pour des indifférents. Et comme on sait que tu ne reçois aucune lettre, tu imagines la situation. Maman, ton malheur gêne. C'est comme s'il était contagieux. Au début, on te disait souvent : « Viens passer la journée avec nous à la plage… » Mais, maintenant, pardonne ma franchise, Odette chérie, tu casses l'ambiance. D'accord, la guerre n'est pas finie, mais, pour nous en Tunisie, c'est tout comme. Et on veut oublier tout ça. C'est impossible avec toi. On a du mal à s'amuser devant toi. Tu es si triste. Qu'est-ce qu'on y peut, nous, pour Serge ? Rien. Dis-moi la vérité, quel besoin il avait de se mettre dans ces histoires avec les Allemands ? Il suffisait d'attendre, non ? Il a voulu faire l'intéressant et être plus français que les Français. Ah ça,

Dieu sait qu'on l'aimait ! Oh pardon, je veux dire qu'on l'aime, pas au passé, hein, au présent bien sûr, mais enfin, il a toujours voulu se mettre en avant. Enfin, passons, je vois qu'on t'énerve. On ne peut rien te dire. Allez, on va y aller. Le vent se lève, j'ai du sable dans les cheveux. Tu ne dois pas rater le train pour Tunis… Au revoir, ma chérie, au revoir.

L'autre dit sur le quai de la gare :

— On a vu les Slama, des *Magasins de France*, ça ne va pas fort entre eux. Si tu avais vu la tête d'Emma, elle a perdu dix kilos au moins. Un vrai cadavre. Ah, ma chérie, voilà ton train. Cette semaine, ou la semaine prochaine, on se fera un couscous avec les Maarek. Tu veux bien ?

— J'en ai assez d'être seule et de ne voir que des couples.

— Mais non. Élie est à l'hôpital, Lucette viendra seule. Pas de problème.

— Alors, c'est bon.

— On est tes cousines, pas des étrangères.

Grosses bises. Le petit train des plages sent le sable et la mer. Il ramène vers Tunis un lot de coups de soleil et de souvenirs. Maman salue ses cousines qui repartent vers leurs jolies maisons. Elles sont soulagées, Mimi et Zizou. C'est vrai que, souvent, maman, tu empêches de vivre. Regarde-moi. Je suis obligé de te sortir de moi si je veux écrire sur toi. Je te pose sur la table comme une poupée et je te regarde. *Si je le pouvais*, je te donnerais des nouvelles de ton amoureux, de ton Roméo, mais ce ne serait pas du jeu. Moi, je sais tout. Mais toi, rien. Gardons le suspense. *C'est ma revanche à moi, celle de l'orphelin de la Villa Jasmin.*

29

J'aurais aimé que papa fasse sauter des gares ou des grands trains bourrés de soldats allemands et d'armes lourdes. Peut-être pas « des » trains, mais « un » train ou alors, rien qu'un wagon, un petit wagon. Non. Il aurait pu faire exploser des viaducs, un pont, une arche. Non. J'aurais aimé, je l'avoue, que papa tue des soldats allemands. En masse. Geste large et généreux de mitraillette. Une hécatombe. Mais non. Il aurait pu tout de même descendre rien qu'un nazi, un seul. Pour voir comment ça fait. Le sang qui gicle, le dernier soupir de l'ennemi héréditaire. Non. Autre chose ? Oui. J'aurais aimé qu'il soit le chef de l'insurrection du ghetto de Varsovie, ou alors qu'il entraîne son camp de concentration à la révolte. Jusqu'à une mort certaine mais glorieuse. Rien que ça ? J'aurais aussi aimé qu'il soit un héroïque pilote de la Royal Air Force et qu'il détruise, en plein vol, des centaines d'avions à croix gammée. Au moins un. Non. J'aurais aimé que dans la nuit de Paris, à l'heure du couvre-feu, il abatte Guilbaud et sa Marie-Fanfan. Ah, quelle nuit ! Le corps du traître criblé de balles ! Sublime. Et Marie-Fanfan le suppliant de ne pas la tuer. Et lui, ricanant, faisant mourir de peur la belle courtisane. Non. Je continue. J'aurais aimé que papa soit Churchill ou Patton, Leclerc ou de Gaulle. Que papa soit le colonel Fabien ou Guy Moquêt, Jacques Decour ou Manouchian. Aujourd'hui, il aurait sa place dans Paris ou son nom gravé sur l'émail d'une station de métro. On me demanderait : « Vous êtes Serge Moati, le fils de Serge Moati, surnommé "Camarade Jasmin", le héros ? » ou alors : « Vous avez un rapport avec le Moati, vous savez, Serge Moati, celui de l'arrêt de bus ? » Aragon aurait chanté ses exploits. Dans *La Diane française*, il y aurait un poème dédié à mon papa. Léo Ferré l'aurait mis en musique et moi, chaque fois, j'aurais pleuré de joie et de fierté en l'entendant. Non. Ah oui, j'aurais aimé que papa soit un héros. Avec une gueule et une médaille de héros. J'aurais tellement aimé être un fils de héros. Avec la pension qui va avec et le sentiment, bien naturel, d'en être un aussi, puisque, on le sait, l'héroïsme se transmet comme la coqueluche. Hélas, non ! J'aurais aimé que mon père tue Himmler, Goering, ou Eichmann et, pourquoi pas, Hitler ? Non. J'aurais aimé qu'il plante le drapeau français au sommet de la tour Eiffel et que de là-haut, il hurle à tout Paris : « Moi, Camarade Jasmin, juif, résistant, socialiste et franc-maçon, je chie sur tous les nazis du monde ! Qu'ils crèvent, eux et tous les collabos ! Je gagne la guerre à moi tout seul et, dans trois ans, lorsque mes ennemis seront tous morts, je ferai un enfant, ce sera un garçon, je l'appellerai Henry avec un "y" ! Je suis le plus fort et je vous emmerde ! » Ensuite, Serge se serait envolé dans le ciel et aucune DCA ne l'aurait abattu tant il aurait été rapide. Le lendemain de cet exploit, Moati-le-héros aurait méticuleusement crevé les yeux de tous les journalistes pronazis de Paris avec des fléchettes empoisonnées qu'il aurait dissimulées sous sa cape magique. Il aurait ensuite stoppé les trains en partance vers les camps d'Allemagne, juste après qu'ils auraient quitté Drancy. A la tête d'un commando, il aurait libéré tous les juifs. Les enfants auraient été mis en lieu sûr et les hommes et les femmes encore vaillants auraient rejoint son armée de héros. Non, non et non. Désolé, rien ne s'est passé comme ça. Papa n'a pas tué Hitler, ni Himmler, ni Doriot, ni Darnand, pas même un soldat allemand de 2e classe ou un petit collabo de merde et de province. Oui, je suis vraiment triste, des années après, de cette absence de poème et de saga héroïque, ou même de simple mention dans les dictionnaires de la Résistance. Je suis triste que l'on ne dise pas : « Courageux, comme Moati, pendant la guerre. » J'aurais rêvé de sang et d'*Affiche rouge*. J'aurais rêvé de fresques et de médailles.

Certes, j'aurais pu mentir et vous, vous m'auriez cru, argent comptant. Foi de fils de grand résistant. Vous m'auriez regardé autrement. Dans vos yeux, j'aurais lu l'admiration que l'on doit à ceux qui portent sur eux un morceau de la vraie Croix. J'aurais pu légitimement me faire une rente de situation, devenir membre honoraire d'une association de « fils de grand héros ». Peut-être, même, en serais-je devenu le président ! Le monde entier serait venu me consulter. Je serais de tous les débats télévisés consacrés à la Résistance, au courage, à l'héroïsme. Dans la rue, les passants me salueraient respectueusement. Je défilerais sous l'Arc de triomphe.

Je ferais croire que le Soldat inconnu est un cousin proche et *La Marseillaise* un air de famille. Les présidents de la République successifs m'auraient invité à tous les 14 Juillet et m'auraient confié qu'ils m'enviaient d'être ce que je suis et d'avoir eu le père que j'ai eu. Peut-être même que, lors d'une rencontre télévisée au sommet, un candidat à la présidentielle aurait pu confier à la France haletante : « Eh bien, moi, en guise de conclusion, c'est à la patrie que je pense. La patrie du courage et de la fierté. Je préférerai toujours la patrie de Moati à celle du déshonneur. Que l'exemple de Serge Moati serve de leçon aux générations à venir. Et qu'en cas de doute ou de désespoir, ces jeunes pensent qu'un jour, dans l'histoire de notre pays, un homme, le "Camarade Jasmin", s'est levé. » Ce président-là aurait été élu triomphalement. Grâce à moi ou à papa, je ne sais plus.

Hélas, les trompettes de la Renommée sont définitivement bouchées. Papa a fait ce qu'il a pu et rien de plus. Pas d'attentats spectaculaires, ni de soleil d'Austerlitz. Simplement la survie d'un juif à Paris. Les rues qui font peur et le métro comme un piège. La fausse carte d'identité et la recherche d'une planque tous les soirs. Rien que la vie d'un militant évadé d'une prison parisienne et cette ville qui l'enserre, certains jours de poisse. Juste les heures d'un homme qui rédige, avec d'autres, des tracts et les diffuse. Juste les minutes d'un résistant anonyme qui fait partie de l'équipe du *Populaire* clandestin. Juste la vie d'un survivant qui essaie, avec d'autres, de refonder son parti lorsque sonnera l'heure de la libération du pays.

Juste le récit informulé de ceux qui, jour après jour, ont tenté de vivre, malgré tout, en patriotes ou en hommes libres. Pas un héros, papa. Pas un héros, comme j'en rêvais. Mais, quand même, le Camarade Jasmin était là, tout près du 48 de la rue du Four en mai 1943, lorsque s'est tenue la première réunion du Conseil national de la Résistance. Bon d'accord, il n'était pas l'un des héros qui siégeaient dans le petit appartement, mais il faisait le guet au coin de la rue du Four et de la rue de Rennes. La plaque commémorative est au 48, et le Camarade Jasmin n'a pas encore la sienne au 41. *Je m'en occupe*. Bref, il accompagne, protège, écrit. Il est membre du réseau Libération-Nord et assiste, comme d'autres, son ami Daniel Mayer (pseudo, « Villiers »), chef du parti socialiste clandestin. C'est vrai, Hitler ne se réveille pas tous les matins en hurlant : « Il faut que je coince le Moati, sinon nous allons perdre la guerre. » Non. Papa ne trouble même pas les siestes d'après déjeuner de Pétain. Même Guilbaud et Esteva, le vieil amiral, ne pensent pas à lui tous les jours. J'en suis désolé : Serge Moati est un résistant de l'ombre. Ils furent ainsi des milliers qui ne prirent vraiment les armes qu'aux grandes heures de la Libération. Cela me navre, mais c'est ainsi. Un jour, à Fontenay-sous-Bois, près de Paris, une partie de son réseau fut démantelée et ses compagnons prirent le chemin des camps d'Allemagne. Pour ne jamais revenir. Papa échappa, encore une fois, à la rafle. Un dimanche, il tomba dans une autre souricière, mais des policiers, pourtant pas dupes de ses faux papiers, le laissèrent filer. Oui, parfois, je me surprends à penser que j'aurais préféré, pour la beauté des choses, qu'il meure à Saxo ou aux

Tourelles. Je n'aurais pas détesté non plus qu'il fût fait prisonnier avec son réseau lors de la rafle de Fontenay-sous-Bois. *Mais voilà, je ne serais pas ici.*

⁂

Je ne lâche pas le morceau :

— Alors, papa ?

— Quoi encore ?

— La Résistance ?

— Quoi, la Résistance ?

— Raconte.

— C'était tous les jours.

— Développe.

— Vivre. Attendre. Préparer. Informer. S'informer. Écrire.

— C'est tout ?

— Non. Pisser sur soi de trouille. Avoir la nausée et la chiasse. Se dire qu'on n'en sortira jamais. Que demain on sera arrêté. Tout faire pour ne pas y penser. Dormir un peu. Puis recommencer.

— Et puis ?

— Il y a du soleil sur les boulevards. Une fille passe dans sa robe légère. Oublier. Rire un peu. Ne pas laisser d'adresse puisque tu n'en as pas. Et filer.

— Quoi d'autre ?

— Demain, donner rendez-vous à des copains dans un square, échanger une lettre ou une valise, marcher, marcher encore, vérifier que l'on n'est pas suivi, déposer la valise ou la lettre dans un endroit et repartir.

— C'est tout, Camarade Jasmin ?

— Non. Rédiger à plusieurs les statuts du parti socialiste de demain. Nationalisation des moyens de production et démocratie nouvelle.

Vive la sociale-démocratie, et la IVe République qui naîtra après la Libération !

— Tu y croyais ?

— Oui. A peu près. Oui, plutôt oui.

— Ça s'arrête là ?

— Non. Ne pas penser à Saxo. Et en même temps, raconter quand même, commencer à raconter la grande histoire de ces meurtres, et déjà sentir de l'agacement et de l'indifférence face à ces récits.

— Tu disais tout ?

— Non. Impossible. Penser à vous tous. A maman, à Nine et à Vivi.

— Et à moi ?

— A toi ? Non, pas souvent. Je n'avais pas oublié le rêve du rabbin, mais je n'arrivais pas à me projeter dans le futur. Je vivais au jour le jour. Pardonne-moi.

— J'essaierai.

— Merci. A propos, toi, mon fils, tu es un « héros » ?

— Tu m'agaces ! Retourne au ciel, papa, et ne pose pas de questions oiseuses, sinon…

— Sinon ?

— Sinon je t'interdirai pendant ton éternité de retourner, cher camarade, à la Villa Jasmin. Tu as bien compris ?

— Oui.

L'éternel jeune homme et le déjà vieux se saluent et se quittent.

30

J'ai eu une vie intense avant ma naissance. Que l'on en juge : une nuit, j'ai accompagné Guilbaud à un dîner au Cercle aryen, avenue de l'Opéra. Paris était doux en ce printemps 1943.

Tout à l'heure, dès que possible, Guilbaud rejoindra Marie-Fanfan et il se laissera prendre dans sa bouche experte. En attendant, la perspective de ce dîner, uniquement masculin, l'ennuie. C'est son protecteur et mentor, Luchaire, qui en a eu idée. Il a réuni la fine fleur de la Collaboration, le gratin, la crème. Journalistes ou écrivains thuriféraires de l'ordre nouveau, philosophes de second rayon ou académiciens. Tous émargent à l'ambassade d'Allemagne. Ce sont aussi de futurs condamnés à mort. Tous ceux qui sont là ont reçu de petits cercueils noirs, des lettres anonymes et terribles. Radio-Londres ne manque pas de promettre à chacun des convives une fin tragique, un peloton d'exécution, une balle dans la peau.

Guilbaud descend de voiture. Il ne remarque pas la présence du fils du Camarade Jasmin. Je le suis ou le précède. Parfois, je mets mes pas dans les siens. Je respire quand il respire. Je suis son ombre. *Personne,*

Dieu merci, ne peut me voir : je ne suis pas né. Cela serait ennuyeux pour moi d'être démasqué. Un juif au Cercle aryen ! Vous imaginez la scène et la suite. Je fais donc attention. Je me suis raboté le nez et me suis collé, au cas où, un faux prépuce bien imité.

Ils sont tous là. Rien que de l'ultra, du pur jus, du plus nazi que le nazi.

Je me suis glissé entre Jean-Hérold Paquis (1912-1945), fameux chroniqueur à Radio-Paris, inventeur de la formule « l'Angleterre, comme Carthage, sera détruite », et le très antipathique Alain Laubreaux, critique théâtral redouté de *Je suis partout*. La veille, Jean Marais l'a giflé parce qu'il a osé dégoiser sur Jean Cocteau et ses mœurs. Tout Paris en parle. Ici, on en rit.

La soirée commence bien. Laubreaux roucoule et persifle. Il parle des grandes folles et de leurs petites colères. On ricane. Heureusement, Abel Bonnard, la « Gestapette », n'a rien entendu. Luchaire bavasse, négocie, argumente. Il donne toujours l'impression de palper, en douce, une grosse enveloppe de fric, tant il a l'air chafouin et sournois. La corruption fait partie de sa vie. C'est une pratique de tous les instants. Il est corrompu comme d'autres sont rouquins. Il aurait vendu son grand-père paternel et sa petite-cousine handicapée pour un plat de lentilles. Il aime ça, que voulez-vous ? Moi, je me balade, je passe de table en table, invisible. Je ne résiste pas au plaisir de signaler à votre attention la présence des futurs condamnés : Paul Ferdonnet (1901-1945), la voix française de Radio-Stuttgart, et Robert Brasillach (1909-1945). Ah, Brasillach ! Intelligent et sensible, élégant et subtil. Ce soir, au Cercle aryen, il confesse une nouvelle fois qu'il est, dans l'ordre, d'abord germanophile et, « ensuite », français. Il confirme qu'il a contracté une liaison amoureuse avec le génie allemand. On l'écoute en hochant la tête, on réfléchit, on allume une cigarette, on est dans les hauteurs, entre soi.

Ferdonnet, le type même de l'auxiliaire vénal, auteur de l'injustement oublié *La Guerre juive*, félicite Brasillach :

— Je ne t'ai pas revu depuis ton magnifique édito de septembre…

— Lequel ? J'écris comme on pisse ! J'en ai d'ailleurs marre. Je vais partir vers d'autres contrées.

— Robert, pas de bêtises ! On a besoin de toi.

— Tu parles. De quel édito s'agit-il ?

— Celui où tu recommandes de se séparer des juifs en bloc et de ne pas oublier les petits ! Excellent. Et très courageux. Tu as tout résumé en une phrase. Bravo !

— Cet article me vaudra la mort.

— Ça te fait peur ?

— Non. C'est un honneur.

Les deux hommes trinquent.

Ici, les souffleurs de haine sont à l'honneur. Pierre-André Cousteau, de *Je suis partout*, raconte une blague à Rebatet.

— Tu sais jouer au « tennis juif » ?

— Non.

— Écoute bien…

— Fais-la courte, s'il te plaît.

— Je vais essayer. Ça se joue à deux. Ça consiste à voir un juif avant son partenaire. Et à crier : « En v'là un ! »

— Et ?

— Le vainqueur est celui qui a distingué, le premier, le plus grand nombre de juifs.

— Très drôle.

— J'explique mieux. Dès que tu aperçois un juif, tu hurles par exemple : « Quinze pour moi ! » Et, si j'en vois un, je crie la même chose !

— Hilarant.

— Merci. Tu as compris le sens profond du jeu. Il s'agit d'entretenir le coup d'œil, d'éduquer les réflexes et de développer l'agilité de l'esprit.

— Tout ça ?

— Oui, mon vieux.

— Il ne suffit pas de crier « Victoire ! » lorsqu'on a l'étoile jaune sous le nez ! Non. Il faut s'exercer à dépister le juif à distance. Le repérer à son allure ou à sa démarche. Il faut le dénicher partout, dans tous ses terriers.

— Pas mal ! Et tu le pratiques où, ton « tennis » ?

— Aux débutants comme toi, je conseille les Grands Boulevards, entre la République et l'Opéra. Là, les étoiles sont si nombreuses qu'on dirait la Voie lactée. Les vrais champions du « tennis juif » dédaignent ce parcours et préfèrent les quartiers aryens, ceux que l'on croyait en principe réservés aux seuls vrais Français. Là, tu comptes les étoiles. Et tu suffoques sous le nombre. Ça te donne, crois-moi, des idées de meurtre. C'est le but de mon « tennis juif », dont j'ai déposé l'idée au Salon des inventeurs aryens.

J'ai fait semblant de rire, histoire de ne pas me faire repérer. Mais j'étouffe, j'ai envie de vomir. Ces types sont fous. Je voudrais jeter une bombe dans la salle et que tous ces salauds volent en éclats, mais l'air lui-même serait contaminé pour l'éternité. *Je sors respirer quelques minutes et j'y retourne.*

Les insignes fleurissent aux boutonnières. PPF, RNP, Parti franciste, LVF, gamma de la milice, runes noires de la Waffen SS française, croix de fer diverses, bref, on l'aura compris, rien que du bon Français. On picole. Souvent cul sec, sans respirer. Et on mange. Beaucoup. Ça faisait longtemps que je n'avais pas autant bâfré. J'en ai mis un peu de côté, pour mon père, devenu si maigre, et pour les Parisiens qui n'ont pas eu la chance d'être invités à ce banquet. En fait, je l'avoue, je vole en masse. Je récupère. Fortune de mer, butin de guerre. Je me venge comme je peux. J'ai un grand sac à mes pieds. J'y enfourne mes larcins : meursault, mâcon-village, côte-rôtie, saint-joseph, saint-amour, petit chablis et grands-échezeaux. J'ai piqué aussi de la poularde de Bresse, des ortolans, des homards, du brie, du munster, de l'époisses, une dizaine de chèvres, des charlottes au chocolat, de la tarte à la framboise, du Cointreau, du Grand Marnier, une ou deux belles bouteilles d'armagnac hors d'âge, du cognac et de la prune très fraîche. Me voilà lesté. Je n'ai pas été découvert. Un spécialiste, le professeur Georges Montandon, anthropologue rattaché à l'Institut d'études des questions juives, n'a pas pu mesurer la taille de mon nez ni pris le soin de me déculotter. Son œil d'expert, organisateur de l'exposition

« Le juif et la France », n'aurait pas été dupe de ma fausse aryanité. Il m'aurait arraché mon faux prépuce et aurait hurlé à l'infamie. Il m'aurait tué et dévoré tout cru. *Avant même ma naissance*.

Les « condamnés à mort » boivent trop, chantent faux, s'avachissent. Bonnard se lève, pose un papier devant lui, chausse ses fines lunettes et s'appuie sur ses frêles avant-bras qui tremblent. Il a une voix chevrotante et aiguë de fille. Le souffle court, il dit :

— J'ai découvert le national-socialisme et j'aime Hitler et sa force. Je le proclame et j'en suis fier. Les nationaux-socialistes allemands sont notre espoir. Je serai jusqu'au bout avec eux. Je m'enfermerai, s'il le faut, dans le bunker final et mourrai avec les derniers combattants de l'ordre nouveau. Aucun juif, aucun communiste, aucun Américain n'aura la joie d'avoir ma peau. S'il le faut, je me ferai sauter dans une sublime gerbe, je me ferai flamber, le corps recouvert du glorieux drapeau du Reich. Ah, que crève la démocratie, et que vivent Hitler, la France et l'Europe nationale-socialiste !

On se lève. On boit encore. La fête, qui avait commencé assez gauloisement, prend des allures de cérémonie crépusculaire pour ces demi-dieux de la Collaboration. Beaujolais et svastika, farandoles de fromages, chariots de desserts, pousse-café et oriflammes. Guilbaud sue à grosses gouttes. Peut-être sait-il que je suis là, tout près. Son parabellum à la ceinture lui rentre dans les côtes, mais sa présence le rassure un peu. Il a peur. Il a senti passer mon souffle. Il ne perd rien pour attendre. Il le sait. C'est pour cela qu'il transpire, mouille sa chemise et son froc. Il lui tarde de retrouver le corps tiède de Marie-Fanfan qui saura, seule, l'apaiser. Mais il ne saurait partir. Il doit prendre la parole, lui, le second couteau. C'est un ordre ou presque. Allez, parle Georges, petit soldat, parle, toi qui passas ta vie à tout trahir et surtout toi-même. Parle !

Guilbaud s'affermit la voix et dit :

— Camarades, il y aura un Grand Soir et un Petit Matin. C'est notre Petit Matin qui m'intéresse. Mais auparavant, je vais vous décrire « leur » Grand Soir. Il ne sera pas celui des communistes ou des gaullistes. Oh, non ! Ce sera la nuit du chaos. Il n'y aura plus de justice, d'armée ou de police. Plus rien. Il n'y aura plus que des « bandes ». Je m'explique : dans chaque quartier, ville ou village, se sont constitués, sous prétexte de « résistance », des groupes où grouillent des pseudos-intellectuels et des petits-bourgeois qui pètent de trouille. Ils sont mêlés – et ça les excite – à l'ouvrier communiste ou anarchiste qui rêve de bordel noir ou rouge. Ces bandes ne croient à rien, ni à Dieu ni au diable. Elles croient aux mitraillettes. Et c'est tout. Elles espèrent nous couper les couilles. Et c'est tout. Alors, que va-t-il se passer ? Les Anglais et les Américains débarquent. Comme toujours, les Français, pas fous, se planquent. Alors, les rouges envahissent les villes. Je vois ça d'ici. Ils ont les listes dressées par les francs-maçons et les juifs. Ils pilleront, rafleront et violeront. Leurs « bandes » s'enfleront de la tourbe et de la lie de l'humanité. Vous me direz que j'exagère ? Vous le pensez, n'est-ce pas ?

Georges en profite pour reprendre son souffle et enchaîne :

— Oui, je sais, vous vous dites : « Guilbaud est devenu maboul à cause du soleil de Tunisie. » Peut-être ! J'imagine et je décris l'avenir tel que je le vois. Les « bandes » n'aiment que piller et massacrer. Vous verrez. Au premier signal, chaque soi-disant « Français » s'engouffrera dans la guerre civile. Ce sera la fête des morts. Les loups seront les rois du monde. Il n'y aura plus d'État ni de patrie. Juste des crocs et des griffes. Voici, devant nous, la nouvelle grande nuit de la jungle. Nous avons l'impérieux devoir de sortir nos mitraillettes, de tirer dans le tas. Chassons les loups avant qu'ils ne nous dévorent. Je vous l'avais dit en préambule, c'est le Petit Matin qui m'intéresse. C'est donc à cette aube tragique que je vous propose de lever votre verre, en vous conviant tous à faire le serment de vaincre !

Longs applaudissements. Ce Georges est lourdaud, sans charme, mais sait parler. Le fasciste adore l'Apocalypse : ça le fait jouir. Ils ont joui. Merci, Georges.

Puis on se sépare. Les conjurés regagnent leur belle voiture et leur garde du corps. Guilbaud salue chaleureusement Luchaire, l'homme le plus corrompu de l'hémisphère Nord. Il le gratifie d'un sonore et viril « Salut, ma petite caille. » L'autre lui demande d'avoir la gentillesse de bien vouloir embrasser Marie-Fanfan sur la fesse gauche et le téton droit. Rires alcoolisés des deux compères. Les moteurs ronronnent dans la nuit. Tous se disent que l'an prochain, sauf miracle, ils seront morts, pendus par les couilles ou étranglés par leurs propres viscères. Ils imaginent leurs cadavres exposés devant des synagogues pavoisées. Ils voient déjà les foules juives cracher sur des fosses communes. Ils sentent sur eux toute la pourriture du monde s'abattre et les engloutir.

Je reviens dans la salle du banquet. Des serveurs débarrassent. Cela sent encore la chiasse des convives. Les lumières s'éteignent l'une après l'autre. La scène, maintenant, est juste éclairée par la pleine lune et son reflet d'ivoire sur les nappes blanches. C'est plus fort que moi, je pleure. Ça soulage. J'ai partagé le pain et le vin de ces salauds. J'ai fermé ma gueule et je n'en ai pas tué un seul. Je m'en veux. Je pleure sur moi et j'ai honte de ma lâcheté. Un jour, plus personne n'entendra parler ni ne se souviendra de ces crapules. On fera même comme s'ils n'avaient jamais existé. *Je suis comme un gardien de mémoire*. Moi, je me souviens d'eux qui auraient tant voulu que je ne vive pas. Moi, je n'arrive pas à les oublier. C'est pour cela que j'ai peur parfois. *Je les sens rôder*.

Papa me manque. Où se cache-t-il cette nuit ? Tu m'entends ?

31

J'ai retrouvé papa. Tous les soirs ou presque, il change de planque. Et moi avec lui. Cette vie nomade aurait du bon en temps de paix. Là, c'est plutôt stressant et dangereux pour nous et surtout pour ceux qui nous abritent. Pour ne pas créer à nos hôtes trop de désagréments, nous ne restons jamais longtemps chez eux. Bonjour, bonjour. Au revoir, au revoir. Ne pas trop se parler, ne jamais se raconter. Papa, si prolixe, souffre. Le voilà atteint d'un mutisme douloureux, inédit et pourtant nécessaire. Cette cure obligée de silence lui rappelle ses premières années en franc-maçonnerie. Le rituel exige le silence aux apprentis. Papa s'y était plié. Il avait aussi appris en loge la prudence : je te donne la moitié d'un code, d'un mot de passe, et tu m'en donnes l'autre. Il se souvient de tout cela et le vieux rituel lui est utile.

Avec papa, nous avons aussi accompli des coups d'éclats et j'en suis, sans vouloir me vanter, assez fier. Le 9 juin 1943, *nous étions* salle Wagram. Guilbaud s'autocélébrait à la tribune. Il vantait à tue-tête ses glorieux mérites et son épopée tunisienne. Il explosait de fierté. A l'entendre, s'il avait eu plus de pouvoir ou de temps, le sort de la guerre en Afrique du Nord aurait été tout autre. Il n'aurait fait qu'une bouchée des Américains et des Anglais après avoir mis en bouillie les dissidents gaullistes, les communistes, les socialistes, les juifs et les francs-maçons. La salle vibrait et acclamait le jeune orateur. Soudain, papa et ses amis lancèrent des centaines de tracts, en hurlant « Salauds ! Nazis ! Vendus ! Traîtres ! », et s'enfuirent à toutes jambes. Ils auraient pu me prévenir, mais non ! Pour eux, j'étais la dernière roue du carrosse, *rien que le fils même pas né* d'un camarade d'importance secondaire.

Au matin, je retrouvai papa tout chiffonné sur un banc, dans le square où il avait passé la nuit.

— Tu aurais pu m'attendre !

— Et puis quoi encore ? C'est une règle. A un signal, on y va. Et on fout le camp.

— J'ai failli me faire choper. Tu t'en fous ?

— Allons, allons… !

— Dis-moi, tu n'as pas eu trop peur ?

— Après Saxo, c'est difficile d'avoir peur. Je ne dis pas que je referais ça tous les soirs, mais enfin… On reproche aux socialistes d'être trop politiciens et de laisser la lutte armée aux gaullistes et aux communistes. Ce reproche est fondé. Alors, avec des copains du parti, on veut faire basculer notre direction, l'obliger à sortir du bois et à prendre les armes. Même si c'est un peu fou et irréaliste, vu le rapport de forces. Tu me suis ?

— Oui. Non seulement je te suis, mais je te précède. C'est vraiment une maladie socialiste, cette prudence, ce côté mi-chèvre, mi-chou.

— Méfie-toi quand même des idées toutes faites. Des socialistes, y en avait partout dans la Résistance. Dans tous les mouvements : Libération-Nord, Libération-Sud, Mouvements unifiés de la Résistance, réseau Phalanx, réseau Brutus, Combat, Comité d'action socialiste, Socialisme et Liberté, *Patriam recuperare*, Franc-tireur. Je te le dis, Henry, partout ! Mais on n'était pas les chefs ou rarement. On n'avait pas d'organisation à nous, clairement socialiste. Et on le regrettait. Heureusement, nous avons su rompre avec le parti d'hier dont trop de responsables avaient trahi. Fais-moi confiance. Ces salauds, dès la Libération, on les virera. On jettera aux orties les poules mouillées qui ont voté les pleins pouvoirs à Pétain après avoir été les hommes de la Chambre du Front populaire. Ouste, à la porte. Sans ménagement. Regarde, on l'a écrit dans *Le Populaire* : « Le parti socialiste doit se séparer de ses élus qui n'ont pas su manifester leur attachement à la République et qui ont préféré pactiser avec l'ennemi plutôt que de poursuivre la lutte. » Clair, non ?

— Oui. Mais cela aurait pu être dit de manière encore plus forte. Bon sang, tu revenais des camps. Tu aurais dû hurler !

— Ce n'était pas le genre de la maison. Ni le mien, d'ailleurs. Et merde, tu ne vas pas recommencer à me faire le reproche de ne pas avoir été je ne sais quel super-héros ! Tu m'emmerdes. Fais déjà le centième de ce que j'ai fait, ensuite tu pourras parler.

— D'accord.

— Franchement, tu m'énerves. Ce n'est pas bon pour ce que j'ai. Dans l'éternité, on doit rester calme.

— Pardon.

— Passons. Il te plaira de savoir que, quelques mois après, nous appellerons toutes nos forces à la lutte armée, à la grève générale et à l'insurrection. Ça y est, tu biches. Tu te dis : « Ouf, voilà enfin *La Bataille du rail* et *L'Armée des Ombres* ! » C'est ça ?

— Oui, je te l'avoue. J'aime voir les trains qui déraillent et les nazis sauvagement abattus dans les rues de Paris. Il y a eu trop peu de trains dans les fossés et de gestapistes flingués. Mais trop de milice, de Waffen SS française, de salauds en tous genres ou d'attentistes. Trop de déportés, pas assez de héros.

— Ne recommence pas.

— Quand même ! Trop de Drancy, de Beaune-la-Rolande, de Pithiviers, de Vel' d'Hiv. Trop de camps d'internement en France. Trop de saloperies. Tu veux la liste ?

— Non.

— Je te la donne quand même : Gurs, Nexon, Mérignac, Les Milles, Noé, Rivesaltes…

— Je sais. Arrête.

— Non. Et les enfants d'Izieu ? Et ceux de Paris ? Et l'étoile jaune depuis le 29 mai 1942 ? Silence à peu près total dans les rangs. Je ne comprends pas. Des années après, je ne comprends pas le silence. Toi, tu savais tout !

— On ne nous écoutait pas. Je racontais Saxo, mais on me disait que je démoralisais les copains.

— Nul. Nul.

— Peut-être, mais c'est ainsi.

— Soixante-treize mille juifs de France sont morts dans les camps. Douze mille enfants ne sont jamais revenus. Papa, quelle merde la vie !

— On s'est battus, Henry. Avec des lance-pierres. Comme on a pu. Tu le sais, beaucoup d'entre nous ont été sauvés, cachés, et protégés. Je te le redis : n'oublie pas, n'oublie jamais.

— Je n'oublie pas. Mais ça ne passe pas.

— Rien ne passe. Ici, on a le temps. On parle. Je croise les six millions de juifs de la Shoah. Ils essayent aussi d'oublier. Ils ont tout le temps de ressasser, mais ils préfèrent jouer au badminton ou au poker. De temps en temps, quand ces six millions font des visites sur Terre, ils reviennent accablés, définitivement morts. Ils voient que rien n'a changé. Rien. De cela, tu ne devrais pas être fier, au lieu de perdre ton temps à râler sur un passé pour lequel tu ne peux plus rien. Tu gueules sur tout, Henry ? Tu résistes, tu milites, tu t'insurges constamment ? Tu prends à tout bout de champ les armes et la plume ? Allons, je le saurais. Tu aimes trop la vie. Tu es comme moi. Tu t'arranges. Tu t'accommodes, un peu lâche, un peu flemmard et, parfois indifférent. Mais rassure-toi, on n'est pas des « mauvais ». On n'est rien que des hommes qui font ce qu'ils peuvent. C'est tout. Circulez, il n'y a plus rien à voir. *Allez, tire-toi*.

⁂

Guilbaud s'emballe :

— Il ne faudra plus jamais dire : « C'est un travail de Romain. » Non. Il faudra s'écrier : « C'est un travail d'Allemand ! »

Il a l'admiration facile. Le nazi l'épate. Il le trouve beau, fort et intelligent. Sa plume, à l'ordinaire pesante, se voudrait lyrique et inspirée pour décrire les fortifications du fameux mur de l'Atlantique. Il s'y promène sous haute surveillance avec d'autres journalistes très officiels, encadrés par de sévères officiers allemands de l'organisation Todt. On leur montre ce qu'on veut bien leur montrer. Mais cela suffit à Georges. Il sait se faire discret et peu curieux, du moment que l'argent rentre. Il écrira ce qu'on lui dira d'écrire. Il sera enthousiaste sans même qu'on le lui demande. On peut compter sur lui. Il faut rassurer le lecteur de *L'Écho de la France*. Il s'y emploie. « Les Anglo-Américains se casseront les dents et se feront trouer la peau. La forteresse Europe est inexpugnable, foi de Guilbaud. Un exemple ? L'autre jour, cinq bombes de cinq cents kilos sont tombées sur un garage de dragueurs de mines tout près d'ici. Eh bien, croyez-moi si vous voulez, les bombes n'ont fait que des trous de soixante centimètres. Ridicule. Et encore, parce que le ciment était tout frais. Honnêtement, ce que j'ai vu ici est inimaginable. Croyez-moi, amis lecteurs, il existe de véritables citadelles. Autre exemple : dans un îlot rocheux, on a maçonné une ville souterraine. Je l'ai visitée pour vous. Les postes de guet et de combat communiquent par des galeries creusées dans des rocs aussi durs que l'acier le mieux trempé. Des kilomètres de couloirs, bien éclairés, hauts de trois mètres et larges de deux. Peut-on imaginer l'effort des défenseurs de l'Europe nouvelle qui se battent pour notre liberté ?

Peut-on concevoir la rage folle des aviateurs anglais et américains ? Impuissants à détruire les innombrables et invincibles fortifications allemandes, ils se vengent et s'acharnent sur nos villes. Devant le spectacle de

Lorient ou de Saint-Nazaire rasés, peut-on croire que les "Alliés" se battent pour le bien de la France ? Il ne reste plus une maison debout. Dans les campagnes, en plein champ, les fermes ont été incendiées. Dans les cours des fermes, les charrues, les herses et les tombereaux sont fracassés. Devant cette désolation sans bornes, on étouffe, on pleure et on rage. Le soleil, pourtant, continue de briller. La campagne est belle. Les arbres fruitiers sont même en avance, mais partout c'est la mort, voulue par nos alliés. Pour repousser les envahisseurs on doit faire confiance aux chefs de la Wehrmacht. Ce sont des hommes jeunes, superbes. Voici un commandant de vingt-six ans. Il est décoré de la Croix de fer. Sa compagnie, au cours de la campagne de Russie, à détruit cent cinquante chars d'assaut soviétiques. Cela rappelle les pages glorieuses de la Révolution française et des guerres de l'Empire qui virent éclore une génération de généraux de vingt ans. "Oui, nous dit le jeune chef en fixant l'horizon de ses yeux clairs, tout est prévu, tout est calculé. Et si les Anglo-Américains ne nous croient pas, qu'ils tentent le coup. Nous les attendons de pied ferme." » *Vous avez compris, monsieur Moati fils ? A bon entendeur, salut !*

Papa a lu l'article. Il suit Guilbaud à la trace. L'un mène grand train. L'autre se cache. L'un a une belle maîtresse, l'autre est seul et regarde passer les femmes. Papa est comme mort. Sans existence réelle. Une ombre aux rendez-vous furtifs. Des rencontres avec d'autres ombres et des rêves. Un jour, les Alliés débarqueront. Un jour, les nazis seront balayés. Ce sera la revanche brutale. On pendra Hitler par les couilles. On baladera son cadavre disloqué de Minsk à Brest, de Tunis à Tel-Aviv. Le monde entier lui crachera dessus. L'Allemagne sera transformée en une prison et plusieurs générations expieront durement les fautes des pères. Pas de pardon. Jamais. Papa sait que rien ne se déroulera comme cela. Mais c'est consolant d'y rêver lorsque l'on sort de Saxo, que l'on ne sait pas où dormir et que l'on n'a rien à manger.

Les Anglo-Américains débarqueront au printemps prochain ou à l'été 1944. Où ça ? Guilbaud et Moati, chacun de leur côté, ont recensé dix-sept possibilités. Norvège, Sicile, mer du Nord, France… C'est le jeu à la mode à Paris. Pour Georges, évidemment, la « forteresse Europe » saura résister. Prenez l'Espagne océanique : les Pyrénées sont infranchissables. Gibraltar ? Hypothèse ridicule. On ne débarque pas sur un rocher ! La mer du Nord ? Allons, soyons sérieux. Les réserves Allemandes, dans ces régions où elles sont fortes, monteraient une contre-attaque immédiate et foudroyante. Sicile et Sardaigne ? Trop loin, mon vieux. Les « Alliés » y seraient bloqués sur place, sans base arrière, encerclés par la mer, faits comme des rats. Italie du Nord ? Chiche ! Un vrai traquenard. Une hécatombe. Italie du Sud ? Une lamentable aventure qui s'échouerait dans la plaine du Pô, bordée d'infranchissables montagnes. La Grèce ? Il faudrait franchir les lignes successives des Cyclades, au-delà de la Crète. Chacune de ses îles verrait partir des attaques fulgurantes contre les navires « alliés ». Un beau feu d'artifice en prévision. Je réserve mon pliant et mes jumelles ! Je passe vite sur l'Albanie, Salonique, la mer Noire, les détroits. Aucune chance. Georges veut croire à ce que lui souffle l'ambassade d'Allemagne. Il s'y accroche. En vérité, il a peur. Alors, on le rassure. On lui dit qu'il n'arrivera rien. Tous savent au fond que, depuis Stalingrad et le débarquement allié en Afrique du Nord, la guerre est perdue pour eux. Ils se réfugient dans l'incantation, rêvent d'armes secrètes et redoutables. Ils espèrent aussi que les Russes seront lâchés par les Anglo-Américains qui préféreront s'entendre avec un nazi en déroute plutôt qu'avec un bolcheviste agressif. Bref, Georges fait le fiérot, mais ses nuits sont agitées et Marie-Fanfan n'en est pas la seule raison. Prudent, il amasse un trésor de guerre. On ne sait jamais, cela peut toujours servir. Papa, qui est tout sauf un stratège, a un objectif simple : survivre. Ne pas se faire arrêter. Être à la fois audacieux et prudent pour revenir à la Villa Jasmin. Quand il pense à cela, il touche du bois, ferme les yeux et, du fond du cœur, murmure : « *Inc'h Allah*. Si Dieu le veut, l'an prochain, la Villa Jasmin. »

32

Maman. Avec elle, ma plume ne triche pas. Inutile de se donner du mal : elle sait quand je mens ou fais le malin. Elle déteste ça. Installée au ciel comme dans son salon, elle connaît toutes les vérités, les miennes surtout.

Tunis, fin 1943. Je n'arrive pas à imaginer la vie de ma mère autrement que comme une longue attente. J'imagine une mère magnifique, exemplaire. C'est une vision qui n'est peut-être ni juste ni réelle, mais qu'importe. Elle est courageuse et vertueuse, déjà quasi veuve. Un papa clandestin à Paris, presque un héros, une maman à Tunis, grave, dans une grande maison silencieuse. *Henry, qui n'est pas encore né, manque.* Moi, je mettrais de la vie dans tout ça, si je n'étais pas encore du côté des limbes.

L'attente d'une femme. Est-ce que maman est une « femme » ? Est-ce qu'elle se maquille, se poudre le visage et se fait les lèvres douces ? A-t-elle des règles douloureuses ? Se met-elle du vernis aux ongles des pieds ? Ses seins sont-ils encore fermes ? Lui arrive-t-il de faire des rêves tendres ? A-t-elle envie de faire l'amour ? Enfile-t-elle sa gaine pour masquer ses rondeurs ? Et les bas d'après-guerre plissent-ils ?

Ce jour-là, elle surveille sa tenue devant la glace de l'armoire de la chambre où flotte encore l'odeur rance de Rahn. Elle a un petit chapeau, une voilette, des gants souples et noirs. Elle se parfume un peu. *Fleur de rocaille*, je me souviens. Maman est de sortie. La calèche l'attend. Le cocher maltais jure en maltais. Elle rit. Son parfum se mêle à celui du crottin. Fouette, cocher ! Tout brinquebale. Le pas des chevaux, leur hennissement. On la reconnaît. Les hommes soulèvent leur chapeau pour la saluer. Et les femmes cancanent : « Elle a vieilli, la pauvre, non ? » « Tu sais, avec ce qu'elle endure. A mon avis, son mari est mort. C'est affreux. Pauvre Odette… » Le Belvédère, l'avenue de Paris, celle de Londres, la rue du Voile, toc-toc, le pas des chevaux, leurs sabots sur l'asphalte, toc-toc, Tunis swingue. Voici la Hara, l'ancien ghetto où vivaient ses grands-parents il n'y a pas si longtemps. Cela sent la coriandre et le cumin, le piment grillé et le poisson frit. Maman, dans une salle communautaire, préside cet après-midi un goûter récréatif pour les enfants pauvres. Il y aura des clowns venus tout spécialement de Bizerte et des acrobates fameux, originaires de Hammamet, les frères Cohen. De bons juifs, ces artistes. Ils ont le cœur pur et ne refusent jamais leur concours lorsqu'il s'agit de faire sourire ceux que la vie a éprouvés. La chorale des enfants chante la bienvenue à maman. Ils sont propres. Ils auront droit à des gâteaux au miel. On leur donnera du lait et des bonbons. Dans la salle, malgré les restrictions d'électricité, il fait presque chaud. André, dit Loulou, le frère sioniste de maman, apprend aux enfants à danser la *hora*, la danse d'Israël. Elle célèbre les travaux des champs, la joie des moissons et le cycle des saisons. Légers, les enfants pauvres dansent. Ils dansent, les futurs soldats de la guerre d'indépendance de 1948, et claquent dans leurs mains. Les filles sont en short, les garçons en chemisette bleue. Future chair à canon. Ainsi va la vie. Tous entonnent l'hymne sioniste, *Garde l'espérance*. Même les clowns en sueur et les acrobates chantent l'Israël à venir. Ils y partiront faire des enfants qui ne connaîtront plus le malheur, car Dieu, il le prouve ces temps-ci, aime son peuple. Loulou est fier de ses ados. Regarde-les, Odette, comme ils se redressent. Il n'y aura plus jamais de pogroms. Ils seront forts et libres, plus personne n'osera les toucher. Ils auront des armes et sauront s'en servir. Jamais plus un juif ne sera en danger. C'est une forteresse juive que l'on bâtira là-bas et elle sera invincible. Tu me crois, Odette ? Oui, oui, Loulou, je te crois. Dansez, les enfants, dansez. Mais Odette est ailleurs, là où est Serge. Elle le cherche et ne le trouve pas. Peut-être le cœur de son mari a-t-il cessé de battre ? Peut-être son corps est-il parti en fumée, ou a-t-il été dévoré par les loups dans les forêts d'Allemagne ? Elle ne sait rien. Tout tourne autour d'elle. Les citronnades de la bienfaisance lui donnent des aigreurs. Elle pense que ces gamins en sandalettes qui frappent le sol en dansant ne font que piétiner les tombes des juifs. Parler de futur ces temps-ci et le célébrer est obscène. C'est comme d'affirmer que les morts de cette guerre sont vraiment morts et ne reviendront plus. Et passer à autre chose. On ne peut rien bâtir de bon sur des cadavres. Maman sera toujours méfiante par rapport au pays d'Israël. Elle le soupçonnera d'orgueil. Cet après-midi, le rêve sioniste semble sceller, pour elle, la mort de Serge. Comme si la page du deuil était déjà tournée. Mais elle aime trop Loulou pour lui parler de ses sentiments et de sa mélancolie. Son chagrin gâcherait la fête. Elle s'en voudrait. Il est bon que la vie revienne. Même sans papa. Alors danse, danse, petit juif pauvre de cette fin d'année 1943. Claque dans tes mains, tournoie et danse, fillette aux seins déjà lourds. Tu ne sais pas encore que six millions des tiens ne reviendront pas des pays de la mort. Danse, danse. Tu ne sais pas encore que sur ta peau seront tatoués à jamais les noms de Dachau, Buchenwald, Treblinka ou Saxo. En revanche, tu connaîtras Jérusalem et Tel Aviv sous les bombes. Plus tard, quand tu seras vieux, ce sera le temps des intifadas et des kamikazes palestiniens. Plus tard, tu pleureras, toi aussi. C'est le lot des juifs. A chaque génération, ça recommence. Mais à toi, on apprendra à tuer. Et à être méchant, comme les autres.

Un comique fait des blagues en judéo-arabe. Des histoires de Shrah, ce crétin tunisois. On rigole un peu. Les joues sont toutes rouges.

La maison *L'Émeraude*, spécialisée dans les trousseaux de mariage, offre à une jeune fille méritante des couvre-lits et des édredons chauds. Elle les prendra avec elle, dans un kibboutz de Galilée où les nuits sont fraîches. Elle en couvrira ses enfants quand ils seront descendus aux abris. Des souvenirs de la Tunisie perdue. *La Librairie hébraïque moderne*, celle des Uzan – père et fils – offre des articles religieux : *taleths* et *tefillins* pour la synagogue, *mezouzotes* pour l'entrée des maisons juives. Cela porte bonheur. Le généreux bienfaiteur a les yeux humides d'émotion. Qu'il est doux de faire une bonne action, une *mitzva*. Maman remercie au nom de tous les enfants pauvres. Elle dit que l'œuvre de la Bouchée de pain et celle de la Goutte de lait sont très touchées et que dans le monde juif la solidarité n'est pas un vain mot. On applaudit. Merci aussi à Massri Labi, *« le tailleur qui fait l'habit »*, pour avoir offert des pantalons qui, une fois retouchés, feront le bonheur de nos garçons à l'approche de l'hiver. Merci aussi à notre champion de natation Zizi Taïeb pour avoir promis de s'occuper de nos enfants tout un après-midi. Il les emmènera à la piscine du Belvédère et leur apprendra le crawl ou la brasse coulée, sa grande spécialité. Mais promettez-moi que vous serez sages, les enfants ! Oui, madame, disent les enfants pauvres. Et je voudrais juste maintenant que l'on pense, levez-vous en silence, à Haïm Chelly, un scout, chef des enfants de chœur, mort sous les bombes, il y a quelques mois. Une minute de silence pour Haïm.

⁂

Le vent souffle sur Tunis. L'avenue Roustan est un long couloir froid et humide. Les volets de l'appartement de la Tsia Eugénia, rue de la Douane, sont fermés. La ville n'aime pas l'hiver et grelotte. Le cocher maltais râle et injurie les passants dans toutes les langues. Qu'ils aillent au diable, ces chiens ! Excuse-moi, madame. Ça va, Guiseppe, ça va. Va vite, j'ai trop froid. Tu as des nouvelles de ton mari, *cara signora* ? Non, non. Vite, Guiseppe. Ah, la guerre, quelle *mierda*, dit le mussolinien repenti en faisant claquer son fouet sur la croupe de ses chevaux chétifs. Voici la Villa Jasmin. Au revoir, Guiseppe. *Ciao, cara signora Moati.*

Demain, elle ira au dîner de l'Alliance israélite dont papa était membre du conseil d'administration. Les gros bonnets de la bienfaisance la recevront avec gentillesse mais lui feront comprendre qu'il faut d'urgence renouveler la direction. Papa, hélas, n'en fera pas partie, puisque personne, désolé de dire ça, chère petite madame, ne sait où il est. Vivant ou mort, le héros ? Introuvable en tout cas. Bien sûr, monsieur Sarfati, évidemment monsieur Lelouche, c'est bien normal. Il faut que tout continue. On ne peut pas bloquer le conseil pour mon pauvre Serge. Il ne l'aurait ni compris ni admis. Discours. Vin d'honneur. Ennui pour ennui, décidément, maman se sent mieux du côté de la Hara, des petites œuvres à trois sous, des scouts aux genoux cagneux et des jeunes filles déshéritées. Un jour, elle y a rencontré une dame maigrichonne à l'âge incertain et aux grands yeux noirs. Son mari et sa fille, que Dieu bénisse leur mémoire, étaient morts lors d'un bombardement. La dame pleurait. L'immeuble qui s'écroule. La découverte des corps. Le père et sa fille l'un contre l'autre. La main du père protégeant le visage de l'enfant. Maman l'avait écoutée comme personne n'avait jamais écouté Rachel. Et celle-ci lui dit :

— Je viens avec toi. Je ferai ton ménage et ta cuisine. Ton mari, dans le temps, nous a aidés. Ça, je ne peux pas l'oublier. Je te protégerai. J'ai eu tant de malheur que, maintenant, je ne peux avoir que du bonheur. Et en donner. Tu en auras avec moi, ma fille. Cinq poissons sur toi et que Dieu nous aide et fasse revenir ton mari ! Je l'ai vu en rêve, Serge, il est vivant. Il reviendra, je te le jure. Moi, Rachel Choukroun, je l'ai vu. Il reviendra plein de gloire et en bonne santé. Fais-moi confiance. Dieu et tous les grands rabbins viennent me visiter et me disent des secrets. Ils me l'ont dit : « Si tu rencontres madame Moati, parle-lui de la vision qu'on t'a envoyée. » J'ai promis. Ma fille, quand ton mari rentrera, il te fera un enfant. Ce sera un garçon. Crois-moi. C'est Rabbi Chemla Ba-Chem-Tov qui me l'a juré. Que Dieu bénisse sa mémoire et détruise les ennemis du peuple d'Israël ! Prends-moi avec toi, ma fille, je te porterai bonheur. J'écarterai de toi le mauvais œil et je ferai brûler des herbes dans les canouns pour chasser les esprits. Tes enfants seront comme les miens. Tout Tunis fera la fête quand ton mari sera rentré. Je ne veux pas d'argent. Je ne veux rien. Juste être avec toi.

— Mais…

— Tais-toi ! Quand Serge sera là, on verra. Ne t'inquiète pas.

— Mais…

— Tais-toi !

— Bon… alors viens.

Odette et Rachel ont fait alliance. La gentille sorcière et maman se sont trouvées. Maman, ce soir-là, présente Rachel à Vivi et à Nine. La dame leur fait peur. Cela ne passera pas de sitôt. Rachel trouve que les oreilles des enfants sont sales et que la cuisine est dans un grand désordre. On sonne à la porte. Qui c'est ? Un monsieur, madame, un grand « Français-de-France ». L'homme, l'air grave, se tient à la porte. La voix de Rachel tremble. Le Solennel entre dans le salon. Maman fait sortir les enfants. Elle se meurt. La nouvelle ne peut qu'être mauvaise. C'est ainsi que cela se passe : un monsieur arrive, ses vêtements sont noirs, il a une voix sombre.

— Madame Moati, votre mari est vivant.

— …

— Il s'est échappé d'une prison à Paris. Des amis s'occupent de lui. Il est courageux. C'est un bon résistant.

— …

— Il est sorti des camps d'Allemagne. Un miracle.

— …

— Il va bien. Il m'a dit de vous embrasser très fort, vous et les enfants. Je peux ?

— …

Tu parles s'il peut ! Maman fond en larmes. Et rien ne peut l'arrêter. Elle va tomber, mais il la retient dans ses bras d'homme. Alors elle rit. Les enfants viennent et tout ce petit monde tangue en s'embrassant. Papa est vivant ! Mon Dieu, mon Dieu, papa est vivant ! Rachel prend l'air modeste de celle qui savait tout. Elle se tient en retrait mais n'en pense pas moins. Ce « Français-de-France » n'est que l'émissaire du bienveillant Rabbi Chemla Ba-Chem-Tov, que Dieu bénisse sa mémoire, ses œuvres et sa douceur.

Merci, Ya Rabbi, merci. On sort la *boukhra*. Rachel, ce soir, fera son premier couscous. La maison sent brusquement à nouveau le jasmin des fêtes. Papa est vivant !

33

Le Camarade Jasmin les yeux mi-clos, prie avec ferveur. Rapide génuflexion, signe de croix approximatif. Il faut le voir pour le croire. Le voici dans l'église Saint-Pierre de Montrouge. Des générations de pieux rabbins d'Espagne, d'Italie et de Tunisie se retournent désespérés dans leur tombe et jettent l'anathème sur ce petit-fils dévoyé, perdu pour le judaïsme de ses pauvres mais vaillants ancêtres. Moati désespère Jérusalem. Pauvre papa. Je vais à sa rescousse : « Chers et vénérés rabbins, je vous dois une explication pour le salut de l'âme de mon père, mauvais juif, certes, mais bon résistant. Je vais tout vous dire. Papa ne s'est pas converti, non. Il *surveille* l'église. Je vous jure que c'est vrai. Il n'a pas les yeux clos, non, il guette. Il protège son chef, Daniel Mayer, patron du parti socialiste clandestin, tout aussi juif que lui, ashkénaze je vous le concède, mais juif tout de même. Croyez-moi, s'il vous plaît, oh, mes ancêtres : Mayer, dit "Villiers", a rendez-vous avec Georges Bidault, patron du Conseil national de la Résistance. Pourquoi dans une église ? Ne vous énervez pas, les rabbins ! D'abord je n'en sais rien et puis cela ne vous regarde pas. Secret de Résistance. » Papa, ce jour-là, est armé. Dieu merci, il ne se servira pas de son revolver. Maladroit comme il est, il aurait pu faire n'importe quoi, abattre le Christ en croix ou tirer sur le curé innocent, un bon résistant. Les deux grands chefs parlent à voix basse. De loin, on dirait de vieux enfants de chœur. Leurs têtes se touchent presque. Je me rapproche d'eux. Disons que je suis un fidèle de passage. *En vérité, je suis invisible*. Sinon, ils se tairaient immédiatement. Je les écoute :

— Georges, le parti socialiste n'est pas assez représenté au CNR. C'est injuste.

— Quoi ?

— Tu m'as très bien entendu ! On n'existe pas. Ce n'est pas normal. Tu le sais.

— Chut…

C'est moi qui passe. J'ai mon air voûté de conspirateur. Silence. Puis, je redeviens invisible. Je disparais, léger comme une danseuse.

Bidault reprend :

— J'ai fait ce que j'ai pu. Les gaullistes ne veulent rien lâcher. Et les communistes verrouillent.

— Je m'en fous. Je veux simplement que le PS soit représenté. Comme le PC. Ni plus, ni moins. Nous méritons mieux qu'un strapontin. Nos hommes sont partout et se battent vaillamment. Tu le sais.

— Désolé, mais vous ne comptez pas.

— Quoi ?

— Comprends-moi. Le PC, c'est « le parti des 75 000 fusillés ». Les gaullistes, c'est de Gaulle. Les socialistes sont partout et nulle part. On ne parle jamais de vos héros ou de vos morts. C'est triste, mais c'est ainsi. On ne parle ni de…

— … de Brutelle, ni de Dunois. Pas plus de Jean Lebas ou d'Eugène Thomas. Des martyrs socialistes anonymes. Qui se souviendra d'eux ?

— Désolé, Daniel.

Mon père aurait été furieux et triste d'entendre ce que je raconte. Je le fais par piété filiale, pour les morts socialistes oubliés, pour tous ces militants qui ne reviendront pas des camps de la mort. Oubliés, Suzanne Buisson et Victor Basch ! Mayer a les larmes aux yeux. Je repasse devant lui. Je fais un petit signe de la tête pour dire ma sympathie *mais il ne me voit pas*. Les deux hommes se quittent. Le curé les salue de loin. Papa suit Daniel *et moi je ne lâche plus papa*. Le danger est partout. Mayer se rend à la réunion du Conseil exécutif. Rue Taitbout, devant le local, il voit un camarade immobile, les yeux baissés. Près de lui, il y a une grosse voiture noire. Mayer a un pressentiment, ou plutôt une certitude. Il sait que cet homme est un appât. Il comprend que la voiture noire est allemande. Alors il rebrousse vite chemin. Calme. Il faut prévenir les copains qui vont arriver. Papa et lui se placent chacun à une sortie de métro. Voilà Verdier, Jacquet, Bloncourt et Ribien. Un signe. Vite. Partez. Filez. On se retrouvera. Il faudra tout reconstruire. Le réseau, les planques et le reste.

⁂

Quatre, cinq alertes par jour. Peu ou plus de gaz et d'électricité. Le métro est souvent bloqué, on circule à pied. Le Parisien dort mal ou pas du tout dans les abris ou dans les caves. Cette nuit, il ne fermera pas l'œil. Les bombes alliées dégringolent. Déjà elles avaient écrasé Créteil, Noisy-le-Sec, les Lilas, Saint-Ouen et Juvisy. Maintenant, c'est le centre de la capitale qui est visé. Je me souviens de cette nuit terrible du 20 au 21 avril 1944. Un éclairage cruel, comme s'il y avait d'énormes sunlights. Un Paris livide sort des ténèbres. Intermittence des explosions. C'est tout blanc ou tout noir. Violence furieuse des tirs de la DCA allemande, angoissant ronronnement des bombardiers du côté des étoiles et des dieux de la guerre. La mort qui vient, lourde et lente. Et puis la foudre, soudaine. Gros paquets des bombes lâchées par les aéronefs. La libération plus la mort. Sirènes. On se bouche les oreilles. Éclatement des fusées comme à Luna Park, illuminations baroques des ténèbres, avenues lumineuses des projecteurs qui capturent dans leur faisceau l'avion allié qui s'abat en flammes sur la ville amie. Sillages rouges, jaunes ou verts des obus traçants. C'est beau à en mourir. Des enfants et des idiots applaudissent. Guignol. Tout brûle, crépite, explose, ciel et terre mêlés. Une vague de bombardiers s'éloigne, une autre arrive. Le ciel s'enfle, respire et recrache ce qu'il a dans le ventre. Jamais l'aube ne viendra. Adieu Paris. Pendant de longues heures, terreur à Montmartre et cauchemar sans fin aux Batignolles ou à la Chapelle. Puis, la nuit à nouveau. Quatre cent trente-huit morts. Plus de deux mille blessés. La camarde est passée et Paris a senti son souffle. La ville saigne. J'ai tenu, durant toute la nuit, la main de papa, mais il ne le sait pas. *Je suis l'enfant de son rêve. Je suis déjà vivant mais il ne le sait pas*.

Papa a rendez-vous avec des camarades dans un bistrot, du côté de Barbès. Les rues ont été soufflées. Sur les tables du café où il devait se rendre, on aligne des dizaines de cadavres. Les morts de la nuit ont été dégagés des ruines. Ça sent le sang chaud, le café et la sciure. Une âcre fumée noire fait tousser et pleurer. Des hordes apeurées d'hommes et de femmes. Les camarades de Jasmin ne sont pas là. Peut-être sont-ils morts ? Papa voit des jeunes aux yeux rougis et aux traits tirés que la bouche du métro vomit. On vient aux nouvelles. Certains serrent contre eux l'ami retrouvé. D'autres errent sans but, juste pour être là, en familiers des malheurs. Les pompiers et les secouristes épuisés font les gestes qu'il faut. On entend les cris et les appels des emmurés vivants dans les caves. Voici qu'arrivent les Allemands ou ceux du franco-nazi Comité ouvrier de secours immédiat. Des secouristes suspects. Ils crient : « Regardez. Regardez. Voilà ce que certains appellent "nos libérateurs" ! Ce sont des assassins qui veulent transformer la France en un gigantesque cimetière ! » Et ils donnent du lait et des couvertures. Mais le lait est aigre. C'est celui de la trahison. Et les couvertures sont mitées. Elles ne protègent pas de la honte. Le Camarade Jasmin s'en va aussi vite qu'il peut.

Toute la journée, il marche sans but. Il n'a pas d'argent et ne sait où aller. Il a faim. Il a froid. Sous son mauvais manteau, le vent glacé s'engouffre. Ses chaussures sont trouées. Il fredonne, pour se donner du courage, sa vieille rengaine du camp : « Jé-Dé-Go-Dasses-Ki-Prene-l'O. » Parfois, je voudrais arrêter ceux qui le croisent sans le voir. « Mesdames et messieurs, cet homme est un type courageux. Prenez soin de lui. Donnez-lui à manger, s'il vous plaît. Il est gentil et drôle. A Tunis, chez lui, il écrivait des pièces de théâtre et il connaît plein d'histoires. Donnez-lui un bol de soupe et il vous chantera des airs d'opérettes. Ne le laissez pas seul. Moi, je ne peux rien faire. Il a froid. Femme, offre-lui ton corps et qu'il frotte sa joue entre tes seins. Homme, serre-le dans tes bras. Je vous le confie à vous tous. *Quand je serai grand, je vous le rendrai au centuple.* »

A la nuit tombée, le Camarade Jasmin cherche refuge dans la station de métro Lamarck-Caulaincourt. Sous terre, il y a des centaines d'hommes, de femmes et d'enfants. Certains jouent à la belote. Tous ont, en vérité, des regards remplis d'épouvante. Papa ne peut pas fermer l'œil. Il doit pouvoir filer à tout instant, en cas de contrôle d'identité. Parfois, ses paupières se font lourdes. *Alors je le berce et veille sur lui.*

⁂

Palais de Chaillot. Samedi 5 mars. Guilbaud officie à la réunion de soutien à la Waffen SS européenne. Le Belge Léon Degrelle, chef de la brigade d'assaut SS Wallonie, hurle à la tribune.

— L'Europe de demain sera celle des soldats. Seuls auront droit à la vie ceux qui auront su braver la mort !

Guilbaud prophétise le triomphe du national-socialisme.

— Tremblez, racaille apatride, maquisards ! Entre le terrorisme et le gouvernement, c'est armée contre armée. Il ne s'agit plus de répression, mais de guerre civile. Elle doit être définitive. Totale. Celui qui brûle une récolte, qui fait dérailler un train, qui assassine un représentant de l'ordre, qui attaque lâchement un soldat allemand ou ose attaquer nos vaillants miliciens, est un criminel. Pour lui, douze balles dans la peau ! Et vite ! Pas de pitié ! Il s'agit de la France éternelle et de sa survie. Aujourd'hui, entre l'abîme et nous, il n'y a plus que le rempart de la Wehrmacht et de la magnifique Waffen SS française !

Tous font le salut fasciste et chantent l'hymne nazi. Ils entonnent une *Marseillaise* qu'ils déshonorent.

⁂

Les amis de papa rédigent à la hâte un tract qu'ils vont distribuer là où c'est possible, avant de déguerpir. « Notre devoir est clair. Il faut tuer tous les traîtres. Tuer celui qui a dénoncé, tuer celui qui a aidé l'ennemi, tuer le policier qui a arrêté des patriotes, tuer les miliciens, tous les abattre comme des chiens enragés, tous autant qu'ils sont. » Le texte me va, mais Serge n'est pas d'accord. Trop violent pour mon humaniste de père. Le Camarade Jasmin dit qu'on ne doit pas ressembler à son ennemi. Les discussions au sein du réseau sont vives, mais la « tendance dure » l'emporte. Ce sont sûrement d'anciens trotskistes. Eux savent comment traiter les fascistes et les hitlériens. Jasmin s'insurge, proteste. On lui fait remarquer qu'il n'est rien qu'un petit résistant qui a tout juste fait un séjour dans camp, une promenade de santé. Cela ne l'autorise pas à se quereller avec de vrais héros mal revenus de toutes les guerres et de toutes les révolutions. Fais ce qu'on te dit, Serge. Il distribue donc ses tracts du côté de la Villette. Il a tellement maigri qu'il est rapide. Je peux l'avouer maintenant, cinquante-huit ans après : je lui ai servi, ce jour-là, de garde du corps. Sans me vanter, je lui ai sûrement sauvé la vie. *J'ai été le gardien de mon père.*

34

Le 6 juin 1944 est un jour comme un autre.

« Les sanglots longs
Des violons
De l'automne
Bercent mon cœur
D'une langueur monotone. »

Personne, ou presque, n'a entendu. Radio-Londres diffuse des messages bizarres. Alors pourquoi pas celui-là ? C'est *le* signal : « ils » débarquent à l'aube. L'après-midi, de Gaulle parle : « Pour les fils de France, le devoir simple et sacré est de combattre avec tous les moyens dont ils disposent. Il s'agit de détruire l'ennemi qui écrase et souille la patrie, l'ennemi détesté, l'ennemi déshonoré. » Guilbaud, quant à lui, relaie immédiatement les consignes de la censure nazie : non, il ne s'agit pas d'un débarquement, tout juste d'une « tentative de débarquement ». Nuance. C'est rien, juste un petit mouvement de troupes prestement refoulées. Lorsque des esprits malins se ruent vers les librairies, les cartes de Normandie s'envolent comme les escadrilles introuvables de l'introuvable RAF. Où sont passées les *Michelin* nº 54 et les *Tarides* nº 55 ? Où sont donc passés Isigny, Bayeux, Caen ? Le 8 juin, les services allemands lancent l'idée suivante : « Plus les Alliés s'enfonceront sur le sol français, plus ils seront vulnérables. » CQFD. On va tout vous expliquer et on compte sur vous pour relayer l'info, cher Guilbaud. Les Anglos-Américains, naïfs, imprudents, et pour tout dire assez sots, courent vers la mort, tête baissée. Il faut être con ou enjuivé pour ne pas piger ça. La France va se transformer en cimetière géant pour ces *Yankees* et ces *Rosbeefs*. Ils sont tombés dans le piège que nous leur avons tendu. Encerclés, ils seront massacrés, pulvérisés par des armes secrètes : V2, V4, V6, V32, V109, V400, que sais-je ? Guilbaud et ses camarades prophétisent l'anéantissement rapide des troupes coalisées. Au fond, Guilbaud jubile, et voit, dans ce débarquement qui n'est plus tout à fait une « tentative », l'occasion inespérée pour la France de s'aligner militairement aux côtés du grand Reich. Jusqu'à la victoire finale. Dans *L'Écho de la France*, il exige que Vichy signe une alliance d'acier avec l'Axe. Il espère de toutes ses forces que les Français, enfin mobilisés sous l'uniforme allemand, pourront faire le coup de feu au coude à coude avec les invincibles représentants de la Grande Europe.

La Normandie. Deux cents kilomètres à peine. Une banlieue de Paris. Guilbaud ose : « La plus grande partie des troupes qui ont abordé par mer a été rejetée. » Le Camarade Jasmin ne veut pas le croire.

Allons, ils ne vont pas se mettre à dire la vérité maintenant ! Qu'ils crèvent ! *Ça viendra, papa, ça viendra.*

Paris semble si calme. Une sous-préfecture suisse à l'heure de la pause-déjeuner. Personne ne veut encore se réjouir de l'éventuelle libération de la capitale. On dit qu'« ils » ont miné la ville. « Ils » vont tout démolir, les ponts, les monuments, les églises et les ministères. Ce sera l'Apocalypse. « Ils » vont construire des gigantesques camps et y parquer tout le monde. On dit et on redit tout cela parce que l'on est bien informés.

L'époque est étrange. En silence, Paris veille, tremble et espère. Papa et les hommes du réseau Libération-Nord rêvent d'en découdre. Ils veulent de l'action. Ils ont trop attendu.

⁂

Guilbaud, le 8 juin 1944, invite à considérer « comme des ennemis de la France, les francs-tireurs et les partisans, les membres de la prétendue "Armée secrète" et ceux des groupements de Résistance... Demain, l'ordre sera rétabli. Nous ferons le compte des fidélités et des trahisons. Les traîtres et les défaillants seront durement châtiés et, avec les hommes fidèles, nous ferons la Révolution que le peuple exige ».

⁂

Madame Paulette Cattan, dont le mari est déporté en Allemagne, héberge Serge. Elle-même est arrêtée et expédiée à Ravensbrück le 22 juillet 1944. Elle n'en reviendra pas. Pas plus que les deux cent cinquante orphelins juifs dont elle avait la charge. Pour papa, c'est l'errance et le chagrin. La peur aussi. La Gestapo est sur sa trace. Il est traqué. Il attend. Paris retient son souffle.

⁂

Le Populaire clandestin a lancé un appel : « Aux armes, citoyen ! C'est la lutte finale ! »

Jasmin frémit, exulte ! C'est l'heure, enfin ! Mais les « chefs » pensent qu'il ne faut rien faire pour gêner les forces alliées dans leur progression. Il est capital de ne pas créer un autre front à Paris. Les Allemands sont nombreux, puissants, équipés. Que pèseraient des civils face à une armée enragée qui n'a plus grand-chose à perdre ? Le Camarade Jasmin fulmine. On le calme.

— Serge, écoute-moi. Tout le monde a envie de se battre mais les Alliés approchent. C'est juste une question de jours. Pas de bêtises. Pas de provocations. Ne tombons pas dans le piège des communistes. Ils veulent une « insurrection populaire ». Tu sais bien qu'ils n'obéissent qu'à Moscou. Nous, on nous a donné l'ordre d'attendre. Alors, on attend.

⁂

Août 1944. Souvenirs des mois d'août d'avant la guerre, joli mois d'août 36, parfums lointains des premiers congés payés, bals et fêtes. La vie. Paris joue à prendre des vacances. Bains dans la Seine et pique-niques au parc Montsouris. Les plus hardis poussent jusqu'à Fontainebleau, Meudon ou Saint-Germain. Autant d'escapades dangereuses à cause des bombardements. Dans ce cas, on laisse en plan la nappe à carreaux posée sur l'herbe et on détale. Et, le nez en l'air, on regarde passer les avions alliés. Des « Ah ! » d'admiration fusent lorsqu'ils sont nombreux. Et des « Oh ! » désespérés s'échappent des poitrines lorsqu'un bombardier est touché par la DCA allemande.

— Regarde ! Regarde !

— Où ça ?

— Là, dans la direction de mon doigt. Tu vois pas le parachutiste ? Le pauvre gars. Les salauds ! Ils l'ont eu.

Fin de l'alerte. Le pique-nique reprend. Il n'y a pas de saucisson ni de coup de rouge, mais l'herbe est douce. On rentre en ville, où les avenues vrombissent de tanks et véhicules blindés. Les vêtements des Boches sont fatigués. Ils ont des gueules de déterrés. Tant mieux. Il fait beau, chaud et lourd. Sur l'avenue des Champs-Élysées des badauds regardent filer l'armée allemande. Un beau spectacle, en vérité. L'occupé, installé sur un pliant, contemple la fuite de l'occupant.

⁂

Le 17 août 1944, Guilbaud annonce à ses lecteurs qu'ils tiennent entre leurs mains le dernier numéro de *L'Écho de la France*. Serge en pleure de joie. « A nos lecteurs… Notre journal cesse provisoirement de paraître. La victoire de l'Allemagne est certaine. Ce sera celle de notre nation et de notre race. A l'heure de vous quitter provisoirement, amis lecteurs, courage ! Le seul espoir est à l'Est. Du côté de Berlin, s'échafaude le monde nouveau ! Vive la France nationale-socialiste ! »

L'édito ne dit pas que Georges a la trouille. En Tunisie, il avait abandonné ses troupes. C'est le même homme. Il a les mains moites. Au journal, on brûle les papiers et les archives. On donne à qui en veut des passeports provisoires délivrés par l'ambassade d'Allemagne. Guilbaud distribue aussi de lourdes enveloppes d'argent sale à ses collaborateurs paniqués. Le Paris collabo se vide. *L'Écho de la France* est mort. Ses bureaux silencieux attendent d'autres locataires. *Il faudra penser à aérer.*

⁂

Le 19 août, au matin, Guilbaud, flanqué de sa Marie-Fanfan, dégage. Elle laisse derrière elle ses robes du soir et ses fourrures. La Mercedes est décapotable et le soleil au zénith. La maîtresse d'Abetz, ambassadeur du Reich en France, partage le véhicule avec un incertain Mulhaüsen, vaguement consul allemand, mais vrai chaperon de la belle Allemande. Georges a de l'argent, beaucoup d'argent ; du champagne et du foie gras. Nancy. Puis Baden-Baden. La ville d'eaux, sous l'effet d'un gros coup de chaleur, se met à singer Monaco. *Brenner's Palace Hôtel.* Magnifique et pesant. Pâtisserie viennoise. Tout Paris s'y retrouve. On papote. On jase. On mesure l'avenir avec angoisse. On se dispute pour une chambre avec vue ou une ultime faveur. La « Bochie » française agonise. Depuis qu'elle a franchi le Rhin, elle est passée du déshonneur au pathétique, de la honte au sordide. Grande saison tout de même, à Baden-Baden. Il faut en être. On parade dans le Vichy badois. Forêts de sapins, maisons coquettes et fleuries. On se perd dans les allées d'un parc quasi vichyssois. Peu de choses ici rappellent la guerre. Les avions alliés passent haut dans le ciel. On les regarde à peine. Les combats sont ailleurs, en France, nulle part. Les femmes sont élégantes. La pianiste Lucienne Delforge donne des récitals où l'on se presse. Au casino, on joue à la roulette. L'argent français circule. Un mark pour dix francs. Faites vos jeux. Luchaire réside lui aussi au *Brenner's* avec sa famille. L'ennui aidant, il songe à lutiner de nouveau Marie-Fanfan. Pourquoi pas ? Le désir rôde. Mais Guilbaud veille au grain.

35

Le 19 août 1944, l'heure de l'insurrection a sonné. Tout commence par la police. Deux mille policiers en grève refusent d'obéir aux ordres du commandement allemand et occupent la préfecture.

Le colonel Rol-Tanguy, chef des FFI d'Ile-de-France, vient soutenir les insurgés. « Résistez ! leur dit-il, et portez fièrement à votre bras le brassard des FFI. Un seul brassard, un seul fanion, un seul drapeau ! » L'objectif qu'il assigne aux policiers est clair : occupation des bâtiments publics, patrouilles dans Paris, et surtout : « Ouvrir la voie de Paris aux armées alliées victorieuses. » Daniel Mayer va saluer, au nom du CNR, les policiers patriotes. Serge et quelques camarades le suivent. Des rafales cueillent la petite troupe socialiste sur le pont Saint-Michel. On rampe. Papa croit mourir ce jour-là. Jasmin riposte comme il peut. Assez mal. *Moi, je vise tranquillement et fais mouche*. Papa arrive indemne dans la cour de la préfecture. Les policiers ont les yeux humides. Les mêmes avaient peut-être participé à la rafle des juifs en 1942. Allons, soyons beaux joueurs, ces policiers-là, n'en doutons pas, sont des héros. Daniel Mayer évoque les souvenirs glorieux de la Révolution et de la Commune de Paris, y rajoute une pincée de 36. Tous ensemble, dit-il, ils écrivent des pages héroïques, celles de la glorieuse libération de Paris par son peuple. Papa applaudit à tout rompre. Moi aussi, je l'avoue. *On pleure tous les deux*. Le drapeau français claque au vent. Le cœur bat plus vite. Papa est ivre de joie. L'arme à l'épaule, il a vingt ans, il en a quinze, il a l'âge du courage et de la liberté. Adieu Saxo et vive la vie ! Il lui faut se battre. Il fait le coup de feu et le jeune homme. Il ignorait qu'il y avait autant de résistants à Paris, mais c'est un bon gars et pas rancunier. Des dépôts d'armes sont pris d'assaut. Le central téléphonique tombe aux mains de la Résistance. On peut enfin communiquer librement. Cette nuit, l'électricité ne marchera qu'entre 20 h 30 et 21 h. Papa et moi, on s'en moque.

⁂

20 août 1944. On se bat sur les Grands Boulevards. Sous les balles, les socialistes envahissent l'immeuble du journal *Le Matin*, déserté par les collabos. Ce sera le siège du *Populaire*. Le journal cesse d'être clandestin et devient « l'organe officiel du parti socialiste ». Un portrait de Léon Blum est déployé sur la façade. Le poing levé, au son du canon, papa chante *L'Internationale*. Bonheur de retrouver ces paroles-là, cet air-là. *« Du passé, faisons table rase, foules esclaves, debout ! Debout ! Le monde va changer de base... »* Le Camarade Jasmin est désigné pour raconter, jour après jour, l'insurrection parisienne à la première page

du quotidien. « Typos à vos machines ! Au marbre, rédacteurs ! Roulez rotatives ! A vos cycles, camelots ! Et que partout, à travers la ville, les feuilles incendiaires enflamment les Parisiens ! » Voici *Combat* et *Franc-Tireur*, *L'Humanité* et *Libération*. Papa raconte, papa s'exalte. Sa chambre, c'est *Le Populaire*. Juste une heure de répit et il s'allonge sur un canapé. Il n'a même pas eu la force de se déshabiller, d'enlever ses chaussures trouées ou même de rêver à un retour à la Villa Jasmin.

⁂

Lundi 21 août. Le ciel est bas. Temps lourd et moite à l'Africaine. La veille, on a beaucoup parlé d'une trêve signée entre le commandant von Choltitz et la Résistance. Le Camarade Jasmin écrit dans *Le Populaire* : « Pour nous, pas de trêve tant qu'un seul Boche reste encore à Paris. Notre devoir est de les combattre. Pratiquez la guérilla, attaquez les Boches partout où vous le pourrez. » Les combats continuent.

⁂

Mardi 22 août. Il pleut. Paris patauge. De courageux militants, roulant à bicyclette sous les bombes, vendent *Le Populaire* à la sauvette. Ils sont des cibles rêvées pour les tireurs allemands ou les miliciens cachés sur les toits. La Liberté circule de mains en mains. Il y a partout des barricades où vrais et faux FFI se mêlent et échangent parfois des coups de feu. Il y en a presque six cents ! Pavés, sacs de sable, grilles d'égout, matelas, tout est bon. Paris consolide sa défense. On rit beaucoup. C'est joyeux comme une guerre de libération ou une révolution. Joyeux, mais aussi cruel et hideux. Papa voit, dans le XVIIe arrondissement, une foule s'emparer de collabos. Les hommes sont lynchés et les femmes tondues. Leurs chevelures seront exposées comme des trophées aux grilles de la mairie du quartier. Serge tente de s'interposer. On le repousse brutalement. « De quoi y se mêle, celui-là ? Même pas “Fifi”, le gus ! Nous, on est des vrais patriotes, pas toi ! Allez, du balai, casse-toi ou on te fait ta fête ! »

⁂

Mercredi 23 août. « Où sont les Alliés ? » Pas très sympa, les gars, de nous laisser sans nouvelles. Dès neuf heures du matin, des chars allemands attaquent furieusement le Grand Palais où se trouve le commissariat de Police du VIIIe arrondissement, tenu par la Résistance. Sept cents FFI sont assiégés, pris au piège. Un obus incendiaire met le feu à des réserves de munitions. Le Grand Palais est en flammes. Un cirque allemand est installé à côté. Les clowns, les trapézistes et les écuyers voient leurs éléphants détaler dans un Paris où sifflent les balles. La vie sauvage envahit la ville.

A midi trente, la radio anglaise affirme que « Paris est libéré ». Heureuse mais fausse nouvelle. Londres célèbre cet événement prodigieux qui n'a pas eu lieu et l'annonce au monde entier alors que les Parisiens, toujours sous le feu allemand, sont furieux. A Tunis, maman sanglote de joie et la ville, aussitôt pavoisée, est en fête. Défilés militaires et feux d'artifice. Du côté de Guilbaud, à Baden-Baden, c'est la consternation. A Paris, l'odeur de la poudre se répand du côté de l'avenue Montaigne. Un cheval de parade du cirque pilonné a été tué et dépecé sur place. Il reste sur l'asphalte un amas de boyaux et les yeux hébétés d'un animal abattu stupidement. Un cheval, quatre-vingt-dix-neuf morts français et cinq allemands. C'est le bilan du jour, selon *Le Populaire*. Le Camarade Jasmin essaie d'être partout et y arrive presque.

⁂

Jeudi 24 août. La nuit a été calme, mais, comme toujours, trop courte pour Serge. *« Le Popu »* sort des presses à l'aube. Les cyclistes qui le vendent interpellent leurs clients : « Gaffe ! Pas d'attroupement. Prends ton canard et tire-toi. Les Boches tirent à vue ! Ces salauds-là, y se font des cartons quand ils voient un petit groupe. Bougez, bougez ! Et merci, camarades ! On les aura ! »

En début d'après-midi, on entend la canonnade au sud.

— Oui, je te jure, c'est les Français. Ils arrivent !

Papa cherche désespérément un abonné du téléphone. Il faudrait que l'heureux homme, socialiste ou sympathisant, habite Porte d'Orléans ou Montrouge. Il en trouve un. Il hurle dans l'appareil :

— Tu vois quelque chose ?

— Non rien ! J'entends, mais je vois rien.

— Merde ! Rappelle-moi !

Dix minutes plus tard, nouveau coup de fil :

— C'est encore Moati, du *Populaire*. Alors… quoi de neuf ?

— Rien. Désolé.

— Rappelle-moi. Et n'oublie pas ! Où tu es, exactement ?

— A Bagneux.

— J'essaie un autre copain. Salut.

Nouvelle tentative. Nouvel attente et nouvel échec.

Vers dix-sept heures, des policiers sont dans la rue. Ils portent un brassard tricolore. Ils sont acclamés. « Vive la police ! » crie Serge pour la première et, peut-être, la dernière fois de sa vie. La pluie toujours. Ça ne sera pas pour aujourd'hui. Pourtant un petit avion aux couleurs françaises survole la ville en rase-mottes et lance un message que la foule s'arrache : « Tenez bon, nous arrivons ! Leclerc. » A dix-neuf, téléphone :

— Allô, Moati, ils sont là ! Je te jure. Ils sont là !

— Où ça ?

— Au Petit Clamart.

— Où ?

— T'es sourd ou quoi ?

— J'entends rien. Répète ! Vos gueules, les gars !

— Au Petit Clamart !

La nouvelle, déformée, amplifiée, court le long des rues. Aux fenêtres, on voit partout des drapeaux français. Et c'est comme si tout Paris chantait *La Marseillaise*. Papa, pour avoir des informations, file au siège de la Radio nationale. Il y trouve des speakers bouleversés qui hurlent dans leur micro : « Les tanks de Leclerc sont arrivés à l'Hôtel de Ville ! » Vite, il faut y aller. Sous la mitraille, il court, son bloc-notes à la main. Trois chars français se sont faufilés à travers la foule et les barricades. Ils sont passés. Fresnes, L'Haÿ-les-Roses, Bagneux, boulevard de l'Hôpital, pont d'Austerlitz, quai Henri-IV… ils sont passés ! Et les voilà enfin ! Il est vingt et une heures et vingt minutes. Cent cinquante hommes, trois chars, une quinzaine de half-tracks et deux GMC. Deux minutes plus tard, toutes les cloches de la ville disent au monde que Paris est libéré ! Au même instant, les Allemands tirent sur l'Hôtel de Ville. Papa se plaque au sol. Les vitres de la mairie explosent. Les dépôts d'armes et les magasins de munitions brûlent. Il y a des incendies partout. Puis c'est l'obscurité. Papa reste à l'Hôtel de Ville toute la nuit. Il est un assiégé parmi les autres. Vers quatre heures du matin, le Camarade Jasmin, ivre de fatigue, s'endort pour une demi-heure.

⁂

Dehors, les rues et les avenues forment une immense guirlande. On voit partout des drapeaux français, mais aussi anglais, américains, soviétiques et belges, selon les quartiers ou les appartenances politiques. Tourelle ouverte, visage au vent, les hommes de Leclerc entrent dans Paris. Une route de gloire, de fleurs et de drapeaux. Paris converge vers l'Arc de triomphe. Déjà, du sommet de l'édifice, descend un immense drapeau tricolore.

Jasmin n'en peut plus. Il se laisse glisser le long d'un arbre et se met à pleurer. Il est tout seul. J'ai envie de le prendre dans mes bras. J'aurais tant aimé lui dire :

— *Je suis près de toi*. Tu vis, papa. Tu vois, la nuit s'éloigne. Tu n'auras plus jamais peur. Tu mourras centenaire, entouré d'une troupe d'enfants, avec, à tes côtés, la plus belle des femmes de Tunis. Sois heureux, papa, tu as fait ton travail d'homme. Tu ne mourras jamais. A Tunis, maman a mis le drapeau français aux fenêtres de la Villa Jasmin. Elle t'attend.

⁂

Le général von Choltitz a signé l'ordre de reddition des forces allemandes. Nous y voilà. C'est fait.

⁂

Lève-toi, papa. A l'Hôtel de Ville t'attend la plus belle surprise de ta vie. Tu ne m'as jamais raconté grand-chose mais ce moment-là, tu me l'as confié. C'est ton bonheur, ton honneur et ta fierté. Au nom des journalistes de la Résistance, tu as symboliquement remis les clés de Paris à de Gaulle. Je ne sais pas si le « Grand » t'a vraiment vu, toi, le petit. Mais il t'a serré la main. Je me suis débrouillé pour prendre la photo. *Comme je n'étais pas censé être en vie*, j'ai fait vite, elle est donc un peu floue, mais elle existe. Tu es tout près du Général. Il parle. La Terre entière se souvient de ce qu'il a dit, mais je recopie ces phrases pour mon plaisir et le tien :

« Paris ! Paris outragé ! Paris brisé ! Paris martyrisé ! Mais Paris libéré ! Libéré par lui-même, libéré par son peuple, avec le concours des armées de la France, avec l'appui et le concours de la France tout entière, de la France qui se bat, de la seule France, de la vraie France, de la France éternelle. »

Papa, tu n'as pas démérité de cette France-là. Tu as refusé les médailles. Moi, je t'en fabrique une. C'est ce livre. Tes ancêtres, Samuel et ses frères, ces juifs de Tunis, fous de France, t'entourent ce jour-là, place de l'Hôtel-de-Ville. Tes aïeux et tes descendants sont près de toi. *Je les prends aussi en photo*.

36

Tunis, le 8 septembre 1944. Il est presque vingt-trois heures. Un fonctionnaire de la résidence frappe avec solennité à la porte de la Villa Jasmin. Pas de réponse. Deux, trois minutes passent. L'homme insiste. Prudemment, en peignoir et les cheveux ébouriffés, Rachel entrouvre la porte.

— Je suis désolé de vous déranger. Ai-je l'honneur de parler à madame Moati ?

— Non ! Toi, monsieur, attends. Odette, viens ! Odette, vite !

Odette arrive, inquiète. Depuis de longs mois, elle n'a aucune nouvelle de Serge. Depuis la visite d'un fonctionnaire de la résidence qui lui avait annoncé qu'il était vivant.

— Monsieur ?

— Pardonnez l'heure tardive de mon passage, mais je suis porteur d'une lettre importante, madame. Elle a transité par les services de la résidence générale de France dont j'ai la charge. Mon nom est Armand Mounier.

— Vous voulez entrer, monsieur Monier ?

— Mounier, avec un « o » et un « u », *Mounier*.

— Pardon.

Qu'il lui donne cette lettre et qu'il s'en aille.

— Voulez-vous signer une décharge stipulant que je vous ai remis ce courrier ?

Au diable la décharge ! Rachel ne trouve pas de stylo et finit par trouver un crayon dont la mine se casse. Maman rit nerveusement. Elle s'empare d'une grande enveloppe aux armes de la République française sur laquelle est écrit : « A l'attention de Madame Moati Serge. Villa Jasmin. Tunis. » Elle se précipite dans le salon, rejoint son fauteuil habituel, sous l'abat-jour qui donne une lumière chaude. Elle décachette l'enveloppe. Il y en a une autre à l'intérieur. Et cette écriture, elle la reconnaîtrait entre toutes. C'est celle de papa. Elle crie :

— Les enfants, venez !

C'est Rachel qui accourt en premier, suivie de Vivi et de Nine, à moitié endormis.

— Une lettre. Une lettre de papa !

La main de maman tremble. Les enfants se rapprochent de la lumière. Rachel est dans la pénombre. Celle où je l'ai toujours vue, comme si cette semi-obscurité était le signe de sa condition. Ne pas se mettre trop en avant, rester à sa place, loin du monde des puissants et des riches. Nine pleure déjà. Vivi fait le fier et joue au garçon calme. Maman lit d'une petite voix. Le silence de la nuit protège la Villa Jasmin.

⁂

Paris, le 31 août 1944.

Ma femme chérie,
Mes enfants chéris,

Avec quelle joie je vous écris cette lettre, la première sans doute que vous recevez de moi depuis mon arrestation et mon départ de Tunis. Dans l'impossibilité encore de télégraphier, notre ami André Le Troquer, Commissaire aux territoires libérés, veut bien vous faire parvenir ces quelques pages par l'intermédiaire de la valise diplomatique. Répondez par la même voie. Odette, mon amour, mes enfants adorés, enfin le cauchemar est dissipé. Paris est libéré ! Je vous laisse imaginer la joie de tout un peuple. Je vous laisse imaginer mon bonheur à moi, qui vivais traqué depuis si longtemps… Après mon internement en Allemagne, j'ai été transféré dans une prison parisienne. J'ai pu m'en échapper. Les miracles ont succédé aux miracles. Je ne crois pas vraiment en Dieu, mais à quelque chose que l'on peut nommer « la providence »… D'autres, plus prosaïques, parleront de grande chance. Bref, je me suis sorti d'un camp de la mort allemand, d'une prison française et ensuite j'ai échappé à de nombreuses tentatives d'arrestation par la Gestapo qui était à mes trousses. On dira peut-être un jour : « Veinard comme Serge ! » Sans rire, j'ai même failli mourir à plusieurs reprises et, encore tout récemment, au cours des combats pour la libération de Paris. Rassure-toi, je suis indemne. C'était comme si j'avais été protégé tout le temps. Par une force ou par quelqu'un. Je te parlerai, ma chérie, lorsque nous serons toi et moi réunis, d'un rêve que j'ai fait une nuit au camp. On enverra coucher les enfants, et je te raconterai...

Nine dit :

— Tu me diras son rêve ?

Et Vivi :

— Un rêve, quel rêve ? De quoi il parle ?

— Je ne sais pas. Écoutez la suite, mes amours :

J'ai vécu de longs mois dans la clandestinité. Aux heures exaltantes de la libération de Paris, alors que les Boches étaient encore là et que la ville se hérissait de barricades, la presse collabo disparaissait et la presse libre reprenait son combat. Mes camarades du Populaire *ont fait appel à moi et, comme toujours, j'ai obéi immédiatement à ce qui était un impérieux devoir. J'ai vécu, dans l'atmosphère de la bataille de Paris, des heures fiévreuses et glorieuses. En cinq jours, j'ai dormi dix heures ! Mais j'ai eu aussi la plus belle joie de ma vie. Seul, avec cinq autres journalistes parisiens, j'ai assisté à l'arrivée des premiers chars français sur la place de l'Hôtel-de-Ville et, le lendemain, à celle du général de Gaulle. Je n'oublierai jamais qu'il m'a serré la main. A moi ! A ton mari. A votre papa, les enfants. De Gaulle ! Et moi, je lui ai remis les clés de Paris ! Incroyable honneur. Plus tard, on dira, peut-être, que j'invente. Mais non. J'ai une preuve. Un jeune homme a pris une photo de cette rencontre et me l'a donnée. Je ne connais que son prénom, mais j'ai une bonne raison de m'en souvenir : Serge. Il a ajouté : « Un jour, je deviendrai Serge, monsieur Moati. » Que voulait-il dire par « un jour » ? Et comment savait-il mon nom ? Bizarre, vraiment. J'ai tant de choses à te raconter, ma chérie, que l'on n'aura pas assez de toute notre vie !...*

Les enfants :

— Et nous, alors, il nous racontera rien ?

— Mais si, écoutez la suite !

Le « Camarade Jasmin », un pseudonyme que vous seuls comprendrez, a donc réussi des reportages sensationnels ! A telle enseigne que mes amis du Populaire *veulent que je reste avec eux. Daniel Mayer, le patron du journal, m'offre une belle situation. Je toucherai mille francs par mois pour commencer. J'ai refusé. J'ai trop hâte de vous retrouver et de vous serrer sur mon cœur longuement et de toutes mes forces, après une si longue absence. Retrouver aussi la Villa Jasmin et le couscous du vendredi soir. Tu sais, à propos de couscous, j'ai beaucoup maigri. Ne t'inquiète pas. J'avais des réserves et ça m'a fait le plus grand bien. A toute chose, malheur est bon...*

Maman :

— Mon Dieu, il dit qu'il a beaucoup maigri !

Vivi :

— Peut-être qu'on va pas le reconnaître. Surtout Nine !

Je crois que ce n'est pas avant quelques semaines que l'on pourra reprendre le bateau ou l'avion. Que ces derniers jours peuvent être longs et comme je me languis de vous ! Mais je respire. Je suis libre. Pour la première fois aujourd'hui, je me suis assis à la terrasse d'un café. Sans crainte et pour le plaisir. Personne ne peut plus me demander de présenter mes (faux) papiers. Vous ne pouvez pas imaginer ce bonheur-là, tout simple, si fort. Comme je finis de travailler à trois heures du matin, je dors sur un divan au journal. De toute façon, je n'ai pas d'endroit où aller. Je m'y suis fait. J'entends les rotatives tourner et les copains qui racontent leurs blagues. Je suis heureux, simplement, d'être en vie. Je suis sûr, oui sûr, que c'est votre amour que j'ai toujours senti autour de moi qui m'a protégé. A très vite, ma femme chérie et mes enfants adorés. Je vous aime. Je vous aime tant !

Silence. Rachel est partie. Aucun des trois Moati n'ose bouger. Je les laisse là. Tranquillement, je profite de ce moment pour faire le tour du futur propriétaire. Je visite pour la première fois la Villa Jasmin.

Je repère une chambre qui me convient. Elle fait face à celle des parents. C'est là que je dormirai, plus tard, *quand je serai né*.

⁂

Tout s'accélère. Le 20 septembre 1944, papa débarque à Alger. Les journalistes se précipitent sur lui. Le Camarade Jasmin répond à toutes les questions, mais son esprit est ailleurs. Tunis, vite ! « Monsieur Serge Moati, écrit le correspondant de l'AFP à Alger, est le premier journaliste parisien arrivant sur nos rivages depuis la libération de la capitale. » Racontez-nous, cher collègue.

— Oui, la Liberté est en marche. Oui, le Reich sera définitivement écrasé. N'en doutons pas, les affaires de la France sont entre de bonnes mains. De toute sa ferveur patriotique, Paris a plébiscité le chef de la France combattante, mais…

— Mais ?

— Mais il faut que, dès le retour des prisonniers et des déportés, la parole soit enfin rendue au pays.

— Que voulez-vous dire ?

— La France doit retrouver au plus vite le chemin de la légalité républicaine par l'organisation d'élections démocratiques.

Le journaliste cesse de noter. Il s'énerve. Il aime les idées simples.

— Je ne vous comprends pas, cher collègue. Sans de Gaulle, il n'y aurait pas eu de résistance organisée. La rue aurait été livrée aux communistes, aux anarchistes ! C'est de Gaulle qui a restauré l'ordre national.

— Oui, mais pas la république. Il n'a pas voulu la proclamer. Après l'ignominie de Vichy, il aurait dû le faire. C'était son devoir. Ce n'est pas vrai que Vichy « fut et demeure nul et non avenu », comme il l'a dit ! C'est archifaux. Il aurait dû, place de l'Hôtel-de-Ville, restaurer solennellement la république devant le peuple rassemblé. Il ne l'a pas fait. Pardonnez-moi, mais j'ai toujours une vieille méfiance envers les généraux.

— Pourtant vous connaissez bien le Général… !

— A cause de la photo où il me serre la main ?

— On dit même que vous êtes des intimes.

— Si ça vous arrange de l'écrire, allez-y. Comme ça vous pourrez dire que vous avez vu un gars qui connaît bien le Général. Et qui vous a serré la main. Ne lavez plus la vôtre ! Allez, salut.

Attendre encore. L'avion vers Tunis s'est perdu. On traîne. Un ministre du gouvernement provisoire devait se rendre en Tunisie et Serge a profité du vol officiel. Mais la halte à Alger est interminable. Chaque minute dure un siècle. Enfin l'avion décolle. Trois heures après, voici Bizerte, puis Sidi Bou-Saïd. Et enfin, Carthage. Plus loin, c'est Tunis et, à gauche, le quartier du Belvédère.

— Magnifique, je vois presque la Villa Jasmin !

— Qu'est-ce que vous dites ? hurle le ministre gaulliste.

— La Villa Jasmin ! JAS-MIN !

Papa a le visage collé au hublot. Un peu plus et il ferait exploser la vitre. L'avion tourne et tourne autour de l'aéroport. C'est la première fois depuis longtemps qu'un avion français, avec à son bord un ministre français, peut se poser sur le sol de la Tunisie française libérée. Aussi, un peuple en liesse s'est rassemblé pour accueillir, comme il convient, le représentant de la République. L'Excellence provisoire se rengorge et trouve cet enthousiasme populaire somme toute assez normal. L'avion se pose cahin-caha. Le ministre, du haut de la passerelle, salue. Maigres applaudissements. La foule semble en attente. De quoi ? de qui ? Et papa apparaît. La foule crie : « Serge ! Serge ! » Elle déploie des banderoles : « Bienvenue au Camarade Jasmin ! » « Bienvenue au pays ! » Les drapeaux tricolores et rouges se mêlent. Papa est bouleversé. Il n'arrive pas à bouger et tremble de tout son corps. Ils sont là, tous là. Les socialistes et les survivants du Réseau, les francs-maçons, les copains, et tous les autres, les juifs et les arabes, les « Français-de-France », les gaullistes, les communistes, ceux de la Ligue des droits de l'homme, les Italiens antifascistes et les républicains espagnols. On dirait que tout Tunis est là. Ses premiers pas sur le sol tunisien. Photos. Éclair du magnésium. Il y est ! La foule bouscule le service d'ordre. L'Excellence, vexée, est oubliée. Des grappes humaines entourent papa. On veut le toucher, l'embrasser. Il manque tomber. Des costauds de la Fédération socialiste de Tunisie le hissent sur leurs épaules. Immense ovation. Et voici que la foule chante *La Marseillaise*. Et *L'Internationale*. Beaucoup pleurent. Papa aussi. Il a le vertige et veut retoucher terre. Il demande :

— Où est ma femme ? Où sont mes enfants ?

— Ils t'attendent à la maison. S'il te plaît, Serge, reste là-haut pour que tout le monde te voie !

— Pourquoi ils sont pas là ?

Mais papa devine la raison de cette absence. Trop de monde, trop de bruit. Les retrouvailles auraient été faussées. Vite, la maison. Papa, léger comme une plume, amaigri par les privations, parcourt, à la façon des généraux victorieux, les quelques kilomètres qui séparent l'aéroport de la Villa Jasmin. Un triomphe à la romaine sur les épaules des costauds. La foule devant la maison. Le silence se fait. Papa a sa valise à la main. Ses jambes flanchent. Moati est de retour chez lui, après un long voyage du côté des morts. Arrive à sa rencontre, sur la gauche, très intimidée, Odette, sa femme. La foule s'éloigne. On entend claquer les drapeaux. Puis plus rien. Juste les rumeurs lointaines de la ville. Papa et maman sont tout près l'un de l'autre.

— Bonjour, Serge.

— Bonjour, Odette. Tu es belle.

— Tu as maigri.

— Ma chérie.

— Mon amour.

— Et les enfants. Comme ils ont grandi !

— C'est vrai, tu es là ?

— On ne se quittera plus. Promis, juré.

Vivi court vers papa et l'embrasse à s'en étouffer. Puis, c'est Nine, timidement. Elle avait cinq ans quand il est parti. Elle en a neuf maintenant. Une vraie fille, aujourd'hui, plus un bébé.

Papa la prend dans ses bras, la fait tourner haut dans le ciel.

— Ma jolie, ma jolie.

Il lui chante à l'oreille :

— Tu te souviens, ma chérie, de notre chanson : « Nina sur la montagne, Nina cueillait des roses… »

Nine ne se souvient pas, mais fond en larmes.

— Pourquoi tu pleures, ma toute belle ? Ne pleure pas !

Elle s'enfuit, retourne vers la villa. Elle se réfugie dans les jupes de Rachel. Papa regarde maman. Il la serre contre lui, doucement. Elle croit qu'elle va tomber et s'évanouir de bonheur. Des voisins applaudissent, comme au théâtre. Papa fait mine de saluer. Tous deux, enfin, rentrent à la Villa Jasmin.

37

Les enfants sont allés se coucher. Ils chuchotent, ils rêvent. Papa est revenu. C'est magnifique, mais c'est la fin de l'aventure. Avant, on était extraordinaires, des « presque orphelins ». A partir de maintenant, on est des « presque normaux ». Et puis, avec papa, il faut faire attention maintenant. A un moment, on jouait, on a fait du bruit et il nous a dit de nous arrêter, sèchement. C'est bizarre qu'il nous crie dessus. On n'a pas l'habitude. Il doit être fatigué. Papa est donc ce monsieur tout maigre. Sur les photos, il était gros.

— Est-ce que maman va moins nous aimer parce qu'il est là ?

— Je ne crois pas… et toi ?

— Je n'en sais rien. C'est possible.

L'après-midi, tout Tunis a défilé. On voulait le voir, le toucher. Mais surtout, on voulait qu'il raconte. Mais il se taisait. C'est lui qui avait envie de tout savoir, les potins, les ragots et les rumeurs, les histoires de fesses et le reste. A un moment, dans le salon, il s'est endormi alors que tout le monde était encore là. Maman a dit :

— Excusez-le. La fatigue du voyage.

Papa est allé s'allonger dans sa chambre. Il a retrouvé son lit, l'armoire à glace, la coiffeuse, les tableaux de rabbins de la Tsia Eugénia, et là, tout seul, il n'a pu s'arrêter de pleurer. Un vrai lit, son lit. Depuis si longtemps, il avait attendu le retour à la vie. Mais pour lui, comme pour les enfants, il y a de la mélancolie dans l'air. Et de l'angoisse. Je suis vivant. Je suis rentré chez moi, c'est magnifique. J'ai retrouvé ma femme et mes enfants, c'est ce que je pouvais espérer de mieux. Mais maintenant, qu'est-ce que je vais faire ? Je me sens vide. J'ai vu trop de choses. L'horreur, la peur, le camp, la saloperie, tous ces morts. Ça ne passe pas. Il faudra des années, peut-être. Mon lit, ma chambre, enfin. Rien n'a changé, tout a changé. Il faut que je sache à nouveau parler à Odette, la toucher, la caresser, lui faire l'amour. Pas comme à ces filles ou à ces putes croisées alors que j'étais clandestin à Paris. Non, Odette est « ma » femme. Comment on fait l'amour à « sa » femme si longtemps après ?

Papa s'endort et se réveille en sursaut. Il a vu Guilbaud. Il en est sûr. Où il est, ce salaud ? Il tremble de fièvre. Maman entre, lui donne un verre d'eau, éponge son front.

— Repose-toi, mon chéri. Dors un peu.

Elle s'en va. *Je reste seul avec papa dans la chambre*. Il a les yeux fermés et ne me voit pas. Tant mieux. Je m'approche de lui. Je lui chuchote :

— Je suis le garçon qui t'a photographié, place de l'Hôtel-de-Ville. Écoute-moi.

— Quoi ?

— Chut !

Un temps.

— Écoute-moi. Tu veux savoir ce qu'est devenu ce salaud de Guilbaud ?

Il se tourne et se retourne dans le lit. Je me glisse dans sa tête. *Je parle à son rêve* :

— Je vais te raconter une histoire. Après Baden-Baden, ton bourreau est allé à Sigmaringen. Ça t'intéresse ? Tu veux que je continue ?

Il semble faire « oui » de la tête.

— Sigmaringen, c'est là où avaient échoué Pétain, Laval et toute leur clique. Ils s'y croyaient. Ils disaient qu'ils étaient « la France en exil ». Laval a nommé Guilbaud « ambassadeur de France » auprès de la République fasciste de Salo.

— C'est pas vrai ! semble dire papa.

— Je te le jure. Sigmaringen, c'est juste un château entouré d'un village au bord du Rhin. Salo, c'est pire encore. Tout ce qui reste de l'Italie de Mussolini. Des États moribonds échangent des ambassadeurs fantômes. L'Excellence part pour le lac de Côme. A Fasano, voici la Villa Bianca, siège de l'ambassade de France. Ce salaud de Guilbaud est « ambassadeur » et sa copine joue à la femme de diplomate… A mourir de rire !

— Sa copine ? Comment est-elle ?

— Une superbe fille délurée. Une vraie coquine, belle comme le jour et suave comme la nuit. Mais t'affole pas, elle n'aime pas les juifs. Toi et moi, on n'aurait eu aucune chance.

Il ronchonne. Je continue.

— Les deux amants jouent aux diplomates, claquent un argent fou, celui que Guilbaud avait volé.

Marie-Fanfan dévalise les boutiques de lingerie fine à Milan pendant que Georges fait de la géostratégie de bazar à la Villa Bianca. A propos, tu sais qui était devenu le majordome de Guilbaud en Italie ? Je te le donne en mille. Firpi ! Le commissaire Firpi, le flic qui t'avait arrêté, l'homme de la police politique de Tunis.

Papa hurle :

— Firpi, ce salaud !

Maman fait irruption dans la pièce. *Vite, je me cache.*

— Serge, calme-toi, calme-toi. Tout va bien. Tu es chez toi, maintenant. Dors.

Papa est apaisé. Maman s'en va.

Je continue :

— Je suis désolé, Camarade Jasmin, mais je ne peux pas te dire mon nom. Je veux te laisser le plaisir de me le donner bientôt. J'ai la chance, pour l'instant, d'être un esprit. Je suis libre. *Je voyage dans l'espace et le temps*. Je vais t'en faire profiter. Tu veux savoir la suite de l'aventure de Guilbaud ? Alors, voilà : la France est libérée et L'Italie vaincue. Plus de Sigmaringen. Plus de Salo. Guilbaud et Marie-Fanfan doivent fuir. Comme il a de l'argent et quelques relations, il réussit à filer en Espagne. Là-bas, un ami de Hitler est au pouvoir : Franco. Il accueille volontiers des crapules comme Guilbaud. Marie-Fanfan le rejoint. Attention, papa, on avance dans le temps. Marie-Fanfan et Georges sont à Madrid. Ils s'ennuient, mais y restent tout de même plusieurs années, menant une vie de bourgeois aisés, au passé incertain. Ils y ont des copains français, exilés comme eux. Laubreaux, l'infâme de *Je suis partout* et Abel Bonnard. Tu te souviens de ces salauds ?

— Oui, murmure papa. Tu parles si je m'en souviens. Oui, des salauds, des salauds !

— Ne t'énerve pas ! Au bout d'un moment, le couple doit partir. Ils sont ravis de quitter l'Espagne, trop proche de la France. Tu sais où ils vont ?

— Non. Comment veux-tu que je le sache ? Je ne suis pas un « esprit » comme toi, ni un médium…

— Tu es mieux que ça. Tu es un vivant. Nos « amis » vont donc en Argentine. Guilbaud, condamné deux fois à mort par contumace, se sert des filières nazies. Le voici à Buenos Aires. Comme il a le sens des affaires, il devient le « conseiller économique » du Président, le dictateur Peron.

— C'est fou !

— … mais vrai, ne crie pas ! Sinon maman va arriver et je serai obligé d'arrêter mon récit. Il reste des années en Argentine. Marie-Fanfan, quant à elle, a une liaison fatale avec un gaucho viril et fortuné. Alors, elle plaque Guilbaud.

— Bien fait pour lui. Et ?

— Et il part ! Une nouvelle fois. Tu sais où il va ? Non, bien sûr. En Suisse. Il devient banquier. Paisible. Riche. Il te survivra longtemps et aura une vieillesse heureuse, à peine troublée par les cauchemars que je lui expédie.

— Tu sais ça ? Mais comment ?

— Pas le droit de le dire. Désolé.

— Et moi, je mourrai quand ?

— Jeune. Trop tôt.

— Qui es-tu ?

— Laisse. Ce n'est pas important.

— Qui es-tu ?

— Ce n'est pas important. Je te disais que toi, tu mourras jeune…

— Oui, tu te répètes. Et Guilbaud ?

— Pas lui ! Il vivra longtemps.

— Je mourrai avant ce type infâme ! C'est dégueulasse !

— Calme-toi. Il vaut mieux être à ta place qu'à la sienne. Toi, tu imposes le respect, lui, il dégoûte. Toi, tu as servi ton pays, lui l'a trahi. Tu as gagné. Il a tout perdu. Je suis fier d'être ton fils. En écrivant, je tue ce salaud pour de bon. Tu peux dormir tranquille. Tu m'entends ?

Il dort. J'ai fait mon travail. Maintenant, il sait. Maman le rejoint dans la chambre. Elle se couche près de lui. Ce qui suit, je ne saurais le raconter. Je me refuse à imaginer la scène. Les fantômes ou les enfants des limbes ont leur pudeur.

⁂

Le lendemain, en fin d'après-midi, l'association des Anciens combattants et victimes de guerre organise, avec le concours du parti socialiste, un grand meeting pour saluer le retour au pays de Serge Moati qui a, disent les affiches placardées sur les murs de la ville, « participé les armes à la main aux combats victorieux de la libération de Paris ». Papa n'avait franchement aucune envie d'aller à cette réunion au *Mondial*. Grosse fatigue, lassitude. La salle de cinéma est bondée et pavoisée aux couleurs tricolores. On acclame le héros. Celui que l'on croyait mort est revenu. Un notable galonné l'accueille par un discours convenu :

— La France entière a résisté. Elle a été tout entière derrière de Gaulle. La parenthèse de la guerre est refermée. Il n'y a pas eu de collabos en Tunisie. C'était rien qu'un double jeu pour tromper l'ennemi. Et les vrais traîtres, ils sont très rares, seront châtiés. Tournons la page et célébrons la victoire des Patriotes qui ont terrassé le dragon nazi. Honorons notre ami Serge ! A travers lui, c'est le Paris héroïque des journées d'août 1944 que nous saluons fraternellement ! Vive l'Union nationale ! Vive la France ! Vive la Tunisie !

Micro. Tribune. C'est au tour du responsable très « provisoire » du parti socialiste de prendre la parole. C'est pire. Le camarade est traumatisé. Il craint que Serge ne lui prenne sa place. Il exalte, sans y croire, le rôle du glorieux parti dans la Résistance et l'héroïsme sans faille de ses troupes. Pendant que papa et les autres étaient déportés, il a dû garder la « veille maison ». Il fallait bien que quelqu'un se dévoue. Il l'a fait.

— J'aurais préféré être un héros, comme toi Serge, mais que veux-tu, ma situation exigeait la prudence. J'ai tenu bon. La Fédération socialiste est bien vivante. Vive le parti ! Vive la France ! Vive la Tunisie !

Micro. Tribune. C'est au tour d'un caïd musulman de parler. Il est couvert de décorations. Un arbre de noël en gandoura.

— Tous les musulmans ont été derrière la France libre. Nous avons servi le drapeau français dans les heures sombres. N'oubliez jamais le sacrifice et la loyauté de mes coreligionnaires. Pas une seconde, nous n'avons cédé aux sirènes de l'ennemi allemand…

Ricanements dans la salle, aussitôt suivis de « chut » indignés. Ça tourne vinaigre. Le très médaillé conclut rapidement :

— Vive la France ! Vive la Tunisie !

La messe est dite. La parole est à Serge Moati.

— Camarade, nous t'écoutons.

— Chers amis. Chers camarades. Merci de tout cœur pour votre accueil ! Vous imaginez mon émotion, ma joie d'être ici, près de vous.

Odette est assise près de son frère André, le sioniste. Elle se recroqueville, intimidée.

— Oui, chers amis, je suis fier d'avoir lutté, participé à la libération de Paris. Nous, le peuple, nous avons chassé les nazis ! La France a retrouvé la Liberté. Les sombres nuages s'éloignent. Bientôt, le cauchemar sanglant de l'hitlérisme s'éloignera, mais…

Que va-t-il dire ? se demande maman. Peut-être lui-même ne le sait-il pas. Un sentiment très fort, comme une bourrasque soudaine, submerge l'orateur.

— Avant de raconter ces glorieuses journées de Paris, je voudrais…

Il prend son temps. Sa voix tremble un peu. Maman le sait. Papa a envie de pleurer.

— Je voudrais, avant toute chose, rendre hommage aux camarades de Tunis, partis avec moi, en février 1943, vers les camps de la mort, et qui n'en sont jamais revenus… Levez-vous, s'il vous plaît. Observons une minute de silence à la mémoire de nos amis Lévy et Cohen-Hadria.

Le public se rassoit. Serge, alors, continue :

— Lévy et Cohen-Hadria ont été arrêté parce qu'ils étaient résistants. Mais, s'ils ont été assassinés, c'est parce qu'ils étaient juifs.

Il dévisage la salle. Son regard cherche celui d'André, son jeune beau-frère.

— Oui, ils avaient eu le malheur d'être nés juifs ! Avant de vous raconter la libération de Paris telle que je l'ai vécue, j'ai besoin de laisser parler mon cœur. J'ai rêvé d'un monde sans barrières raciales ni religieuses. J'ai combattu toute forme de racisme. J'ai lutté contre les excès d'une politique coloniale aveugle et méprisante. Vous le savez tous, j'ai rêvé d'être le citoyen d'un monde affranchi des égoïsmes de classes, d'un monde fraternel.

Voilà que Moati nous fait son prêchi-prêcha, se disent quelques grincheux, alors que d'autres attendent la suite avec émotion et curiosité…

— Lévy et Cohen-Hadria, je l'ai dit, sont morts parce qu'ils étaient juifs. Vous me connaissez. Vous n'ignorez pas la force de mes convictions socialistes. Elles ne datent pas d'hier…

Ça, non ! maugrée la droite. Va-t-il nous sortir un numéro de propagande ? Il pourrait : il a la salle pour lui, ce démago.

— Eh bien, aujourd'hui, mes convictions sont ébranlées… Le rêve socialiste est beau. Il est comme un phare qui éclaire la nuit du monde. Mais moi, j'ai vu l'horreur. J'ai vu comment on pouvait tuer l'homme en l'homme. J'ai vu l'enfer, camarades. J'ai l'impression que je ne suis jamais sorti du camp de la mort. J'y suis toujours.

Il va gâcher la fête ! On voulait une belle histoire. Et voilà les camps de la mort !...

— Je sens l'odeur de la chambre à gaz. Je vois la fumée du four crématoire... Des centaines de milliers d'hommes, de femmes et d'enfants juifs y ont péri. Lorsque l'Allemagne sera vaincue et que Dachau, Treblinka, Sobibor, Auschwitz seront libérés, on verra et on saura. On saura tout...

Dans la salle, beaucoup pleurent. Certains sans retenue. Un long silence. Serge lui-même a les larmes aux yeux. Il s'éponge le front, s'éclaircit la voix, puis reprend :

— J'avais combattu l'idée d'un « État juif ». Cela me paraissait réactionnaire et presque raciste. Pourquoi pas alors une « nation arabe » ou un pays uniquement catholique ? J'ai changé d'avis... Oui, j'ai senti, dans l'enfer de Saxo, qu'il fallait que chaque juif en danger puisse avoir un endroit à lui sur cette Terre. Il faut que naisse l'État d'Israël pour que les rescapés des camps trouvent un asile sûr et qu'enfin renaisse un peuple fort et libre. Celui-ci vivra en sécurité avec ses voisins arabes, comme nous le faisons ici, en Tunisie. Depuis cette salle du *Mondial*, en ce jour de septembre 1944, j'affirme qu'un État juif doit voir le jour !

André quitte la salle, bouleversé. Odette n'a pas pu le retenir. Quelques mois plus tard, la guerre terminée, mon oncle partira vers la Palestine sur un rafiot clandestin, affrété par la Hagana, l'armée secrète juive. En 1948, les armes à la main, il combattra auprès des survivants de la Shoah lors de la guerre d'indépendance d'Israël. Ses enfants feront ensuite toutes les guerres de la jeune nation que mon père avait appelée de ses vœux. Longtemps après, André me rappellera le meeting du *Mondial* et les paroles de mon père, qu'il reçut comme une bénédiction. Mon père athée, socialiste, et si peu sioniste.

38

Odette est enceinte mais papa ne le sait pas encore. Cela a dû se faire le matin du retour, la veille du meeting. Seule Rachel est dans le secret. Dans le canoun, elle fait brûler des herbes qu'on lui a vendues au souk. Elles servent à attacher le bébé à la mère. Les mains de Rachel sur le front de maman. Les prières en judéo-arabe.

— Ya rabbi, protège cette femme et jette ta bénédiction sur l'enfant qui va naître, Ô Dieu d'Israël, d'Abraham, d'Isaac et de Jacob. Ici, ils sont mécréants, mais pardonne-leur. Moi, Rachel, je suis ta servante.

Elle essaie de présenter les Moati sous un jour favorable au grand marché des indulgences divines. Sans Rachel, pas de vrai shabbat. Ni de vraie cuisine casher. Papa est libre penseur : une catastrophe. Quant à maman, elle ne pense qu'à éloigner le courroux de Dieu. Il faut l'amuser, lui dire que tout va bien et surtout le pousser à aller voir ailleurs. Elle a peur de Dieu. Il faut dire qu'il n'est pas très sympathique. Il aime bien les juifs, mais sans excès. Il s'en plaint sans cesse. Il geint et il tonne. Pourquoi donc ai-je « choisi » ce peuple ? J'aurais pu en élire un autre. Rachel s'y connaît pour amadouer le Seigneur. Maman obéit à la sorcière. Elle boit des décoctions magiques pendant que papa est avec ses amis qui ont oublié Dieu. Grâce à Rachel, l'Éternel finit par camper à la Villa Jasmin. Il daigne s'intéresser au cas de maman. Des rabbins miraculeux tentent de le séduire. Il aime les parfums, l'encens et les formules incantatoires. En voici. Dans une lointaine banlieue de Tunis, maman va jusqu'à baiser la tombe d'un saint qui favorise les grossesses. Elle pose ses lèvres sur la pierre froide, à la lueur de bougies qui ne s'éteignent jamais. « Répète, ma fille, dis ce que je te dis. Ferme les yeux. Attends. Mange ça et bois ce que je t'ai préparé. Il va venir, ton fils. Il sera beau. Tu vas voir, tu seras heureuse, mais prie tous les jours et deviens une bonne juive. Ce bébé est le signe de l'Alliance retrouvée. Dieu nous aime. Il recherche notre amitié. Il veut revenir vers son peuple. » Maman, bonne fille, fait ce qu'on lui dit, mais surtout elle veut son bébé, l'enfant du retour. Et elle espère une vie toute neuve. Elle a quarante et un ans.

⁂

Fausse couche. L'enfant perdu retourne vers les limbes. Rachel enveloppe le fœtus dans un drap blanc et met le tout dans un couffin. L'enfant mort est jeté dans un recoin du lac du Tunis. Là où on oublie, depuis la nuit des temps, ceux qui ne sont pas nés. Un cimetière de fœtus enfouis sous la vase. Des milliers d'enfants perdus. Ils ont frôlé la vie mais peut-être ne l'aimaient-ils pas assez. Ils ne se sont pas accrochés à elle de toutes leurs forces. Parfois, c'étaient les mères qui les abandonnaient. Sombres histoires. Était-ce lui, Henry avec un « y » ? Le « vrai » Henry dans le panier de Rachel ? Henry, l'unique, dans la vase du lac ? Dieu seul pourrait le dire. Et encore. Je me méfie de lui. Et je m'en moque. Cette mort m'arrange. Je vais pouvoir prendre la place et entrer en scène. J'ai assisté au drame de loin. *Je rôdais près du lac quand j'ai surpris Rachel.* Je l'ai suivie. Elle revient en ville. Voici une villa du quartier du Belvédère. Elle entre. Je regarde la plaque : Villa Jasmin. Ça me plaît. J'aime le jasmin, le chèvrefeuille, les allées touffues. Une femme apparaît à une fenêtre. Elle semble triste, fatiguée. Elle est si belle. *Elle sera ma mère, je le veux.*

⁂

« Bonne année 1946. » Les chaussures *Lux*, avenue de France, souhaitent leurs meilleurs vœux à leur fidèle clientèle. « Bonjour… de l'an », blague le *Cabaret de la Chanson*, rue d'Athènes. Ce 31 décembre, Serge et Odette sont allés danser aux *Dunes*, sur la plage de Gammarth. Ils ont toujours aimé l'endroit. L'orchestre mexicano-cubain ou argentin venait tout droit de Sousse par la route. Papa était gai. Il avait voulu sortir et faire la fête. Chapeaux pointus, langues de belle-mère. On a dansé la cucaracha et le tango. Maman rayonnait. Je m'abrite sous un grand sombrero et je tape sur un tambourin. Parfois je prends l'apparence d'un serveur et je verse en douce du vin rosé à ma maman. Elle, qui ne boit jamais, a les yeux qui brillent. Papa fait le clown sur la piste. Il amuse la galerie et les femmes d'officiers français aux robes légères. Minuit.

Tout le monde compte : 5 ! 4 ! 3 ! 2 ! 1 !... zéro ! 1946 ! On s'embrasse sur la plage. Des gamins lancent un feu d'artifice et des pétards. Papa et maman se serrent l'un contre l'autre.

⁂

J'ai été fabriqué cette nuit-là, ou au matin du premier jour de l'année 46. Bonjour, tout le monde. Je suis là et bien là. *Je m'appellerai Henry avec un « y ».* Le vrai Henry.

⁂

Août est brûlant. On étouffe. Maman est grosse. Le bébé va être énorme et ce sera un garçon. C'est Rachel qui l'a dit après avoir touché le ventre d'Odette. Elle ne se trompe jamais. Elle a affirmé que le fœtus du lac était une fille. Comment tu fais pour savoir, Rachel ? Je sais, c'est tout. Les parents ont loué une maison au bord de la mer, à La Marsa. Mais maman, dès le mois d'avril, semble épuisée. On a peur pour elle et pour moi. On ne me larguera pas comme ça. On peut compter sur moi. Je vais me cramponner. Au creux du printemps, je me suis mis au lit avec elle et nous avons attendu. Les copines et les cousines nous rendent visite. Je repère la sexy tata Lolo et d'autres femmes qui piaillent, assez excitées parce que l'été arrive et que les hommes ne sont pas là. Sauf moi ! Elles ne me voient pas : je prends des options pour la suite. Je fais mon voyeur et repère les plus jolies.

Papa, de temps en temps, revient de la ville. Il est en sueur. Il embrasse le ventre de maman et m'embrasse par la même occasion. J'aime ça. Je salue le Camarade Jasmin. J'arrive, papa. Lui repart. Journée caniculaire. Je n'arrive plus à respirer. J'attends de sortir. *Maman, dépêche-toi.*

⁂

Que se passe-t-il dans le monde qui m'attend avec une impatience non dissimulée ? On redoute une amnistie pour les collabos. Elle viendra. On s'interroge sur le rôle exact du premier président de la IVe République. On verra. En Tunisie, il y a des manifestations syndicales à Ferryville et Bizerte. Attendez-moi, camarades. A l'*ABC*, on joue *La Revanche de l'homme invisible*. Je prends. On pleure à *La Chaste Suzanne* et, pour se consoler, le 15 août, on danse à Tabarka la *Perle de la Kroumirie*. Le samedi 24, il y aura au *Pavillon* le grand gala de l'été de Nos petits, une des œuvres dont s'occupe maman. Mais, elle n'y sera pas. C'est de ma faute ; elle va accoucher. *J'arrive.*

⁂

16 août. La veille du grand jour. Ma naissance est pour demain. Serge accompagne Odette à la clinique Mont-Fleury. Il est très ému. Mon Dieu, qu'il fait chaud.

⁂

Une nuit et une longue journée d'attente. Et me voilà. Vingt et une heures. Quatre kilos et cinq cents grammes. Un gros bébé. Pas rougeaud, ni fripé. Lisse et clair. *Je fais semblant* de ne pas reconnaître mes parents, histoire de ne pas les troubler. Mais je les retrouve comme des vieux amis. J'ai envie de les embrasser. Je pleure et je mords le sein de ma mère. Que c'est bon ! Je suis au monde. Je le mange et je le bois.

⁂

Le 20 août, dans *Tunis socialiste*, à la rubrique « La vie du Parti », on peut lire cet entrefilet : « Joie dans la Famille Socialiste. Odette Moati a accouché le samedi 17 août. La maman et l'enfant se portent bien, notre ami Serge rayonne de joie. Longue vie au futur camarade Henry Moati (4 k 5). »

Huit jours après ma naissance, je suis circoncis. Pour autant que je me souvienne, je pleure mais je n'ai pas mal. Je regarde ma mère : elle manque s'évanouir. Rachel lui fait boire du *mazar*. L'eau de fleur d'oranger est recommandée pour les grandes émotions, de la circoncision à la mort. Maman est épuisée. C'est de la faute de mes kilos et de l'âge de la génitrice, susurrent les mauvaises langues. Et de cette terrible chaleur d'août. Ce soir, le vent de la mer viendra rafraîchir la ville. Mais pour l'instant, il est brûlant. *Je me souviens* des youyous des femmes. *Je me souviens* de moi sur la chaise haute, les jambes écartées et mon sexe offert au rabbin. Geste précis et sec du barbu. Adieu prépuce ! Rachel et les vieilles sorcières le garderont dans un bocal secret parce que cela porte bonheur. Un nouveau juif entre sur la scène de l'univers. Bravo. On m'acclame. Je salue. Henry avec un « y » aura un prénom hébreu. Ce sera Haïm, la Vie. A la vie, donc. Tout Tunis est là. C'est la fête chez les Moati.

⁂

Après ces débuts prometteurs, ma vie juive va tourner court. Depuis que je suis en France, pensionnaire au lycée Michelet de Vanves, j'ai passé un temps fou à cacher mon sexe. Mes compagnons n'auraient pas manqué de se moquer de moi. L'heure de la douche était celle de la peur. Je pouvais être démasqué. « Oh, regarde son zizi à Moati ! Il est pas comme le nôtre ! Venez voir, les gars ! » Éviter cela à tout prix. Je me souviens de la peur de mon père à Saxo. Être juif, pour moi, était comme un secret. Une histoire de famille et justement, de la famille, je n'en avais plus. Je ne connaissais pas les prières et je ne savais pas lire l'hébreu. De la Tunisie, il ne me restait plus rien. Je voulais gommer ce qui m'était arrivé : la mort des parents et le départ vers la France, comme une fuite. Et Marseille et Paris, la pension la semaine, et une pauvre chambre de bonne le dimanche avec Nine. Le monde de Serge avait disparu. Odette était morte trois petits mois après lui. Avaient-ils des enfants ? Oui. L'aîné est resté à Tunis et la grande fille a pris sous son bras le petit frère et l'a amené à Paris. Pas sûr qu'ils s'en sortent.

⁂

J'ai treize ans. Je me sens très seul le jour de ma bar-mitsva. J'ai de la peine. Les autres ont leur père et leur mère, des tas d'ancêtres et des centaines de cousins. Pas moi ! Je suis censé me préparer et me recueillir dans une salle attenante à la synagogue. Alors je somme Dieu d'apparaître et de s'expliquer. Il me doit des excuses. J'étais très heureux à Tunis et il a tout cassé. Je sais bien que c'est sûrement de ma faute, mais tout de même. J'avoue : 1) j'avais toujours pensé que mes parents étaient des « faux parents » ; 2) je voulais être danseur classique et maman trouvait que cela faisait mauvais genre. Elle s'était énervée :

— Fais attention, Henry, c'est bon pour les filles, la danse. Elles ont le droit de pleurer, de se déguiser et de faire des pointes. Pas les garçons. Il faudra que tu sois médecin comme tonton Félix, Albert, Jacob, Léon ou Victor. Ou alors avocat, comme William, Moïse, Marcel ou André. Des métiers d'homme. Peut-être, à la rigueur, tu pourras être journaliste comme ton papa. Mais danseur classique !... Tu n'y penses pas ! C'est bon pour les...

Le mot glissait, furtif. Mot caché, mot secret. « Juif » ou « pédé ». J'avais compris. Je ne serai pas danseur. Le monde a perdu une étoile. Le *Bolchoï* ou l'*Opéra* mettront du temps à s'en remettre. J'ai souhaité un instant la mort de ma mère pour pouvoir faire ce que je voudrai quand je serai grand. J'ai été méchant et j'ai eu de mauvaises pensées. C'est pour ça que mes parents sont morts.

Mon métier actuel lui aurait convenu, à la rigueur. J'ai une bonne situation. Pas homo du tout, une femme, trois enfants. Odette, là où elle est, respire.

Le jour de ma bar-mitsva, j'ai donc compté jusqu'à dix.

— Viens, Dieu. Je t'attends. Viens t'excuser.

A dix, dix et demi, dix trois quarts, personne. Pas un souffle ou une lumière. Dieu a laissé faire les nazis. Ce n'était, déjà, pas bien. Beaucoup ne le lui pardonneront pas. Mais la mort de mes parents en plus, alors non ! Trop, c'est trop. Que l'on ne s'étonne donc pas si Henry, en ce jour solennel, s'est mis à détester Dieu. Ma bar-mitsva fut, pour l'enfant chagrin et jaloux que j'étais devenu, un calvaire, un chemin de croix, une montée au Golgotha. J'avais dû tout apprendre par cœur et j'ai tout mélangé. Je disais n'importe quoi. Les copains et leurs parents ricanaient. Les rabbins s'énervaient. Dieu s'en fichait. Comme toujours. Cérémonie pathétique et interminable. Des témoins de cette époque ont affirmé que, dans la synagogue, je donnais l'impression d'avoir la tête ailleurs. Pas d'émotion apparente. Le néant. Un cœur de pierre. Il était détruit, ce cœur. Cassé en mille morceaux, jeté du côté du lac de Tunis. Papa et maman sont partis parce qu'ils ne m'aimaient pas. C'est de ma faute. Je n'étais pas gentil. Voilà la vérité et la raison du silence de Dieu, pensait l'orphelin qui pleurait en cachette le soir de sa bar-mitsva au fond de son dortoir parisien.

[illegible]

[illegible]

[illegible] votre soit un peu [illegible]

[illegible]

[illegible]

39

Tunis, juin 1947. Les affaires reprennent. Certes, on a eu chaud, mais la page est tournée. Ceux qui évoquent l'histoire récente ne sont que des empêcheurs de tourner en rond. Ils gâchent la fête. Avec eux, les jasmins sentent le vinaigre. Ainsi, papa et les siens sont priés de ne plus jamais parler de ce qui vient d'arriver.

— La collaboration ? Les camps de concentration ? Le génocide ? Assez ! On a l'impression pardonnez-moi, monsieur Moati, que ces récits, je ne parle pas spécialement du vôtre, sont un peu... excessifs ! A quoi cela sert-il de touiller et rabâcher le passé ? Les morts, s'il y en a eu autant que vous le dites, méritent le respect et le silence ! C'est la seule attitude digne. Vous autres, les israélites, vous...

— Pardon, monsieur « X » ?

— Rien.

— Je vous en prie, continuez.

— Je voulais simplement vous mettre en garde contre la tentation, sûrement légitime, de profiter de la situation et d'exploiter vos malheurs. Cette tentation existe, ne le niez pas, chez certains de vos coreligionnaires.

— C’est dégueulasse. Vous êtes dégueulasse, monsieur « X ».

Serge, ce jour-là, ne fera pas sa balade quotidienne sous les ficus de l’avenue Jules-Ferry. Il est indisposé et chagrin. Le lendemain, un samedi, il n’ira pas se promener du côté du bord de mer. Le cœur n’y est pas.

⁂

Le dimanche, il y a une réception à la résidence générale. Odette est superbe. Robe longue et soyeuse d’organdi noir. Serge a son costume croisé sombre. Après avoir été le correspondant du *Populaire* de Paris en Afrique du Nord, le voici directeur de la rédaction de *Tunis socialiste*. Il collabore aussi au *Petit Matin* et vient d’être élu président de la Ligue des droits de l’homme. Le gros chagrin de l’avant-veille s’est dissipé. Monsieur « X » n’est qu’un con !

A la résidence, on s’assemble autour de lui. Il parle bien. Il raconte la conversation avec monsieur « X », l’antisémite, et parvient même à faire rire aux dépens de cet abruti que tout le monde reconnaît. Papa a le sens de l’autodérision, du mot juste et du trait parfois facile mais toujours efficace. Après ce qu’il a vécu, il est tout de même rigolo. Quel dommage qu’il soit de gauche ! Mais les Moati sont dangereux tout de même. Ces gens-là ne se rendent pas compte qu’ils sont en train de scier la branche sur laquelle ils sont assis. Si la Tunisie accédait à l’indépendance, ce sont eux qui partiraient les premiers. Ce Moati, qui pourtant n’a rien d’un idéologue, dit n’importe quoi : il rêve d’une « autonomie interne », d’une « indépendance dans l'interdépendance ». Tout ça au cœur d'une Union française revisitée, à la manière d'un Commonwealth façon couscous. Charabia. N'importe quoi ! Ridicule. Utopie dangereuse. Le résident général, un coincé, s'approche du socialiste.

— La France, monsieur Moati, a retrouvé la paix, la Tunisie et son empire. Pas question de lâcher. Pas un pouce ne doit en être cédé. Ni en Indochine, ni au Maghreb. Pas un mètre carré, vous m'entendez.

— Oui. Je vous entends. Mais permettez à l'humble journaliste que je suis de penser…

— Pas si humble que ça… Vous êtes tout de même un éminent responsable de la Fédération socialiste…

— Merci. Permettez-moi de penser que vous vous y prenez mal. Si vous voulez ne rien changer, il faut tout changer !

— Allons bon !

— La France ne peut conserver ses positions qu'en changeant radicalement de politique. En associant les peuples à la marche des affaires, en instaurant la justice sociale et l'égalité réelle entre indigènes et Français de souche. Je me répète : j'écris et je dis cela depuis 1920 !

— L'empire rassure. C'est une grande tache rose sur les mappemondes. La France a failli tout perdre. Elle est passée près de l'abîme. Heureusement, l'empire était là, avec ses hommes et leur sang, ses terres, ses mers et ses richesses. Alors, pas question de le brader. Il faut lutter contre les communistes qui poussent à la rébellion en Indochine et feront de même en Algérie ou ici. Une bataille à mort est engagée. Il s'agit de la survie de la France et de notre civilisation.

— C'est drôle, répond papa, ce sont les mêmes mots. C'est vraiment drôle...

— Qu'est-ce qui est si drôle, monsieur Moati ?

— Je ne dis pas ça pour vous, mais enfin... Ce sont les mêmes Français qui se sont aplatis devant Pétain qui nous parlent aujourd'hui de la France et de son empire avec des trémolos dans la voix ! Ici, la plupart des « Français-de-France » ne font que protéger leurs boutiques et leurs usines. Ils se moquent du reste. Ils ont juste un petit drapeau sur le tiroir-caisse.

— Monsieur Moati, vous vous emportez. Vous n'avez pas le sens des nuances. C'est un défaut. Vous voyez tout en noir ou blanc. En rouge, plutôt.

— C'est une caricature. Je suis tout sauf machiavélien.

— Que voulez-vous dire ? Manichéen ou machiavéliste ?

— Vous m'avez très bien compris. Je parle mal ? C'est ça, vous trouvez que je parle mal ?

— Vous faites simplement quelques confusion dues à l'excessive passion de vos propos. C'est bien naturel...

— « Naturel. » Pourquoi donc ? Le français est ma langue maternelle, monsieur. Dois-je vous rappeler que je suis français depuis quelques générations ?

— Mais non ! Trinquons voulez-vous ? Mon prédécesseur m'avait parlé de vous, de votre générosité, de votre fougue. Il ne s'était pas trompé. La seule différence entre lui et moi, c'est qu'il était de vos proches amis politiques. Moi pas. Mais nous allons finir par nous entendre. J'aime les hommes francs. Vous savez, moi aussi j'ai été résistant. La Patrie, je l'ai défendue, les armes à la main. Comme vous. Vous aimez et admirez de Gaulle : je suis gaulliste.

— Pas moi. Je l'étais en juin 40, je ne le suis plus.

— Alors, buvons à la France.

— Au genre humain !

— Vous êtes indécrottable.

— Je me soigne, mais ça ne passe pas.

Le résident rit, mais jaune.

Serge ne sera plus invité souvent à la résidence. Le gaulliste quittera la Tunisie en n'ayant rien compris ni rien senti. Un gâchis. Instrumentalisé par les hommes du Rassemblement ou par ceux du mouvement Présence française, il deviendra le fondé de pouvoir des intérêts français du protectorat. Il s'en ira. L'Histoire ne retiendra pas son nom. Il n'en a peut-être pas.

⁂

Serge, le lendemain, est élu par ses frères Vénérable Maître de la respectable loge Volonté-Veritas nº 256, à l'Orient de Tunis. On acclame le maçon vaillant et, pour lui faire plaisir, « l'Atelier » tire une « batterie d'allégresse » pour saluer la venue au monde du petit Henry Moati, fils et petit-fils de maçon. Et qui le sera lui-même un jour sûrement : franc-maçon et socialiste, comme papa. Lourd héritage. On verra bien. *J'ai vu.*

⁂

La Main rouge a fait sauter la Villa Jasmin. Heureusement, personne ne dormait cette nuit-là dans les chambres du devant, celles qui donnent sur la rue

Courbet. La façade a été littéralement soufflée. La Main rouge, c'est l'organisation secrète des patriotes français qui ont la dynamite et le fusil-mitrailleur faciles. Pour eux, il faut abattre tous les fellaghas et les traîtres qui les soutiennent. Serge Moati est de ceux-là. Il n'arrête pas, l'enculé, d'écrire des articles anti-français dans son torchon de merde, de vraies saloperies de pédé. Alors boum ! On va lui faire peur. Déjà, des copains à nous l'avaient tiré comme un lapin du côté de la Soukra. Il avait détalé comme une tapette en chiant dans son froc. Mais ça ne lui avait pas suffi ! Toujours ses articles de con dans son canard de vendus. Cette nuit, c'est un deuxième avertissement. Boum ! boum ! Deux explosions dans la nuit de Tunis. Flammes, incendies, pompiers, police, voisins et camarades. Tout a brûlé, les albums de photos et les rideaux aussi. Plus de meubles, ni de tapis de Kairouan. Rachel prie. La Villa Jasmin a vraiment mauvaise mine. J'ai sept ans. Maman m'a serré contre elle. Il fait froid. Elle a peur. Il faudra reconstruire. On le fera. Ces gens-là ont voulu nous tuer. Ils y sont presque arrivés. Papa, dès le lendemain, retourne au journal et écrit : « Plus que jamais, la fraternité franco-tunisienne est à l'ordre du jour. » Le Camarade Jasmin n'est pas mort, il en a vu d'autres. Il continue. Moi, je l'avoue, ça m'amuse. On va dormir toutes les nuits dans des appartements d'amis. C'est comme pendant la guerre, se souvient maman. Mais non, c'est rien, lui dit papa, rien du tout. Ça n'a pas de rapport avec la guerre, ils vont se calmer.

Quant à moi, je les laisse parler. Je me prends pour un héros, je m'invente des personnages glorieux. Devant les glaces des armoires, je joue à mourir comme des hommes célèbres, des généraux d'Empire ou des superbes résistants. Je suis magnifique lorsque je crie « Vive la France » et que je m'abats sur le sol, en proie à d'infinies souffrances. Je suis souple comme un danseur presque mondain et imaginatif comme un futur faiseur de films. J'aime bien la vie que j'ai. Ce n'est pas rien d'être le fils de Serge et d'Odette Moati. Et merde à la Main rouge.

⁂

Noël 1952. Un dimanche. Je vais au goûter des enfants d'anciens combattants. Séance de cirque. Clowns mélancoliques et chorale patriotique. Je ne sais pas pourquoi je pleure. Papa me caresse la joue, me prend la main et on s'en va. J'ai oublié mon cadeau et papa ses médailles. Cette guerre-là est finie, une autre commence.

⁂

1954. L'Algérie s'embrase. Il ne faut surtout pas que la Tunisie craque. La France a besoin de troupes de l'autre côté de la frontière. Il y a des bombes à Sfax, à Tunis et dans le bled. Papa plaide sans cesse pour « une indépendance qui ne serait pas une sécession, mais une intégration nouvelle ».

Les fellaghas d'un côté, et la Main rouge de l'autre, saluent ces aimables rêveries à leur manière : violente. Pierre Mendès France arrive au pouvoir en juin 54. Le Camarade Jasmin retrouve des couleurs et de l'espérance. Mais, tout autour, on s'assassine. Attentats, contre-attentats. Les souks sont vides, Tunis a peur, et le bled tremble. Mendès débarque à l'aéroport d'El-Aouina. Au palais de Carthage, il déclare solennellement que « l'autonomie interne de l'État tunisien est reconnue sans arrière-pensée par le gouvernement français ». Adieu, « Tunisie française ». Dès septembre, des négociations s'ouvrent. Elles seront officielles, mais aussi officieuses. Papa est à Paris, en mission secrète. Il fait la navette entre des camps que tout sépare. Il tente d'assouplir des positions. Il est écouté, parce qu'il est respecté par les Tunisiens et par les Français. Il ne veut pas que les deux pays se séparent. Chez lui, c'est une obsession. Alors il se bat contre les fanatismes et la violence. Sa vie est en danger, mais il s'en moque.

⁂

Mendès France, trop vite, trop tôt, quitte le pouvoir. La droite jubile. Présence Française, la vitrine légale de la Main rouge, appelle les « patriotes » à l'action : « Vous devez vous dresser pour le suprême combat ! Montrez que vous n'êtes pas des lâches ! » On se réunit alors en masse devant la statue de Jules Ferry, l'homme du Protectorat, et on défile, l'allure martiale, jusqu'à la tombe du Soldat inconnu. Ils sont quinze mille ou vingt mille à crier, ce jour-là, « Tunisie française ! ». Batailles rangées. Violences. Ces gens-là ne supportent pas, disent-ils, d'être étrangers dans un pays qu'ils ont fait, où ils ont leurs maisons et leurs tombes.

⁂

Le 1er juin 1955, le leader indépendantiste Bourguiba fait un retour triomphal à Tunis. Je me souviens de la foule immense et de cet homme, sur ce cheval blanc. Il retrouve le peuple dont il est le héros. Et tous ses amis, dont papa, qui l'avait souvent hébergé, clandestin, à la Villa Jasmin. Cette fête n'est pourtant pas la nôtre. On découvre un nouveau Tunis : il est arabe. Nous disparaissons. Le 20 mars 1956, la Tunisie est indépendante. C'est le triomphe du génie manœuvrier de Bourguiba et celui d'un peuple intelligent et cultivé. Pour d'autres, ces jours sont moins gais. L'histoire les oublie parfois. Plus tard, on les appellera, improprement, « pieds-noirs ». Nous tous. Un peuple de là-bas, arraché à sa terre. Peuple des Français de 1881, mais aussi des juifs, des Maltais, des Siciliens, des Espagnols, des Italiens… On saura faire le tri. Plus tard.

⁂

Le Camarade Jasmin meurt peu de temps après cette indépendance dont il avait rêvé et qu'il a contribué à faire naître. Il n'en connaîtra ni les joies, ni les déceptions. Il meurt peut-être au bon moment. Sauf pour nous. Je quitte la Tunisie, après la mort de maman, en décembre.

40

Combien de temps a passé avant que je puisse repenser à ma ville et que j'ose y revenir ? Des années longues comme une adolescence. Des siècles pour me souvenir des bonheurs, des caresses de ma mère et du rire de mon père. Des années-lumière pour retrouver l'enfant, danseur classique raté et vaguement médium, né d'un rêve de rabbin dans la nuit des camps de la mort. Oui, longtemps je n'ai pas osé retourner à Tunis. Une fois là-bas, entre La Goulette et Bardo, je ne voulais pas revoir ma Villa Jasmin. Les fantômes de mes parents y rodaient encore. Je les voyais, mais je n'en parlais jamais. Personne ne m'aurait cru. Je suis devenu volontairement amnésique. Mais quoi, tu ne te souviens pas de tes parents ? Non. Ah, c'est curieux ! Tu n'arrives pas à les revoir tels qu'ils étaient ? Non. Rappelle-toi, regarde les photos, tu n'entends pas leurs voix ? Non. Rien de rien. J'avais avec mes morts des rendez-vous secrets, mais personne ne le savait. On m'aurait pris pour un mystique au cerveau détraqué. Alors, pas de mémoire et pas d'ennuis. Henry avec un « y » avait disparu. Terre brûlée, souvenirs pulvérisés au napalm. Henry avait rejoint, dans le lac sombre de Tunis, le fœtus inconnu. Je m'appellerai Serge.

⁂

Tunis, 1946. J'ai quelques jours de plus et un prépuce en moins.

Tunis, 1951. J'ai quelques années de plus et j'entre au « petit » lycée Carnot. Photos de classe. J'ai la tête légèrement penchée, un air sage de bon élève ou de dernier de la classe.

Tunis, 1954. Il neige. Le maître nous dit :

— Sortez. Allez jouer les enfants. La neige, vous n'en verrez pas souvent dans votre vie.

On va tous quitter la Tunisie. Et la neige, on s'en lassera.

Notes éparses. Calendrier retrouvé puis perdu. Les étés à la plage, les maisons louées. Les surprises-parties du bord de mer. Cha-cha-cha comme les grands. J'ai six, sept, huit ans. Mes anniversaires au cœur du mois d'août réunissent les cousins et les copains. On mange bien ce jour-là. Les parents me gâtent. Je suis un enfant comblé. On tend un drap blanc et, pour me faire plaisir, papa projette des films. Je rêve sous les étoiles. Plus tard, je ferai *ça*. Quoi *ça* ? Des films. Maman respire. Ouf, il ne veut plus être danseur. Il veut devenir « celui qu'on ne voit pas et qui dit aux stars comment ils doivent s'embrasser ». *Ça* me va. Après ma naissance, j'ai vu et partagé la vie de mes parents. C'était court : onze petites années. Je me souviens parfois de maman : Odette, chaque année un peu plus ronde et plus belle. Une vraie conteuse. Une femme qui nous donnait de la joie. Rassurante. Ma tête sur ses genoux. La vie avance, tranquille. Je déteste qu'elle sorte. J'ai peur qu'elle ne revienne jamais. Je la suppliais de rester. Elle me caressait les cheveux.

— Mon trésor, ne te mets pas dans des états pareils.

Elle partait rejoindre papa. Pour une soirée mondaine. Un soir à la résidence générale ou au théâtre. Des dîners, des réceptions politiques, des bals de bienfaisance.

J'attendais, guettant le bruit d'un moteur dans la nuit. Je n'arrivais pas à dormir. Je disais à Rachel :

— Il est l'heure de s'inquiéter ?

— Je vais dire à tes parents que je ne veux plus m'occuper de toi ! Tu es trop terrible.

Et je remettais ça :

— Rachel, c'est l'heure de s'inquiéter ? Tu me diras quand il sera l'heure de s'inquiéter ?

Ses prières dans la nuit. Des gestes de sorcière qui font peur.

Papa et maman rentraient, gais et tendres. Ne pleure pas, ne pleure plus, Henry, mon chéri, on est là. Serge était un phalène, ce papillon éphémère qui aime la fête et meurt à l'aube. Et ma mère, une grande amoureuse. Des vies pleines. Je les ai croisés. Je les ai aimés.

⁂

Tunis, 1966. J'ai vingt ans. C'est l'été. Je suis enfin revenu. Je me dis : « Il faut que tu ailles les voir. » Nous sommes le 16 août. Papa est mort, il y a neuf ans. Je glisse une pièce au petit garçon arabe et il m'entrouvre la grille du cimetière.

— Tu veux que je vienne avec toi ? Tu cherches qui ?

— Mon père et ma mère.

— Où ils sont ?

— Je ne sais pas.

— Comment tu vas faire ?

— Je me débrouille.

L'heure implacable de la sieste. L'heure plate. Mon souffle, ma respiration. Mes pas sur le gravier, puis sur la terre chaude et molle. Tourbillons d'insectes en rond, quelques rares oiseaux. Les bruits de la ville, au loin. Temps figé. Mauvaises herbes. Tombeaux lézardés, caveaux cassés, le cimetière juif ne va pas bien. Un monde disparu. Encore une fois, mes parents se sont enfuis ou cachés. Je ne trouve pas les tombes. Je marche au hasard. Cette allée, une autre, des noms, des inscriptions. Rien. Où êtes-vous ?

— On te voit, Henry. Pour nous, tu es resté « Henry ». « Serge », ce sera toujours papa. Tu as pris son nom, ce n'est pas malin. Et cela ne se fait pas chez les juifs !

— Laisse, Odette. Le petit a voulu être gentil, honorer ma mémoire. C'est touchant.

— « Touchant » ? Cabot, va ! Tu veux te survivre. Comme si tu avais besoin de ça ! Tu ne changeras jamais.

— Henry, tu es tout près maintenant. Mon fils, tu as rendez-vous avec nous. Avance, avance encore.

Je voulais renoncer. Je me moque des cimetières. Trop de chaleur tue la métaphysique. Épuisé, dégoulinant, je me suis assis n'importe où, à même une tombe, à l'ombre providentielle d'un grand arbre. Et là, j'ai pleuré de rage. Je ne suis même pas capable de retrouver la sépulture de mes parents. Je suis nul et ma vie est nulle. Le Dieu absent et muet de la bar-mitsva est toujours aussi silencieux. Il ne change pas, seules nos larmes vieillissent. J'ai voulu partir. Sur la tombe où je m'étais assis était gravé :

Serge Moati
1903-1957

et juste à côté :

Odette Moati
1905-1957

Les parents. Mes fesses sur eux. Mon cul sur leur tombe. Je me souviens de mon rire. Je m'en souviendrai toujours.

— On est contents de t'avoir fait rire, Henry-Serge ! Continue. On adore ça. Tu nous entends, fils ! Mets de la vie partout, Haïm. Et, surtout, la mort, ne la laisse jamais gagner ! S'il te plaît, pas de fleurs sur nos tombes, ça fait cimetière. Non, juste des petits cailloux pour montrer aux autres que l'on a eu de la visite. En ce moment, on répète un spectacle, *Tunis qui potine*. Tu te souviens ? On remonte le succès de notre jeunesse. Il n'a pas pris une ride. Ta mère joue le rôle principal. Elle est magnifique. Moi, j'ai le trac. Le rideau tremble. *Les trois coups !* J'ai peur. On est amoureux l'un de l'autre, mais on n'ose se le dire. Demain, c'est mon premier « édito ». On s'arrache le journal. On va me juger. Quelle frousse ! C'est bon ! Je vis, je me bats, je combats. Je suis éternel. Et maman est chaque jour plus belle. Dans quelques jours, ce sera la première de notre pièce. Viens nous voir. Applaudis-nous. Rien ne nous fera plus plaisir. Au salut, fais-nous revenir et revenir encore sur scène pour que l'on ne se quitte pas trop vite. Et, s'il te plaît, passe nous voir ici de temps en temps, quand tu peux. Une fois par siècle. Avec tes enfants et les enfants de tes enfants que ta mère aimerait tellement connaître. Revenez jusqu'à la fin du monde. Un jour, bien sûr, plus personne ne saura nos noms. Il n'y aura plus ni tombe, ni cimetière juif. Mais il y aura toujours un Moati qui se perdra par ici. Le meilleur accueil lui sera réservé. On lui dira : « Ferme les yeux. Écoute nos voix qui viennent de si loin. Elles parlent d'amour. Respire, respire bien, cela sent le jasmin. Alors, tu le sais, tu es chez toi, tu es arrivé. »

Paris-Niamey-Moulin d'Andé,
24 décembre 2002.

Bibliographie sélective

Avant toute chose, les romans de ma sœur Nine Moati, en particulier *Mon enfant, ma mère*, Stock, 1974 ; *Les Belles de Tunis*, Éditions du Seuil, 1983 et *Villa Week-end*, Lattès, 2003.

Sur l'histoire politique du pays des jasmins

Élie Cohen-Hadria, *Du protectorat français à l'indépendance tunisienne*, Cahiers de la Méditerranée, 1976.

Claude Nataf, « La Colonie française de Tunisie », DEA d'histoire du XXe siècle, Institut d'études politiques de Paris, s.d.

Sur la Tunisie occupée

Robert Borgel, *Étoile jaune et croix gammée*, Éditions Artypo, 1944.

Paul Ghez, *Six mois sous la botte*, Tunisie, 1944.

René Pellegrin, « La Phalange africaine. La LVF en Tunisie, 1942-1943 », Paris, 1973, exemplaire dactyl. inédit.

Rudolph Rahn, *Un diplomate dans la tourmente*, Éditions France-Empire, 1980.

Jacques Sabille, *Les Juifs de Tunisie sous l'Occupation*, Éditions du Centre, 1954.

Sur le parti socialiste pendant la guerre

Pierre Drieu La Rochelle, *Avec Doriot*, Gallimard, 1937.

Martine Pradoux, *Daniel Mayer, un socialiste dans la Résistance*, Éditions de l'Atelier, 2002.

Philippe Randa, *Dictionnaire commenté de la collaboration*, Éditions Jean Picollec, 1997.

Maud Sacquard de Belleroche, *Le Ballet des crabes*, Éditions Dualpha, 2001.

Marc Sadoun, *Les Socialistes sous l'Occupation*, Fondation nationale de sciences politiques, 1982.

Sur la collaboration

Dieter Wolf, *Doriot*, Fayard, 1970.

Sur Paris pendant la guerre

Pierre Audiat, *Paris pendant la guerre*, Hachette, 1946.

Edmond Dubois, *Paris sans lumière*, Payot, 1946.

Hervé Le Boterf, *La Vie parisienne sous l'Occupation*, Éditions France-Empire, 2001.

Enfin, bien sûr, un grand nombre de journaux et périodiques de l'époque, en particulier mon cher *Tunis socialiste*, *Tunis journal* et *L'Écho de la France* (direction Georges Guilbaud), conservés à la BNF (Bibliothèque nationale de France) et à la BDIC (Bibliothèque de documentation internationale contemporaine).

Mes remerciements les plus chaleureux à Claude Durand et Laurence Marcel, Raphaël Sorin et Lilas Seewald. Ce livre leur doit beaucoup.

Du même auteur

La Saison des palais, roman, Grasset, 1986.
La Haine antisémite, Flammarion, 1991.
Paroles d'orphelins, Jean-Claude Lattès, 1998.
Le Septième Jour d'Israël. Un kibboutz en Galilée, en coll. avec Ruth Zylberman, Mille et une nuits, 1998.

Composition réalisée par FACOMPO (Lisieux)

Imprimé en France sur Presse Offset par

BRODARD & TAUPIN

GROUPE CPI

La Flèche (Sarthe).
N° d'imprimeur : 28436 – Dépôt légal Éditeur : 54371-04/2005
Édition 01
LIBRAIRIE GÉNÉRALE FRANÇAISE – 31, rue de Fleurus – 75278 Paris cedex 06.
ISBN : 2 - 253 - 10851 - 0

31/0851/1